U0022459

工程應用文

張永康編著

學歷：日本拓殖大學經濟學碩士
日本東京大學工學院研究
經歷：審計部第五廳副廳長
審計部臺北市審計處處長
國立中興大學兼任教授

三民書局印行

ⓒ工程應用文

著作人　張永康
發行人　劉振强
著作財產權人　三民書局股份有限公司
　　　　　　　臺北市復興北路三八六號
發行所　三民書局股份有限公司
　　　　地　址／臺北市復興北路三八六號
　　　　郵　撥／〇〇〇九九九八－五號
印刷所　三民書局股份有限公司
門市部　復北店／臺北市復興北路三八六號
　　　　重南店／臺北市重慶南路一段六十一號
初　版　中華民國七十一年五月
四　版　中華民國八十三年十二月
編　號　S 80042
基本定價　肆元肆角肆分
行政院新聞局登記證局版臺業字第〇二〇〇號
著作權執照臺內著字第一八六一二號

ISBN 957-14-1168-X（平裝）

自序

近年以來，國內工商企業，在政府加速經濟發展號召下，對於如何加強管理，增進效率，不但已漸深切注意，進而採取行動者，更不在少數。應用文爲治事的工具，而工程應用文是使工程順利進行與完成，一種重要的實用學問。我國工程界人士，一向以技術人員自居，對應用文之運用，多不重視，加以工程上所需之應用文，每皆有其特性，又非一般人士所能勝任，確有加強研習及教學之必要。

本書在各類應用文的款式及用途上，力求適合工程需要，因之，凡與此無關者，盡量摒棄，又爲提供工程界人士的參考，更適合於學校採爲教材之需，盡量予以相關列述，在文字上，力避深奧，而以語體文敍介，以求簡明。筆者愧以才識譾陋，兼因公私事繁，匆促成帙，謬誤之處，自所難免，尚乞　先進賢達，不吝指正是幸。

本書之作，承獎處長緒武兄之鼓勵，撰寫期中承吳明芳、蔣振榮、謝德芳等先生協助蒐集資料，著者於此，特表謝忱。

張永康

中華民國七十一年二月二十二日

工程應用文　目次

第一章　緒　言

第一節　工程應用文的意義和內涵

應用文爲治事的工具，本來就是一門實用的學問。所謂工程應用文，僅係從事工程方面，所需實用的文章。此種以特定對象爲範圍的應用文，有者以爲此種文章，雖然也是以應用爲目的，但祇是從事工程或其有關人仕，才有需要，並不是每一個人日常生活中所必需，而將之摒除在「應用文」門外。筆者以爲我們的目的，在求利便，似乎不必從「應用」兩字作過份的推敲。尤其不必在整個文學分類上作深邃的研究了。

工程應用文，不但須以實際的事爲其內容，而且更須以特定的人爲對象。雖然此處所謂人，包括一個人，或某機關、團體；也可以爲若干人，甚至爲社會大衆。然而其眞正對象，仍然是與其有切身關係者，所謂若干人或社會大衆者，是因爲這些特定對象，人數過多，範圍過廣，無法一一具體列舉而已。

第二節　工程應用文的種類

工程應用文，雖以與專業性有關者爲限，但工程的種類，多達數十種，本書所敍述者，顯難普遍適應，而應用實例，又難盡予羅列，掛一漏萬，在所難免，但讀者果能細爲參研，當可舉一反三，以收實際應用之效。

工程應用文，因其性質較爲精專，而一般日常生活中的應對、應酬或應用人和事所用的文章，因另有專門書籍可供參閱，故不列入。茲以實務所需者爲範圍，分類簡介於後：

一、**公文**——公文是處理公務的文書。就廣義而言，凡政府機關或公共法團，其所有文書，不論爲表示意思，傳達情形，紀錄事實；不論是遞送於外，周轉於內，無一不是因處理公務而製作，所以都可稱之爲公文。但文書往返的一方，必須爲政府機關或公共法團，假使純粹屬於私人性質的文書，亦卽文書收受的雙方都是私人，那末卽使具有公文的形式，也不能稱爲公文。

二、**契約**——是指兩個以上當事人，互相表示一致意思的法律行爲。尤其是興辦工程，其與一般買賣不同，因爲工程造價動輒上億，而其工期又相當冗長，故必須有周密詳細的合約，規定雙方的權利義務，以免糾葛。所以工程契約，也是工程應用文中極其重要的一種。

三、**規章**——爲一書面指示、規則與要求的主體，用以規定辦事的程序，共同遵守的辦法，或約束當事人的行爲等。施工規範，本屬於工程學上的專門課題，且所涉甚廣，似乎不應屬於應用文的範疇，但爲便讀者能對工程文書都有適當瞭解，故也併予簡介。

四、**會議記錄**——「三人以上而循有一定規則者，謂之會議」，足見其所包括的範圍極廣。工程的發包，多經由公開招標、招商比價或獨家議價等方式決定；而會商底價的記錄，以及現場勘察時的記錄，雖非必須具有一般會議形式，但此等記錄，對契約雙方，以及有關方面的權利義務而言，亟爲重要。因此亦將之列入應用文中。

五、**廣告啓事**——係將啓事文書刊載於報紙，或將公告張貼於顯明處所，使大家知道。例如工程招標多採公開方式，爲恐通知不週，故法令有：「應在當地報紙廣告二日」的規定，以免疏失。

六、**書信**——書信原本是人們互通音訊，交換意見最普遍的方法。我國法律採法定證據主義，所謂「口說無憑」，因此當洽辦重要事務，爲愼重起見，均應以書面表達爲宜。至於書函，已被列爲公文中事稱，是一種爲公務而以私函方式的行文。

七、**書表**——在辦理工程事務時，常有使用印妥的書表填寫，以求便捷，並使應該具備的內容不致漏列，而且可以節省填寫時間。此等書表，實質上亦具有應用文性質。

第三節　工程應用文與公文之異同

公文古時爲官書，祇限於官方使用，百姓沒有應用的需要。現在則不同，人民是國家的主人，政府的任務，在於爲民服務。政府機關間處理公務，固需公文，而人民向政府表達意見，提出願望時，也必須動用公文。另一方面，由於公文改革的結果，無論程式、用語都趨向於簡單而明瞭，於是稍具規模的公司、行號對內、對外的文書，也都逐漸「公文化」。所以，公文在目前，不但已成爲人人必需的應用文，而且在應用文中更爲大家所重視。工程應用文的種類，如前節所述，其中已經包括公文一種，大致上都差不多，如一定要嚴格區分的話，其最大不同點，可以說，前者是較爲偏專，因此本書也是依此範圍爲界，以利研讀。

第四節 工程應用文製作要點與原則

工程應用文概可分爲七類，已如前述，那末它的作法自然也將隨各類性質而不同，但不論其如何分類，在製作時應掌握簡、淺、明、確等要點。當然也要遵循若干項共通的原則，玆將之分述如後：

一、**要切合實際需要**——應用文應以實際事情爲內容，前面曾經說過。所以切合實際需要，也是寫作應用文的一項原則。簡而言之，須完整而無費詞，如果通篇都是自我宣傳，而忽視整個事實，雖然是文情並茂，但是於事無補。常見向主管機關申請核准某一項請求，由於公文內容未能掌握重點，且又忽視法令規定，而遭批駁。究其原因，實在是不能切合實際需要所導致。

二、**要文字淺顯通俗**——應用文的文章，寫出來必須要大家易懂易讀，所用的文字，必須淺顯而通俗，生僻的典故，艱澀的字句，不宜引用。而各種專門術語，應儘量使用大家所公認的，例如，中國工程師學會頒訂的，或國立編譯館所引用的。

三、**要認清特定對象**——寫作任何應用文時，認清特定對象，自然也是必守的共通原則。例如工程契約，除需根據投標時的約定事項，更須認清雙方當事人，甚至保證人之間的關係，確定其權利與義務，使任何人對此契約都能一目瞭然。否則，將使工程遭遇困難，權利喪失而無從追索。契約如此，其他各種應用文亦然。

四、**要符合現行格式**——應用文依其種類，有各種格式，如公文的格式不能和記錄相混淆；契約的格式不能與書信相錯雜。尤其，應用文的格式，應該從其規定或習慣，凡已經廢棄的，即不宜作爲依據。如公文的格式，應依新公文程式條例的規定，凡不合現行條例者，雖然過去曾經通行的，也不宜再用，而應加以改進。

五、要具備專業知識——應用文而冠以「工程」兩字，很顯然的，是一種專業方面所用的應用文。換言之，必須對工程方面專業學識具有相當基礎，才能達到預期的目的，除此以外，尚須具備法律、行政等各方面知識，俾臻妥善。

第二章 公 文

第一節 公文的意義

政府機關或法人團體處理公務，是藉公文表達彼此的意思；私人向政府機關或法人團體有所陳述或請求，也是藉公文表達意思，這不祇可看出公文在行政上所佔的地位重要性，也可看出其行使的範圍，是非常廣泛。

根據刑法第一篇第一章第十條第三項：「稱公文書者，謂公務員職務上制作之文書」；新公文程式條例第一條：「稱公文者，謂處理公務之文書；其程式，除法律別有規定外，依本條例之規定辦理。」以上兩個定義，似乎不同，前者是以制作文書的身分和職務爲前提；後者是以文書處理的事務爲關鍵。前者是指從事公務的人員，依其職務規定而制作的文書，才稱公文書。如果不是由於職務需要所制作的文書，即使其具有公務員身分，也不能稱作公文書，假使不是公務員，則更不具備這項基本條件了。後者的含意就不是這樣：凡是政府機關、地方自治機關、法定團體，在公務上發生相互關係，或與人民發生關係時，用來表示公務的意見或辦法的文書，就稱爲公文。因此未具備公務員身分和法定職務的人民，向公務機關有所陳述，或請求的事項，不論其爲公爲私，其所作成的文書，也是屬於公文的範疇。但人民使用的函，其處理的一方，必須是政府機關。假使純粹屬於私人性質的文書，即文書收受的雙方，都是私人，那就只能稱爲私文書，而非公文。

第二節　公文程式

如前所述，公文既是如此重要，假如沒有一定的程序或格式，作爲共同遵守的準繩，實不足以適應行政上的需要。因此政府爲提高行政效率，特規定制作公文的程序與格式，作爲共同遵守的依據。而公文程式條例，遂應運而生。

茲將現行公文程式條例全文，刊載於後，俾在研究公文程式之前，先獲得一基本的概念。

（附一）公文程式條例

中華民國四十一年十一月十一日立法院制定全文十條　同年十一月二十一日總統公布
中華民國六十一年一月十八日立法院修正全文十四條　同年一月二十五日總統公布
中華民國六十二年十月十九日立法院修正第二、三兩條　同年十一月三日總統公布

第一條　稱公文者，謂處理公務之文書；其程式，除法律別有規定外，依本條例之規定辦理。

第二條　公文程式之類別如左：

一、令：公布法律、任免、奬懲官員，總統、軍事機關部隊發布命令時用之。

二、呈：對總統有所呈請或報告時用之。

三、咨：總統與立法院、監察院公文往復時用之。

四、函：各機關間公文往復，或人民與機關間之申請與答復時用之。

五、公告：對公衆有所宣布時用之。

六、其他公文。

前項各款之公文，除第五款外，必要時得以電報或代電行之。

第三條　機關公文，視其性質，分別依照左列各款，蓋用印信或簽署：

一、蓋用機關印信，並由機關首長署名，蓋職章或蓋簽字章。

二、不蓋用機關印信，僅由機關首長署名，蓋職章或蓋簽字章。

三、僅蓋用機關印信。

機關公文依法應副署者，由副署人副署之。

機關內部單位處理公務，基於授權對外行文時，由該單位主管署名，蓋職章，其效力與蓋用該機關印信之公文同。

第四條　機關首長出缺由代理人代理首長職務時，其機關公文應由首長署名者，由代理人署名。

機關首長因故不能視事，由代理人代行首長職務時，其機關公文，除署首長姓名註明不能視事事由外，應由代行人附署職銜、姓名於後，並加註代行二字。

機關內部單位基於授權行文，得比照前二項之規定辦理。

第五條　人民之申請函，應署名、蓋章，並註明性別、年齡、職業及住址。

第六條　公文應記明國曆年、月、日。

機關公文，應記明發文字號。

第七條　公文得分段敍述，冠以數字，除會計報表、各種圖表或附件譯文，得採由左而右之橫行格式外，應用由右而左直行格式。

第八條　公文文字應簡淺明確，並加具標點符號。

第九條　公文，除應分行者外，並得以副本抄送有關機關或人民；收受副本者，應視副本之內容爲適當之處理。
第十條　公文之附屬文件爲附件，附件在二種以上時，應冠以數字。
第十一條　公文在二頁以上時，應於騎縫處加蓋章戳。
第十二條　應保守秘密之公文，其制作、傳遞、保管，均應以密件處理之。
第十三條　機關致送人民之公文，得準用民事訴訟法有關送達之規定。
第十四條　本條例自公布日施行。

第三節　公文的結構及作法

一、公文的結構

過去的公文，和作一般議論文一樣，要講究起承轉合；首先是引述來文，或者是直述本文要旨，或者引起下文的稱爲起；承接上文相互呼應的稱承；在上文之後另有擬議或辦法，或加按語的稱爲轉；結束本文，表明目的，或要求的稱爲合。

現行公文趨於簡化劃一，在結構方面已經沒有嚴格的起承轉合之分，除外交部對外文書，僑務委員會與海外僑胞、僑團間行文，須因時、因地、因事制宜，可在簡化原則下依其自行訂定的程式外，一般行政機關的公文，以函爲主，其結構一律採用主旨、說明、辦法，三段式。但其分段數及「說明」、「辦法」兩段的標題名稱，均可因事、因案加以活用。要點如次：

㈠主旨——爲全文精要，用以說明行文的目的與期望。此段文字之敍述，應力求具體扼要。簡單公文，儘量用一段敍述，不必硬性分割爲二段或三段。當採用一段式時，因無「說明」及「辦法」兩段段名，故其「主旨」兩字自然可以省略。

㈡說明——當案情必須就事實、來源、或理由，作較詳細的敍述，不宜於「主旨」內容納時，用本段條例說明。本段標題，因公文內容改用其他名稱更恰當時，可由各機關自行規定。

㈢辦法——向受文者提出的具體要求，無法在「主旨」內簡述時，用本段列舉。本段標題，可因公文內容改用「建議」、「請求」、「擬辦」等更適當的名稱。

二、公文的款式

公文的款式，就是指公文上所列的項目。依照現行公文程式條例的規定，一般公文須具備下列九項款式，茲分述如下：

㈠發文機關名稱——公文上首須標明發文機關名稱，表示發文的主體。使人一望而知是什麼機關的來文。

㈡文別——公文上於發文機關名稱之後，應根據本機關與受文者的關係書明文別，使承辦人員於處理時，一目了然。

㈢受文者——這是表示收受公文的主體。所有公文，除了公佈法令，以及公告的受文對象爲一般人民之外，都有其一定的受文對象，如果不將受文對象標明，這件公文也就無從發生效力。如對方爲軍事機關、部隊時，寄發時應寫信箱號碼，以加強保密。

㈣本文——本文是公文的正文，也是公文的主幹，應按行文的主旨、依據、目的及立場來論述，當然是公文中最重要的一部分。這一部分的文字，得分段敍述，冠以數字，使之有條有理，層次分明。

㈤附件——公文除本文外，有時還有附件，如有附件時，應在文中敍明，或於正文後加以註明，以免發文時遺漏，並可促使對方注意。因此附件應注意的事項有：

1. 附件爲文書時，應註明文書的名稱，其爲原本、抄本、影本或節本者，並須一併表明；附件如爲物件時，則應註明該項物件的名稱。

2. 公文附件除在本文中敍述外，並須另於專欄內註明物件的名稱。

㈥副本——爲加強聯繫，配合工作，提高行政效率，將與正本同一內容之公文，抄送各有關機關或人民，以視其內容作適當之處理。但公文應予分行者，不得以副本替代，此在新頒公文程式條例第九條前段，即有明確規定，其目的顯在避免投機取巧者，藉此推卸責任，企圖以副本減輕公文的分量，使收受者不太注意，一旦發生問題，則以「曾以副本抄送在案」之詞，作爲搪塞。所以行文者必須依其行政經驗及自由裁量，而決定副本應不應該抄送給某機關；收受副本的機關也必須衡量其職權並審度副本的內容，而作合於分際的適當處理。

㈦署名——就是由發文的負責人具名，表示對發出的公文負責的意思。機關在處理比較不重要的公文，如書函或開會通知之類，有時只蓋機關的條戳或便戳。所應注意者，就是署名的位置一定要在正文之後。

㈧印信——公文除了由負責人署名以示負責外，對一般公告、人事命令、證明書、或重要文件，必須加蓋印信，其目的在於防止僞造而資信守。所謂印信；凡印、關防、鈐記、官章都屬之。機關印信大都蓋在寫有年月日的地方。至於人民的申請書，因人民並沒有印信，則用本人的私章，蓋在本人姓名之下。

(九)發文日期和編號——公文必須記載發文的日期，以表示生效的起點。至於公文之編列字號，作用在便於檢查，這對發受文兩方面，同有必要。如答覆人家來文時，都將來文的字號寫上，一方面固然便於自己的引據，另方面也使對方易於查考。

三、公文的作法

在撰作一件公文之前，首先要把幾項基本觀念弄清楚，然後才不會有茫無頭緒，無從下筆之感。也就是說事先必須瞭解，行文的原因、行文的依據、行文的目的、行文的立場。把這些思考一遍，得到了要領，那末自然就知道辦這件公文要說些什麼和怎樣去撰作了。

一般撰擬公文的程序，應先擬本文，本文擬成後，才編要點（主旨）。否則會使所擬之文稿本末顚倒；甚或重複而冗長。因爲先編要點（主旨）後擬本文時，則思考上卽已喧賓奪主，其所擬之稿就難期完美。

公文的製作，應儘量使用明白曉暢、詞意清晰的語體文字，切勿像以前「師爺」一樣，「賣玩文筆」，使用艱深費解的詞句，或模稜兩可的公文用語。

公文有其獨特的功能，也有獨具的體裁和程式，加以敍述的事情既很複雜，行文的對象又有上行、平行、下行之不同，歷年來積習相沿，自有一套專門用語。此類用語難免有些官樣文章，陳腔濫調，形同贅語，但公文有其特殊結構，有時必須要用一些專門用語，用來引渡交接，在語體文中，尚難找到適當的文句可以替代，若強求其語體化，反而繁冗累贅，自非改革公文的本意。茲將現行公文用語改革要點舉例如次：

㈠、「竊」字無意義，取消不用。

㈡、「奉」、「准」、「據」、「查」等引述語儘量少用。

㈢、「呈稱」、「令開」、「內開」、「等情」、「等由」、「等因」等引文起首及收束語一律取消不用。

㈣、「據此」、「准此」、「奉此」、「據呈前情」、「准函前由」、「奉令前因」等承轉語一律取消不用。

㈤、「在案」、「在卷」、「各在案」、「各在卷」處理經過語取消不用。

㈥、「合行」、「合亟」、「相應」、「理合」等累贅用語均取消不用。

㈦、「令仰」、「仰卽」改爲「希」。「呈請」、「謹請」、「敬請」、「飭」一律改爲「請」；「知照」改爲「查照」；「遵照」改爲「照辦」；「遵照具報」、「遵辦具報」改爲「辦理見復」；「鑒核示遵」改爲「核示」或「鑒核」；「飭遵」、「飭辦」改爲「請轉告所屬照辦」；「轉飭」改爲「轉行」或「轉告」。「著卽」、「伏乞」、「仰懇」一律取消不用。

㈧、「爲要」、「爲荷」、「爲禱」等結尾語一律取消不用。

(九)、「尙」、「姑予照准」、「尙無不合（妥）」、「似」、「似可照辦」等不肯定的判斷或建議用語一律取消不用。

(十)、審核各項規定或答覆請求時，如符合，即用「符合規定」，否則即用「不合規定」或「與規定不符」或「某項不合規定，其餘均合規定」。

(十一)、稱謂用語：

1.直接稱謂用語：

(1)機關間：

有隸屬關係：上級對下級稱「貴」；下級對上級稱「鈞」，書寫時空一格；自稱「本」。

對無隸屬關係上級稱「大」；平行稱「貴」；自稱「本」。

對機關首長：上級對下級稱「貴」，自稱「本」；下級對上級稱「鈞長」，書寫時空一格；自稱「本」。

(2)機關（或首長）對屬員稱「台端」。

(3)機關對人民稱「先生」、「女士」或通稱「君」；對團體稱「貴」，自稱「本」。

2.間接稱謂用語：

(1)對機關、團體稱「全銜」（或「簡銜」），如一再提及，必要時得稱「該」；對職員稱「職稱」。

(2)對個人一律稱「君」。

(附二) 法律統一用語表

統一用語	說明
「設」機關	如：「審計部組織法」第十四條：「審計部於各省（市）設審計處…」。
「置」人員	如：「臺北市政府組織規程」第七條：「各局置局長，……」。
「第九十八條」	不寫爲：「第九八條」。
「第一百條」	不寫爲：「第一〇〇條」。
「第一百十八條」	不寫爲：「第一百『一』十八條」。
「自公布日施行」	不寫爲：「自公『佈』『之』日施行」。
「處」五年以下有期徒刑	自由刑之處分，用「處」，不用「科」。
「科」五千元以下罰金（罰鍰）	罰金、罰鍰之處分，用「科」，不用「處」。且不寫爲：「科五千元以下『之』罰金（罰鍰）」。
準用「第〇條」之規定	法律條文中，引用本法其他條文時，不寫「『本法』第〇條」，而逕書「第〇條」。又如：「違反第二十條規定者，科五千元以下罰金」。
「第二項」之未遂犯罰之	法律條文中，引用本條其他各項規定時，不寫「『本條』第〇項」，而逕書「第〇項」。如刑法三十七條第四項「依第一項宣告褫奪公權者，自裁判確定時發生效力。」
「制定」與「訂定」	法律之創制，用「制定」；行政命令之制作，用「訂定」。
「製定」、「製作」	書、表、證照、册、據等，公文書之製成用「製定」或「製作」，即用「製」不用「制」。
「一、二、三、四、五、六、七、八、九、十、百、千」	法律條文中之序數不用大寫，即不寫爲：「壹、貳、叁、肆、伍、陸、柒、捌、玖、拾、佰、仟」。
「零、萬」	法律條文中之數字「零、萬」不寫爲：「〇、萬」。

(附三) 法律統一用字表

用字舉例	統一用字	曾見用字	說明
公布、分布、頒布。	布	佈	
徵兵、徵稅、稽徵。	徵	征	
部分、身分。	分	份	
帳、帳目、帳戶。	帳	賬	
韭菜。	韭	韮	
礦、礦物、礦藏。	礦	鑛	
釐訂、釐定。	釐	厘	
使館、領館、圖書館。	館	舘	
穀、穀物。	穀	谷	
行蹤、失蹤。	蹤	踪	
妨礙、障礙、阻礙。	礙	碍	
賸餘。	賸	剩	
占、占有、獨占。	占	佔	

牴觸。	牴	抵	
雇員、雇主、雇工。	雇	僱	名詞用「雇」。
僱、僱用、聘僱。	僱	雇	動詞用「僱」。
贓物。	贓	臟	
黏貼。	黏	粘	
計畫。	畫	劃	名詞用「畫」。
策劃、規劃、擘劃。	劃	畫	動詞用「劃」。
蒐集。	蒐	搜	
菸葉、菸酒。	菸	煙	
儘先、儘量。	儘	盡	
麻類、亞麻。	麻	蔴	
電表、水表。	表	錶	
擦刮。	刮	括	
拆除。	拆	撤	
磷、硫化磷。	磷	燐	

貫徹。	徹	澈	
澈底。	澈	徹	
祇。	祇	只	副詞。
並。	並	并	連接詞。
聲請。	聲	申	對法院用「聲請」。
申請。	申	聲	對行政機關用「申請」
關於、對於。	於	于	
給與。	與	予	給與實物。
給予、授予。	予	與	給予名位、榮譽等抽象事物。
紀錄。	紀	記	名詞用「紀錄」。
記錄。	記	紀	動詞用「記錄」。
事蹟、史蹟、遺蹟。	蹟	跡	
蹤跡。	跡	蹟	
糧食。	糧	粮	

（附四）標點符號用法表

符號	名稱	用法	舉例
。	句號	用在一個意義完整文句的後面。	公告〇〇商店負責人張三營業地址變更。
，	逗號	用在文句中要讀斷的地方。	本工程起點爲仁愛路，終點爲……
、	頓號	用在連用的單字、詞語、短句的中間。	1.建、什、田、旱等地目…… 2.河川地、耕地、特種林地等…… 3.不求報償、沒有保留、不計任何代價…
；	分號	用在下列文句的中間： 一、並列的短句。 二、聯立的復句。	1.知照改爲查照；遵辦改爲照辦；遵照具報改爲辦理見復。 2.出國人員於返國後一個月內撰寫報告，向〇〇部報備；否則限制申請出國。
：	冒號	用在有下列情形的文句後面： 一、下文有列舉的人、事、物時。 二、下文是引語時。 三、標題。 四、稱呼。	1.使用電話範圍如次：⑴……⑵… 2.接行政院函： 3.主旨： 4.〇〇部長：
？	問號	用在發問或懷疑文句的後面。	1.本要點何時開始正式實施爲宜？ 2.此項計畫的可行性如何？
！	感歎號	用在表示感歎、命令、請求、勸勉等文句的後面。	1.……又怎能達成這一爲民造福的要求！ 2.希照辦！ 3.請鑒核！ 4.來努力創造我們共同的事業、共同的榮譽！

符號	名稱	用法	舉例
「」『』	引號	用在下列文句的後面，（先用單引，後用雙引）：一、引用他人的詞句。二、特別着重的詞句。	1. 總統說：「天下只有能負責的人，才能有擔當。」 2. 所謂「效率觀念」已經爲我們所接納。
—	破折號	表示下文語意有轉折或下文對上文的註釋。	1. 各級人員一律停止休假—即使已奉准有案的，也一律撤銷。 2. 政府就好比是一部機器—一部爲民服務的機器。
……	刪節號	用在文句有省略或表示文意未完的地方。	憲法第五十八條規定，應將提出立法院的法律案、預算案……提出於行政院會議。
（）	夾註號	在文句內要補充意思或註釋時用的。	1. 公文結構，採用「主旨」「說明」「辦法」（簽呈爲「擬辦」）三段式。 2. 臺灣光復節（十月廿五日）應舉行慶祝儀式。

（附五）中文書寫及排印方式統一規定

行政院六十九年六月三十日台六十九教字第七四三二號函頒訂

一、中文書寫及排印以直行爲原則，一律自上而下，自右而左。

二、中文橫式書寫及排印，自左而右；但單獨橫寫國號、機關名稱、國幣、郵票、匾額、石碑、牌坊、書畫、題字及工商行號招牌，必須自右而左；交通工具兩側中文橫寫，自頭部至後尾順序書寫。

三、同一版面有橫、直兩種排列方式時，其橫式自左而右。

（附六）　行政院函

中華民國六十二年六月二十二日
臺六十二祕字第五三七八號

受文者：各部會處局署
各省市政府

主　旨：訂定「行政機關公文處理手册」，希照其中規定自六十二年七月一日起實施，並轉行所屬照辦。

院　長蔣經國

前　言

「公文」是政府機關推行公務、溝通意見的重要工具。公文的內容、文字是否明確？處理程序是否簡便？與它本身應有的功能和行政效率有極密切的關係。

無可諱言，過去公文格式不夠簡明，用語累贅繁複，尤其是模稜兩可、似是而非，以及層層套敍的文字，顯不出內容主題，不合「簡、淺、明、確」的要求。所用文體，也和一般國民日常所用語文脫節，不合時代要求。實有澈底改革的必要。因此，本院於六十二年二月間頒行改革要點，對公文製作及處理試行改革，改革的宗旨：

一、使政府機關公文所要表達的意思，很明確的讓社會大衆普遍接受。

二、使政府機關公文在大幅度的改革措施下，澈底擺脫陳舊落伍的程式用語，使能充份發揮溝通意見、推行公務的功用，並在行政革新中發生引導作用。

三、使政府機關公文結構、程式、文字趨於簡單明瞭，卽使一位初任公職的青年也都可擬辦公文。

四、使政府機關減少不必要的行文程式和數量，提高行政效率。

試辦結果，一般情形良好，復經全盤檢討，並參酌各方意見彙編爲本手册，以爲全面實施的依據。

本手册編纂體例說明如下：

一、公文製作原屬公文處理的一個環節，依序應在處理之後，現予專列一章，並置於公文處理之前，是强調公文製作本身的重要性，並顯示此次改革的重點所在。

二、公文作法舉例，僅能提供具有代表性的各類範式，難以一一羅列，有賴各級行政人員舉一反三，參酌運用。

三、凡與公文處理有關的法規資料納入附錄，以供參考。惟因本手册自編訂至付印，時間匆促，難免漏缺，留待將來補入。

四、本手册採活頁式裝訂，以便將來如有修訂或增删時，隨時可以抽換。

本手册訂頒以後，希望全體行政人員對於這次全面實施公文改革，都能把握到：

一、在基本觀念上，認清此次改革的精神重於形式；公文程式結構的變更，旨在促進行政的革新，而不在標新立異。

二、在執行態度上，要認眞而不敷衍，虛心以求改進，做到澈底、一致、持久，實事求是，貫徹始終。

三、在共同信念上，明瞭這是一項「由繁化簡，由深入淺」的改革，沒有做不通的理由，祇要共同努力，必能完成這次改革的使命。

附錄：行政機關公文處理手冊

行政院秘書處
民國六十二年六月

第一章　總　則

一、行政機關公文處理，依本手冊規定。

二、本手冊實施範圍：

㈠行政院暨各部會處局署及其所屬機關（國防部所屬軍事機關部隊仍依原有規定）。

㈡省（直轄市）政府及其所屬機關。

㈢縣（市）政府及其所屬機關。

三、各機關可根據本手冊各項規定，自行訂定適合於本機關的實施要點，配合執行，但不得與本手冊規定有所牴觸。

四、本手冊各章規定的事項，各機關必須一致執行。

五、附錄各項供參照辦理。

第二章　公文製作

第一節　公文類別說明

一、公文分為「令」、「呈」、「咨」、「函」、「公告」、「其他公文」六種，用法如下：

㈠令：公布行政規章，發表人事任免、調遷、奬懲、考績時使用。

㈡呈：對總統有所呈請或報告時使用。

㈢咨：行政機關不適用（總統與立法院、監察院公文往復時使用）。

㈣函：各機關處理公務一律用函行文：

1.上級機關對所屬下級機關有所指示、交辦、批復時。

2.下級機關對上級機關有所請求或報告時。

3.同級機關或不相隸屬機關間行文時。

4.民衆與機關間的申請與答復時。

㈤公告：各機關就主管業務，向公衆或特定的對象宣布週知時使用。發布方式：得張貼於機關的佈告欄，或利用報刊等大衆傳播工具廣爲宣布。

㈥其他公文：

1.書函：

⑴於公務未決階段需要磋商、陳述及徵詢意見、協調或通報時使用。

⑵代替過去的便函、備忘錄及下級機關首長對上級機關首長的簽呈。

2.表格化的公文：

⑴簡便行文表：

答復簡單案情，寄送普通文件、書刊、或爲一般聯繫、查詢等事項行文時使用。

⑵開會通知單：

召集會議時使用。

⑶公務電話紀錄：凡公務上聯繫、洽詢、通知等可以電話簡單正確說明的事項，經通話後，發話人如認有必要，可將通話紀錄複寫兩份，以一份送達受話人，雙方附卷，以供查考。

⑷其他可用表格處理的公文。

第二節　公文結構及作法

第一款　公布令及人事命令

甲、公布令

一、公布行政規章的令文可不分段，敍述時動詞一律在前，例如：

㈠訂定「〇〇〇實施細則」。

㈡修正「〇〇〇辦法」第〇條條文。

㈢廢止「〇〇〇辦法」。

二、多種規章同時公布，可併入同一令內，並可採用表格式。

三、公布令的發布方式：以公文分行，或登載於各級政府公報，由各機關自行規定。

（公布令作法見舉例）

乙、人事命令

一、人事命令分：任免、調遷、獎懲、考績。

二、人事命令可由人事單位訂定固定的表格發表。

第二款　函

一、行政機關的一般公文以「函」為主，製作要領如下：

㈠文字敍述應儘量使用明白曉暢，詞意清晰的語體文，以達到公文程式條例第八條所規定「簡、淺、明、確」的要求。

㈡文句應正確使用標點符號（標點符號用法表見附錄）。

㈢文內不可層層套敍來文，祇摘述要點。

㈣應絕對避免使用艱深費解、無意義或模稜兩可的詞句。

㈤應採用語氣肯定、用詞堅定、互相尊重的語詞。

㈥函的結構，一律採用「主旨」、「說明」、「辦法」三段式，案情簡單的函，儘量用「主旨」一段完成，能用一段完成的，勿硬性分割為二段、三段；「說明」、「辦法」兩段段名，均可因事、因案加以活用。

二、公文分段要領：

㈠「主旨」：為全文精要，以說明行文目的與期望，應力求具體扼要。

㈡「說明」：當案情必須就事實、來源或理由，作較詳細的敍述，無法於「主旨」內容納時，用本段說明。本段段名，因公文內容改用「經過」、「原因」等其他名稱更恰當時，可由各機關自行規定。

㈢「辦法」：向受文者提出的具體要求無法在「主旨」內簡述時，用本段列舉。本段段名，可因公文內容改用「建議」、「請求」、「擬辦」等更適當的名稱。

㈣各段規格：

1.每段均標明段名，段名之上不冠數字，段名之下加冒號「：」。

2.「主旨」一段不分項，文字緊接段名書寫。

3.「說明」、「辦法」如無項次，文字緊接段名書寫；如分項條列，應另行書寫。項目次序如下：

一、二、三、……，(一)(二)(三)……1.2.3.……，(1)(2)(3)……。

4.「說明」、「辦法」分項條列，內容過於繁雜時，應審酌錄為附件。

(函的作法見舉例)

第三款　公　告

一、公告一律使用通俗、簡淺易懂的語體文製作，絕對避免使用艱深費解的詞彙。

二、公告文字必須加註標點符號。

三、公告內容應簡明扼要，非必要的或與公告對象的權利義務無直接關係的話不說；各機關來文日期、文號，不要在公告內層層套用；會商研議的過程也不必在公告內敍述。

四、公告的結構分為「主旨」、「依據」、「公告事項」（或說明）三段，段名之上不冠數字，分段數應加以活用，可用「主旨」一段完成的，不必勉強湊成二段、三段，可用表格處理的儘量利用表格。

五、公告分段要領：

(一)「主旨」：用三言兩語勾出全文精義，使人一目瞭然公告目的和要求。「主旨」的文字緊接段名冒號之下書寫。

(二)「依據」：將公告事件的來龍去脈作一交代，但也只要說出某一法規和有關條文的名稱，或某某機關的來函即可，除非必要，不敍來文日期、字號。「依據」有兩項以上時，每項應冠數字，並分項條列，另行低格書寫。

(三)「公告事項」（或說明）是公告的主要內容，必須分項條列，冠以數字，另行低格書寫，使層次分明，清晰醒目。倘公告事項內容祇就「主旨」補充說明事實經過或理由時，可改用「說明」為段名。公告如另有附件、附表、簡章、簡則等文件時，祇需提到參閱「某某文件」，公告事項內不必重複敘述。

六、凡登報的公告，可用較大字體簡明標示公告的目的，免署機關首長職稱、姓名。

七、一般工程招標或標購物品等公告，儘量用表格處理，免用三段式。

八、凡在機關佈告欄張貼的公告，必須蓋用機關印信，可在公告兩字下闕出空白地位蓋印，以免字跡模糊不清。

（公告作法見舉例）

第四款　其他公文

甲、書函

一、書函的文字用語比照「函」的規定。

二、書函的首行一律標明「受文者」字樣，受文者的職銜姓名緊接書寫。

三、書函的結構採三段式或條列式，由各機關自行規定。

四、書函的發文者在正文之後具名蓋章。

（書函作法見舉例）

乙、表格式公文

表格式公文可依實際需要預印爲固定格式填辦（格式由各機關自行訂定）。

第五款　特殊文書

一、外交部對外文書，僑務委員會與海外僑胞、僑團間行文，須因時、因地、因事制宜，可在簡化原則下自行訂定程式實施。

二、司法文書，由司法行政部根據特性自行訂定程式實施；訴願文書，由行政院訴願審議委員會訂定程式實施。

第三節　公文用語

一、「竊」字毫無意義，取消不用。
二、「奉」、「准」、「據」、「查」等引述語儘量少用。
三、「呈稱」、「令開」、「內開」、「等情」、「等由」、「等因」等引文起首及收束語一律取消不用。
四、「據此」、「准此」、「奉此」、「據呈前情」、「准函前由」、「奉令前因」等承轉語一律取消不用。
五、「在案」、「在卷」、「各在案」、「各在卷」處理經過語取消不用。
六、「合行」、「合亟」、「相應」、「理合」等累贅用語均取消不用。
七、「令仰」、「仰卽」改爲「希」。「呈請」、「謹請」、「敬請」、「飭」一律改爲「請」；「知照」改爲「查照」；「遵照」改爲「照辦」；「遵照具報」、「遵辦具報」改爲「辦理見復」；「鑒核示遵」改爲「核示」或「鑒核」；「飭遵」、「飭辦」改爲「請轉行照辦」；「轉飭」改爲「轉行」或「轉告」。「着卽」、「伏乞」、「仰懇」一律取消不用。
八、「爲要」、「爲荷」、「爲禱」等結尾語一律取消不用。
九、「姑予照准」、「尙無不合（妥）」、「似」、「似可照辦」、「存備查核」等不肯定的判斷或建議用語一律取消不用。
十、審核各項規定或答復請求時，如符合，卽用「符合規定」，否則卽用「不合規定」或「與規定不符」或「某項不合規定，其餘均合規定」。
十一、稱謂用語：

㈠直接稱謂用語：

1.機關間：

⑴有隸屬關係：上級對下級稱「貴」；下級對上級稱「鈞」，書寫時空一格；自稱「本」。

⑵對無隸屬關係：上級稱「大」；平行稱「貴」；自稱「本」。

⑶對機關首長：上級對下級稱「貴」，自稱「本」；下級對上級稱「鈞長」，書寫時空一格；自稱「本」。

2.機關（或首長）對屬員稱「台端」。

3.機關對人民稱「先生」、「女士」或通稱「君」；對團體稱「貴」，自稱「本」。

㈡間接稱謂用語：

1.對機關、團體稱「全銜」（或「簡銜」），如一再提及，必要時得稱「該」；對職員稱「職稱」。

2.對個人一律稱「君」。

第四節　「簽」、「稿」撰擬

第一款　一般原則

一、「簽」、「稿」的性質：

㈠「簽」的作用，是幕僚處理公務表達意見，以供上級瞭解案情、並作抉擇的依據，分為下列兩種：

1.機關內部單位簽辦案件的公文：依自訂分層授權的規定核決，簽末不必敍明上某某長官的字樣。

2.具有幕僚性質的機關首長對直屬上級機關首長的「簽」，文末可用「右陳〇〇長」字樣。

㈡「稿」是公文的草案，依各機關規定程序審定判行後發出。

二、「簽」、「稿」擬辦方式：

(一)先簽後稿：

1.制訂、訂定、修正、廢止法令案件。

2.有關政策性或重大興革案件。

3.牽涉較廣，會商未獲結論案件。

4.擬提決策會議討論案件。

5.重要人事案件。

6.其他性質重要必須先行簽擬的案件。

(二)簽稿併送：

1.文稿內容須另為說明或對以往處理情形須酌加析述的案件。

2.依法准駁，但案情特殊須加說明的案件。

3.須限時辦發不及先行請示的案件。

(三)其他一般案情簡單，或例行承轉的公文，得逕行以稿代簽方式辦理。

三、作業要求：

(一)正確：文字敍述和重要事項記述，應避免錯誤和遺漏，內容主題應避免偏差、歪曲，切忌主觀、偏見。

(二)清晰：文義清楚、肯定，毫不含糊模稜。

(三)簡明：用語簡練，詞句曉暢，分段確實，主題鮮明。

(四)迅速：自蒐集資料，整理分析，至提出結論，應在一定時間內完成。

㈤整潔：簽稿均應保持整潔，字體力求端正。

㈥一致：機關內部各單位撰擬簽稿，文字用語、結構格式應力求一致，同一案情的處理方法不可前後矛盾。

㈦完整：對於每一案件，應作深入廣泛的研究，從各種角度、立場考慮問題，對相關單位應切取協調聯繫。所提意見或辦法，應力求週詳具體、適切可行。並備齊各種必需的文件，構成完整的幕僚作業，以供上級採擇。

第二款　簽的撰擬

一、「簽」的款式：

㈠先簽後稿：使用「簽」的制式用紙，按「主旨」、「說明」、「擬辦」三段式辦理。

㈡簽稿併送：視情形使用「簽」，如案情簡單，可使用便條紙，不分段，以條列式簽擬。

㈢一般存參，或案情簡單的文件，得於原件擬辦欄或文中空白處簽擬。

（附註：便簽由各機關自行製作）

二、「簽」的撰擬要領：

㈠「主旨」：扼要敍述，概括「簽」的整個目的與擬辦，不分項，一段完成。

㈡「說明」：對案情的來源、經過與有關法規或前案，以及處理方法的分析等，作簡要的敍述，並視需要分項條列。

㈢「擬辦」：爲「簽」的重點所在，應針對案情，提出具體處理意見，或解決問題的方案。意見較多時分項條列。

㈣「簽」的各段應截然劃分，「說明」一段不提擬辦意見，「擬辦」一段不重複「說明」。

三、「簽」的用紙格式：

三、本手冊所訂「簽」的用紙格式（見第三章七節附表㈥），具有幕僚性質的下級機關首長對直屬上級機關首長行文時應一致採用，至各機關內部單位簽辦案件可參照自行規定。

第三款　稿的撰擬

一、草擬公文一律使用制式公文稿紙，按文別應採的結構撰擬。

二、撰擬要領：

㈠按行文事項的性質選用公文名稱，如：「令」、「函」、「書函」、「公告」是。

㈡一案須辦數文時，依下列原則辦理：

1.設有幕僚長的機關，分由機關首長或幕僚長署名的發文，分稿擬辦。

2.一文的受文者有數機關時，內容大同小異的，同稿併敍，將不同文字列出，並註明某處文字針對某機關；內容小同大異的，用同一稿面分擬。

㈢「函」的正文，除按規定結構撰擬外，並應注意下列事項：

1.定有辦理或復文期限的，應在「主旨」內敍明。

2.承轉公文，應摘敍來文要點，不可在「稿」內書：「照錄原文，敍至某處」字樣，來文過長仍應儘量摘敍，實在無法摘敍時，可照規定列爲附件。

3.概括的期望語（例如：「請核示」、「請查照」、「請照辦」等）列入「主旨」，並不應在「辦法」段內重複；至具體詳細要求有所作爲時，應列入「辦法」段內。

4.「說明」、「辦法」須眉目清楚，分項條列時，每項表達一意，意義完整的，雖一句，可爲一項；否則雖字數略多亦不應割裂。

5.正文之後首長簽署，敍稿時，爲簡化起見，首長職銜之下僅書「姓」，名字則以「○○」表示。
6.須以副本分行者，應在「副本收受者」欄列舉；如要求收受者作爲時，則應改在「說明」段內列舉，並予註明。
7.如有附件，應在「說明」段內敍述附件名稱及份數。
（公文稿紙格式見第三章七節附表㈠㈡）

第五節　蓋印及簽署

一、公文蓋用印信及簽署規定如下：
㈠呈：用機關首長全銜、姓名、蓋職章。
㈡公布令、公告、派令、任免令、獎懲令、聘書、訴願決定書、授權狀、獎狀、褒揚令及匾額等均蓋機關印信，並蓋機關首長職銜簽字章。
㈢函：
1.上行文：用機關首長職銜、姓名、蓋職章。
2.平行、下行文：蓋職銜簽字章，或職章。
㈣書函：由發文者署名蓋章，或蓋章戳。
㈤機關職員任職證明或其他請求證明身份的文件，蓋機關印信，並蓋機關首長職銜簽字章。
㈥機關內部單位主管根據分層負責的授權，逕予處理事項，對外行文時，由單位主管署名，蓋單位職章。屬於一般事務性的通知、聯繫、洽辦，可蓋機關或單位章戳。

二、公文發文時，原稿不蓋用印信，僅蓋「已用印信」章戳，公文在兩頁以上時，應於騎縫處蓋騎縫章。

三、會銜公文不蓋用機關印信。

第三章　公文處理

第一節　一般原則

一、公文的機密性、重要性及時間性依下列區分，並由各機關依業務性質及實際需要，自行預為區劃，以作為公文處理作業的依據。

(一)公文的機密性，應依國家機密保護辦法的規定分為：「絕對機密」、「極機密」、「機密」、「密」四種。

(二)公文重要性分為：「極重要」、「重要」、「普通」三種。

(三)公文時間性分為：「最速件」、「速件」、「普通件」三種。

二、業務及所屬單位繁多的機關，應設立公文交換中心，定時集中交換。

三、收、發、繕、校及打字人員以集中作業為原則，由各級行政機關依狀況自行規劃辦理。

第二節　收文、發文、分文的處理

收文、發文應一律按年份採統一編號。文件以隨到隨分隨發為原則。

第一款　收　文

一、總收文作業應確按「拆封」「點收」「給據」「編號」「登記」「分文」等程序處理，儘量節約內部收、發、登記層次，加速公文處理效率。

二、公文附件如屬現金、支票、滙票或其他有價證券等，應先繳送出納單位簽收保管；如為大宗或重要物品時，應儘速隨文併送業務主辦單位。

三、單位收文由各機關按業務繁簡自行統一規定。

第二款 發 文

一、發文人員應確按「點收」「分類」「併封」「登記」「發文」等作業程序辦理。

二、發文時應在公文上確切標明重要性、時間性、及保密區分。對平寄郵件應繕列清單，由郵局蓋章認明，以憑查考。

三、對同一機關有數件通常性的發文時，得併封送發。

四、封發公文得視實際情形，逐日分批專送，或郵寄，但最速件應隨時送發。

五、凡體積較大，數量過多的附件得先發公文，並於公文附件欄註明「附件另寄」。另寄附件時，封面上應註明「發文○○字號的附件」。

六、凡大宗及重要物品必須專人護送的，均由業務主管單位自行處理。小件物品由總發文部門處理。

七、人事命令、證件、有價證券、訴訟文件等重要文件用掛號郵件寄發。

八、上級機關頒發一般性通案公文時，應就組織層級及數量，預先分訂公文發行區分表，一次印發直達應到的層級。

第三款 分 文

一、分文人員應注意來文的時間性，依序迅確處理。對未區分等級而內容確係最速件，或速件的來文，應加蓋戳記，提高承辦人員警覺。

二、分文以儘量減少中層單位登記手續為原則。極重要或有特別時限的公文，應先提請長官核閱。

三、來文關涉二個以上單位時，應即按文件性質依本機關之有關規定分送主辦單位。

第三節　承辦、會辦、核稿、決行及分層負責

一、各機關應貫徹分層負責的實施，劃分層次，以不超過三層為原則，逐級授權決行。

六、處理公文的程序，以分承辦、審核、決行三級為原則。

送判公文應在公文稿紙上註明決行的層級。

二、各級承辦人員，如延誤公文處理時限，應追究行政責任。對政府或當事人構成損害時，應負法律責任，各級主管人員並應負行政上的連帶責任。

三、公文得依重要性分由各層級人員辦理：

(一)普通公文由科（課）員級以下人員承辦，經審核後，送上級主管決行。

(二)重要公文由科（課）長級或相當職位人員承辦，經審核後，送上級主管決行。

(三)極重要公文由科（課）長級以上人員承辦，經審核後送機關首長決行。

前三項規定，各機關得視其組織層級和業務情形自行酌定分級，除承辦人員及決行人員外，文稿審核人員每層以不超過二人為原則。

四、公文應以一文一事為原則。

五、公文需其他機關（單位）會辦者，應視同速件處理，重要案件以持會為原則，會簽後不再會稿，核定後以副本抄知。

六、爲減少公文數量，下列事項不必行文：

(一)例行准予備查事項（法定須報備的例外）。

(二)可於會議、會談、會報中商決，或已在報刊上正式發布以及遞送例行表報等事項。

(三)非必要的公文副本。

(四)凡屬聯繫、協調、查告、商洽等事項，均可使用電話代替行文。

七、對所屬人員承辦的公文，如有不同意見，應明確批示。公文需清稿時應將原辦文稿附入。

第四節　繕寫、打字、校對、用印

一、各機關對外行文，應使用統一規格的公文用紙。例行公文，儘量表格化或印成例稿，並套印公文紙，由承辦人員辦稿時連同發文一併複寫。

二、公文決行後應以當日繕打、校對、發文爲原則。機密文件不交商打印。

三、公文用印，依本手冊第二章第五節規定辦理。例行表格、備供核發的證書、單、照等，各機關得預先蓋印或套印，編號備用。

第五節　公文處理的稽催與考核

第一款　公文稽催

一、公文稽催的作用在督促各級主管及承辦人員加速處理公文，提高行政效率。

二、公文稽催的目的在確保公文能於規定的期限內迅速辦出，並於公文處理流程中隨時發現瓶頸所在，以便檢討改進。

三、各機關應建立公文稽催制度，指定單位，指派專人負責辦理公文稽催工作。

四、公文處理時限基準：

㈠最速件隨到隨辦。

㈡速件不超過三天。

㈢普通件不超過六天。

㈣限時公文、法令定有時限的事項，依限辦理。

㈤人民申請各種證照等案件應按其性質，區分類別、項目，分別規定處理時限，如辦理過程需時七天以上者，應分別訂定處理過程各階段的時限，並明白公告。

㈥公文因案情繁複需展期辦理時，應視申請展期天數，區分核准權責，由各機關自行規定，但展期超過一個月以上者，須經機關首長或幕僚長核准。

五、公文處理時限計算標準：

㈠答復案件：自總收文之日起至發文之日止（含會稿、會辦時間），所需天數扣除例假及國定例假日後，爲實際使用天數。

㈡彙（併）辦案件：自規定彙報截止之日起算至全部辦畢發文之日止，所需天數扣除例假、國定例假日及奉准待辦彙復所需天數，爲實際使用天數。

㈢創稿（凡無來文而有發文的案件）：以發起之日起算；如係交辦，以交辦之日起算；如係會議決定，以會議紀錄送達之日起算；如係先簽後辦，以送簽之日起算；直接辦稿者，以辦稿之日起算。

㈣存查案件：自總收文之日起至簽准存查之日止，扣除例假及國定例假日，為實際使用天數。

六、各單位人員職責：

㈠業務單位：

1. 收發人員：

⑴登記本單位每一文件處理流程及使用時間。

⑵統計本單位資料，提出月報。

⑶提供單位主管查催資料。

2. 承辦人員：

⑴按期辦出，控制處理時限（簽辦時應註明月、日、時、分，填寫方法例如：四月廿八日九時卅分可簡化為：（04.28.09.30）；必須展期者，報請權責主管核准。

⑵控制會稿、會辦時限：

①最速件親會。

②同一文件請二個以上單位核會，複製同時送會。

③會稿案件按速件處理。

3. 各級單位主管：

⑴查催、審核本單位公文處理時限。

⑵指定本單位人員負責主動查催。

⑶建議獎懲。

㈡公文稽催單位：

1.登記本機關每一文件處理流程及使用時間。

2.檢查各單位公文處理時限，逾時者催辦，並提出報告。

3.統計全機關公文處理時限資料，提出月報。

㈢研考人員：

1.按期抽查公文處理時限及列管案件，查核稽催單位執行情形。

2.提出糾正及奬懲建議。

七、公文處理經過登記及催辦：

㈠所有各單位送判、送核、送會文件及批迴公文均應送由公文稽催單位登記。

㈡公文稽催單位應按總收文號編製卡片（或簿册）分別以承辦單位及收文順序排列，隨時將公文處理經過情形扼要填入，以爲檢查、催辦及銷號、製表的依據。

㈢公文經簽擬核定後，由稽催單位登記銷號，需繼續辦理或未結案暫存公文，應列管追蹤稽催。

㈣對超過處理時限，仍未簽辦或送會逾時的公文，由稽催單位填具催辦單（格式自定）向承辦單位催辦。

㈤承辦單位接獲催辦單後，應立即或在一定期間（由各機關自訂）內答復，並立即簽辦（或核會），如仍不簽辦，又不將延辦理由答復時，應由稽催單位簽報上級。

第二款 考核

一、下列事項予以考核：

㈠人民申請案件的處理程序與時限。

㈡訴願案件的處理程序與時限。

㈢一般公文處理程序的簡化與改進情形。

㈣減少公文數量措施的執行情形與成效檢討。

二、考核要領：

㈠公文稽催單位除按時查催統計本機關公文處理情形外，並由考核單位抽查所屬單位執行情形，施行實地查證。

㈡針對本機關特性研訂稽催作業細則，作爲執行依據。

㈢早期發現問題，不斷檢討改進，適時提供各級人員研採對策。

㈣考核結果定期提報，以提供各級主管採取有效行動，排除障礙，便計畫繼續進行。

㈤考核執行情形列爲年度業務檢查項目之一。

第六節　檔案管理

一、各機關檔案，視組織及業務需要，設置檔案管理職位及場所，集中管理。

二、檔案保管區分如下：

㈠臨時檔案：尚未結案，待繼續辦理的案卷。

㈡中期檔案：經已結案，列有保管年限，且具有案例價值者。

㈢永久檔案：中期檔案經整理後，具有永久保存價值者。

三、檔案處理區分如下：

㈠銷燬：凡保存年限屆滿或辦後彙燬案卷，應先送會原辦單位後，簽由機關首長核定銷燬。

㈡移轉：

1.臨時檔案已結案者，移轉爲中期檔案。

2.中期檔案經整理後，仍有保存價値者，移轉爲永久檔案。

3.機關裁併或撤銷時，應隨業務移交。

㈢機密等級調整：

機密等級，應每年調整一次，由原辦單位會同檔案管理單位依「國家機密保護辦法」的規定辦理。

㈣具有考證國史價値的檔案應移送國史館參考。

四、案件以隨辦隨歸爲原則，應於發文次日逕行歸檔，別有註明時，則會知後歸檔。

五、檔案以十進法分類，區分如下：

類：各機關所屬一級單位爲類。

綱：各機關所屬二級單位爲綱。

目：依業務項目分目。

節：依檔案性質分節（必要時再分細目）。

前項檔案分類，由檔案主管單位會同有關單位訂定保存年限及分類表，經機關首長核定後實施。

六、檔案應編製收發文號與檔案號對照表及分類目錄卡（一案一卡，內容包括檔號、案名、移轉、銷燬等項）。檔案具有永久保存價値者，得縮影保存（如無此項設備，可洽商有關機關縮攝）。

七、臨時檔案以活頁裝訂，依原卷號及件號順序，小號在下，大號在上；中期檔案及永久檔案，以書本式裝訂。並應注意防護（防盜、防火、防破壞、防蟲鼠、防霉爛、防汚損等及保密）。

八、借閱檔案，其手續應儘量簡便，並參照下列原則辦理：

㈠借閱案卷，應用調卷單（格式自定），並由基層主管核章。

㈡緊急調卷，可先用電話辦理，後補調卷手續。

㈢借調非本管業務案卷，須會主辦單位。

㈣其他機關借調案卷，除法律另有規定外，應以正式公文辦理。

㈤借調案卷以兩週爲限，屆期仍須繼續使用，應塡具展期單（格式自定）洽請展期。借調案件，另有急用時，得隨時催還。

㈥借調案件逾期未歸還者，應洽催，如催還三次，仍不歸還，應簽報上級。

九、借調案卷人員不得洩密、拆散、塗改、抽換、增損、轉借、轉抄、遺失，非經簽准不得複印、影印。機關職員退休或離職時應由人事單位會知檔案主管。

第七節　公文用紙

公文用紙規格如下：

㈠公文稿紙，分爲會銜，不會銜兩種。

格式：如附表㈠㈡。

用紙：六十磅模造紙。

印刷：單頁或摺疊雙頁紅色印製。

㈡「令」、「函」、「呈」通用公文紙，分爲用印與不用印兩種。

格式：如附表㈢㈣。

用紙：六十磅模造紙或打字紙，（油印公文，仍應用制式公文紙套印，不得使用白紙）。

㈢書函

格式：如附表㈤。

用紙：六十磅模造紙。

印刷：單頁紅色印製。

㈣簽稿紙

格式如附表㈥

用紙：六十磅模造紙。

印刷：單頁紅色印製。

㈤簡便行文表

格式：如附表㈦。

用紙：模造紙或打字紙。

印刷：單頁紅色或黑色印製。

㈥開會通知單

格式：如附表㈧

用紙：五十磅模造紙或印書紙。

印刷：油印或單頁黑色印製。

㈦移文單

格式：如附表㈨。

用紙：五十磅模造紙。

印刷：單頁紅色印製。

㈧電話紀錄

格式：如附表㈩

用紙：五十磅模造紙或打字紙。

印刷：單頁紅色或黑色印製。

附表(一)：公文稿紙格式

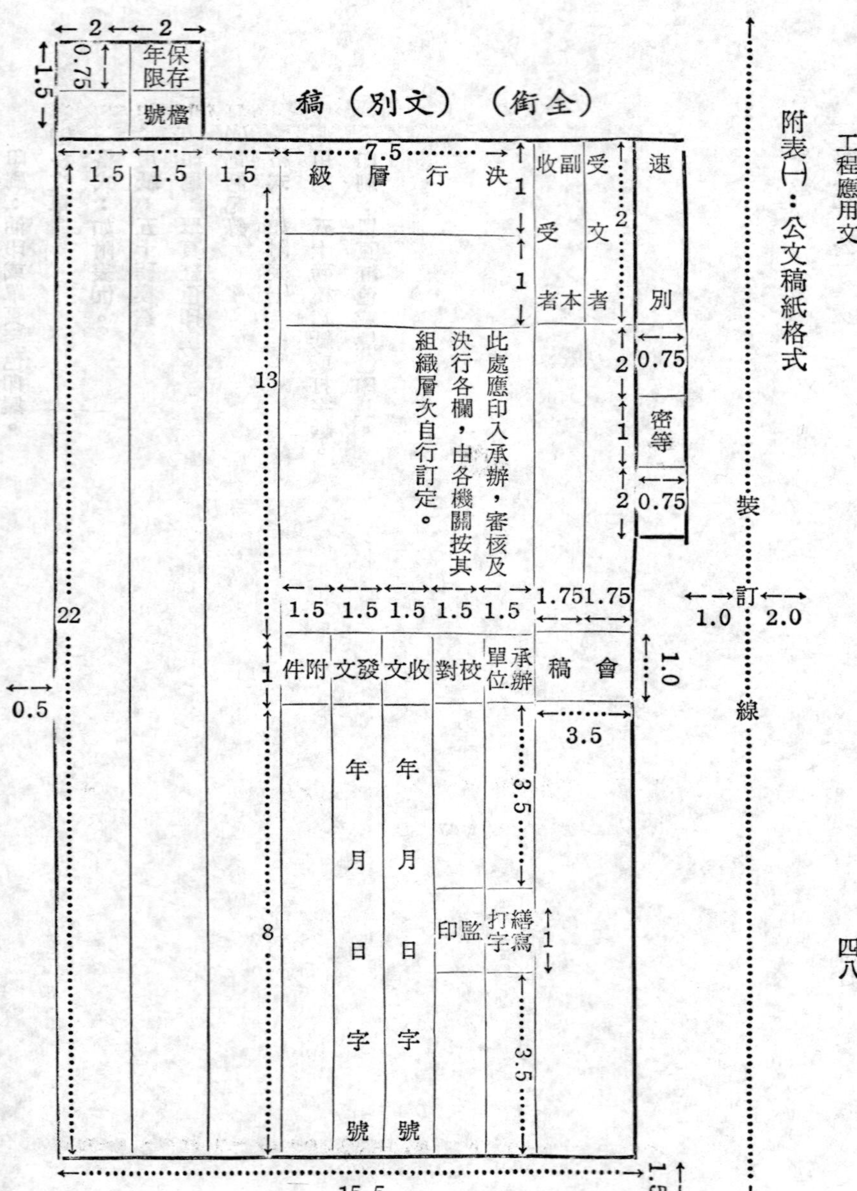

（全銜）（文別）稿
保存年限
檔號
決行層級
受文者
副本收受者
速別
密等
此處應印入承辦，審核及決行各欄，由各機關按其組織層次自行訂定。
會稿
承辦單位
校對
收文
發文
附件
年 月 日 字 號
年 月 日 字 號
繕寫打字
監印
裝訂線
2
2
1.5
0.75
7.5
1.5
1.5
1.5
1
1
2
2
1
2
0.75
0.75
13
22
1.5
1.5
1.5
1.5
1.5
1.75
1.75
1.0
2.0
1.0
1
0.5
3.5
3.5
8
1
3.5
15.5
1.5

說　明：

一、本格式以六十磅八開模造紙用紅色摺疊雙面印製。

二、自「決行層級」至「收發文日期字號等」各欄由各機關在所定範圍內（長22公分，寬7.5公分）自行伸縮規定。需否增闢其他用途如「可否發布新聞」欄及闢欄地位，亦請自行決定。

三、第一面外框及各欄間用較粗紅線，中間分格用細線，裝訂線用虛線；第二面印十行，每行寬度與第一面每行寬度同。

四、尺寸計算單位：公分。

附表㈡：會銜公文稿紙格式

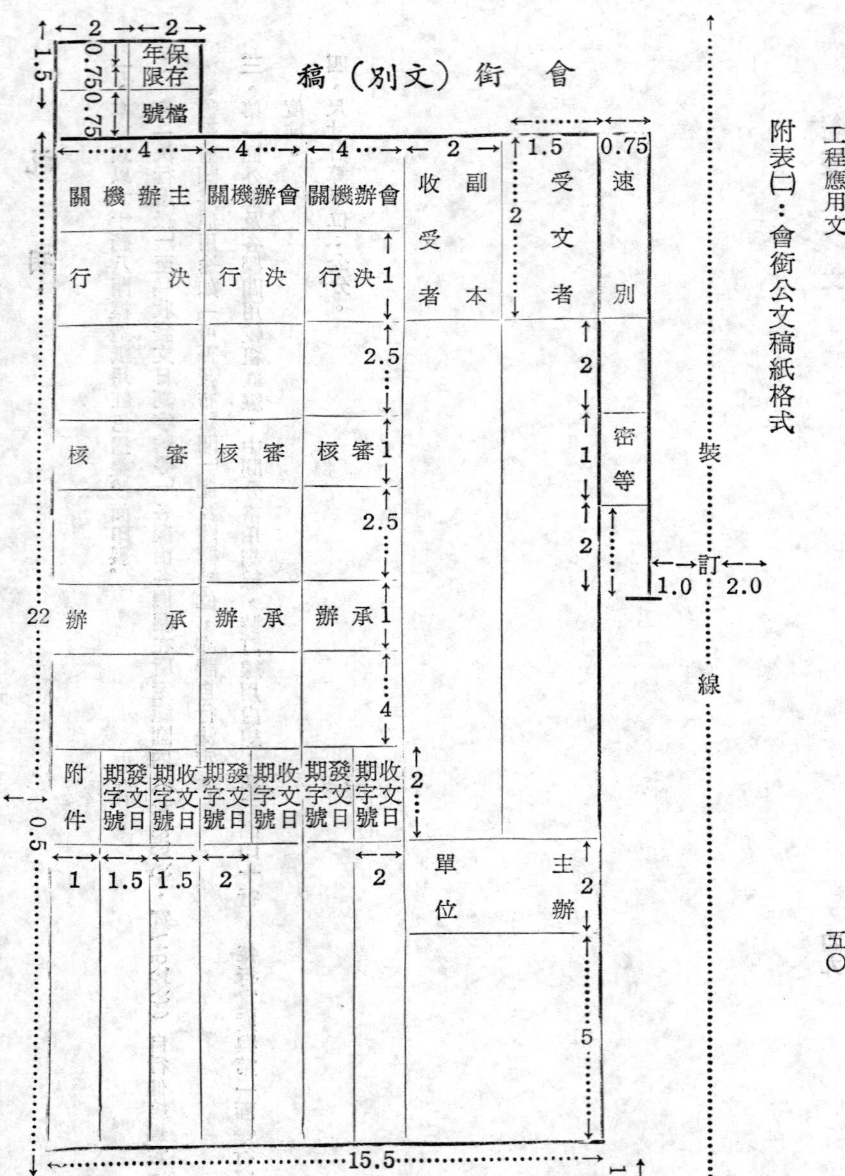

說明：

一、本格式以六十磅八開模造紙用紅色摺疊雙面印製。

二、第一面外框及各欄間用較粗紅線，中間分格用細線，裝訂線用虛線。第二面印十行，每行寬一・五公分。

三、尺寸計算單位：公分。

附表㈢：不用印的公文紙格式

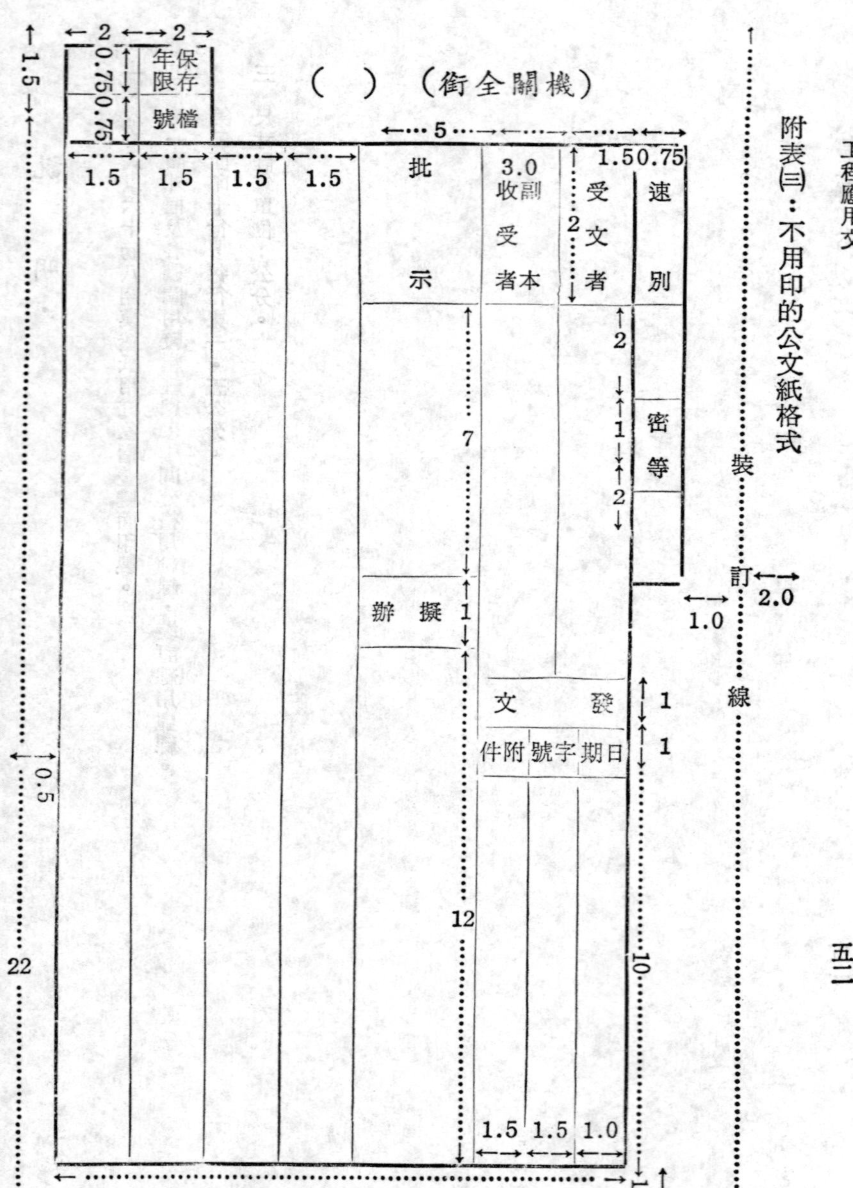

說明：

一、本格式以八開六十磅模造紙或打字紙用紅色分摺疊雙面或單頁（十六開）單面印製。

二、本格式可印製爲兩種：一爲有行格；一爲無行格（大量套印通行公文用）。

三、第一面外框及各欄間用較粗紅線，中間分格用細線，裝訂線用虛線；第二面有行格者印十行，每行寬一・五公分。

四、尺寸計算單位：公分。

附表㈣：用印的公文紙格式

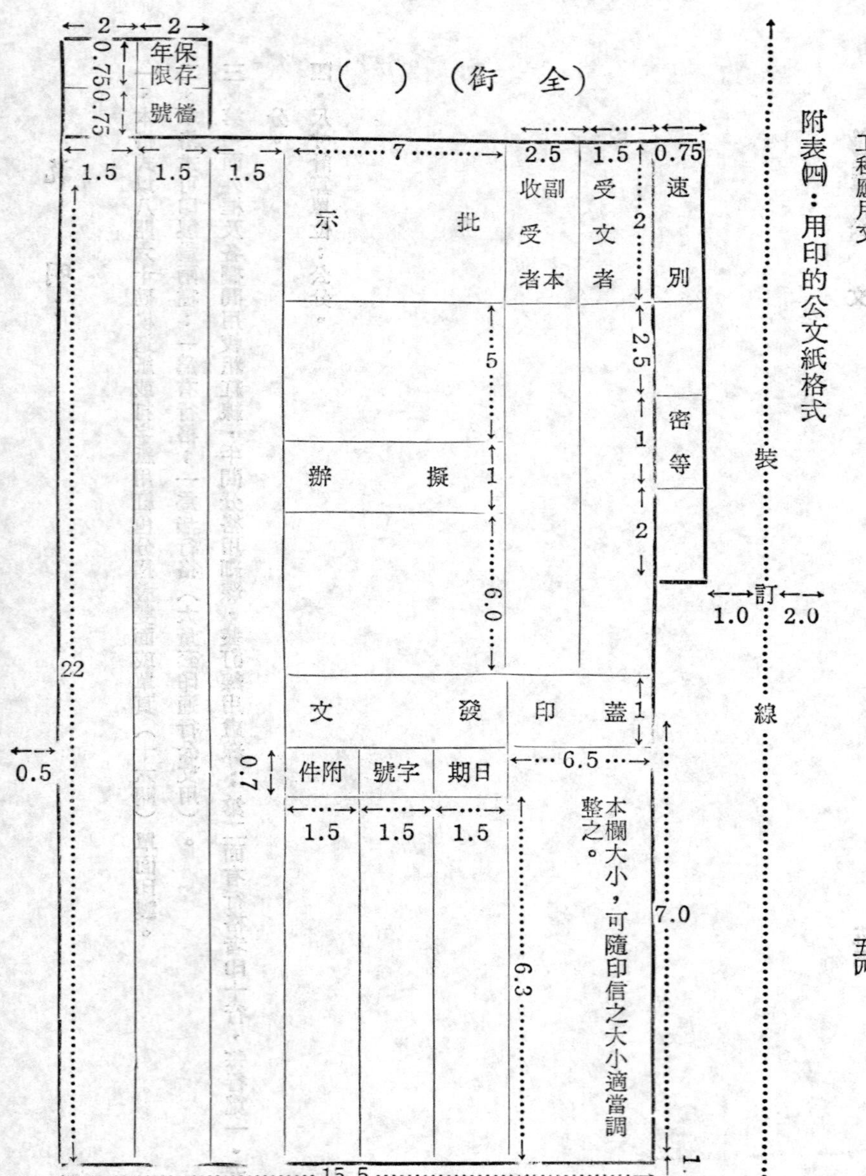

說明：

一、本格式以八開六十磅模造紙或打字紙用紅色摺疊雙面或單頁單面（十六開）印製。

二、第一面外框及各欄間用較粗紅線，中間分格細線，裝訂線用虛線；第二面印十行，每行寬一・五公分。

三、尺寸計算單位：公分。

附表㈤：書函用紙格式

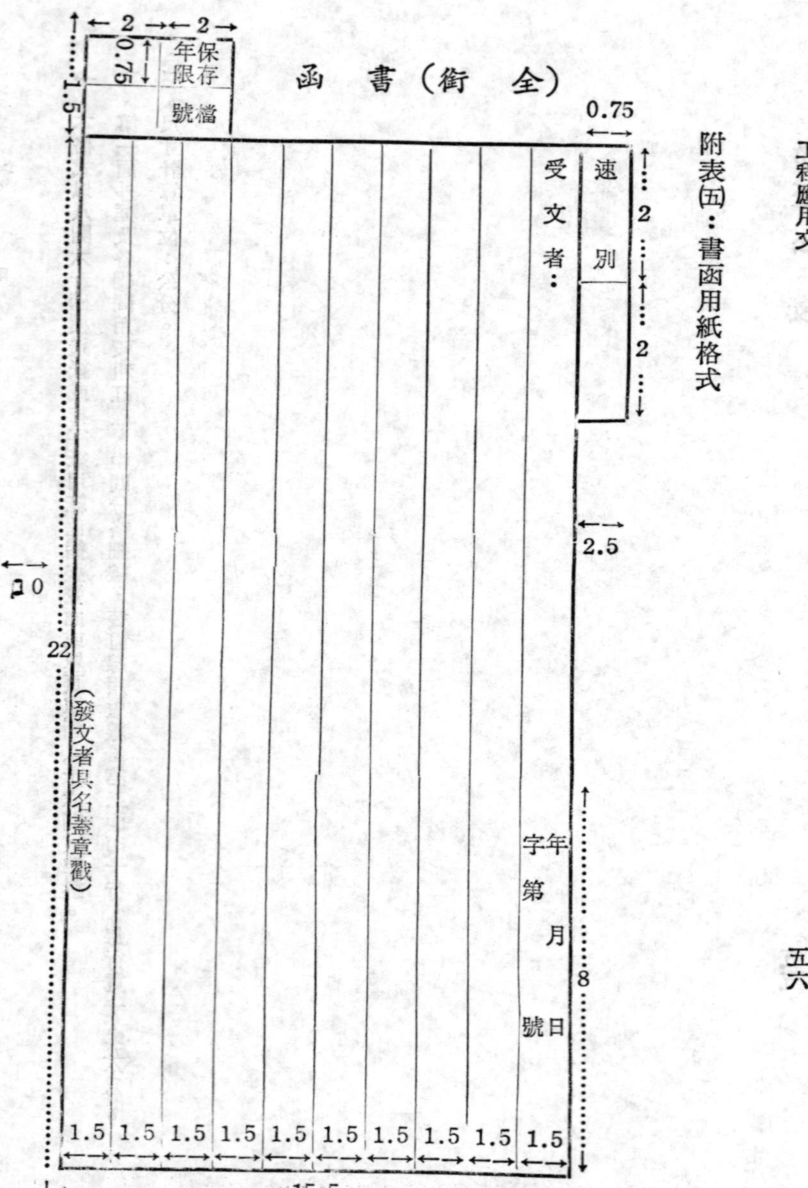
2
2
0.75
保存年限
檔號
1.5
函 書（銜 全）
0.75
速別
2
2
受文者：
2.5
10
22
（發文者具名蓋章戳）
年 月 日
字第 號
8
1.5 1.5 1.5 1.5 1.5 1.5 1.5 1.5 1.5 1.5
15.5

說　明：

一、本格式以十六開六十磅模造紙用紅色單頁單面印製。

二、外框用較粗線，每頁十行。

三、「（發文者具名蓋章戳）欄」，緊接正文之後，實際印製時不必印入。

四、尺寸計算單位：公分。

附表(六)：「簽」的用紙格式

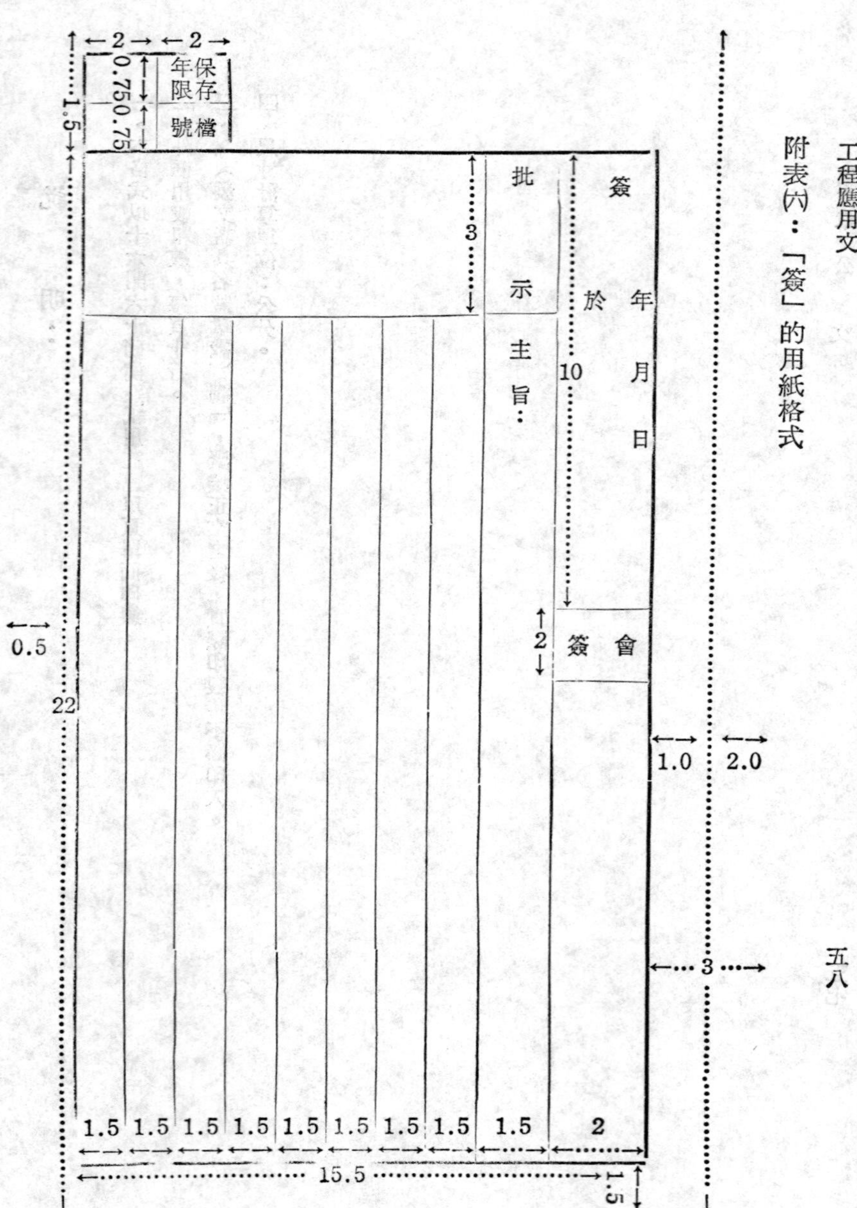
保存
年限
檔號
批示主旨：
簽於 年 月 日
會簽
2
0.75
0.75
1.5
3
10
2
0.5
22
1.0
2.0
3
1.5
1.5
1.5
1.5
1.5
1.5
1.5
1.5
1.5
2
15.5
1.5

說明：

一、本格式以十六開六十磅模造紙用紅色單頁單面印製。
二、外框及各欄間用較粗紅線，中間分格用細紅線，裝訂線用虛線。
三、本格式中頁紙祇印「批示」空格及欄下十行格，每行寬一・五公分。
四、尺寸計算單位：公分。

附表(七)：簡便行文表用紙格式

表文行便簡（銜　全）

速別	受文者	副本	收受者	主旨	發文	單位
					（蓋單位章戳）	

來文日期字號	發文日期字號	附件

保存年限　檔號

2　2　0.75　0.75　1.5　2　0.75　2　10　2　8　1.5　1.5　1.5　3　8　15.5　1.5　0.5　22

說明：

一、本格式以十六開六十磅模造紙或打字紙用紅色或黑色單頁單面印製。

二、外框及各欄間用較粗線，中間分格用細線，裝訂線用虛線。

三、尺寸計算單位：公分。

附表(八)：開會通知單用紙格式

開會通知單（全銜）

速別	
受文者	
副本收受者	
開會事由	
開會時間	年月日（星期　）午時分
開會地點	
主持人	聯絡人（或單位）　電話
出席（列）單位及人員	
備註	
發文單位	（蓋單位章戳）
發文	日期　字號　附件

說明：

一、本格式以十六開五十磅模造紙或印書紙用紅色或黑色單頁單面印製。

二、外框用較粗線條。

三、「出（列）席單位及人員」欄，可視會議參加人數多寡自行伸縮。

四、尺寸計算單位：公分。

附表(九)：移文單用紙格式

單文移（銜　全）

速別	來文者	案由	移送機關	移送原因	備註	移文單位
	來文：年　月　日　字第　號	移文：日期 年　月　日；字號 移字第　號				

0.75　2.5　3　2　4　2　2　3　2　8　1　1　1.5　10　19　0.5　15.5

裝訂線　1.0　2.0

說明：

一、本格式以十六開五十磅模造紙或打字紙用紅色單頁單面印製。

二、外框及各欄間用較粗線，中間分格用細線，裝訂線用虛線。

三、尺寸計算單位：公分。

附表(十)：電話紀錄用紙格式

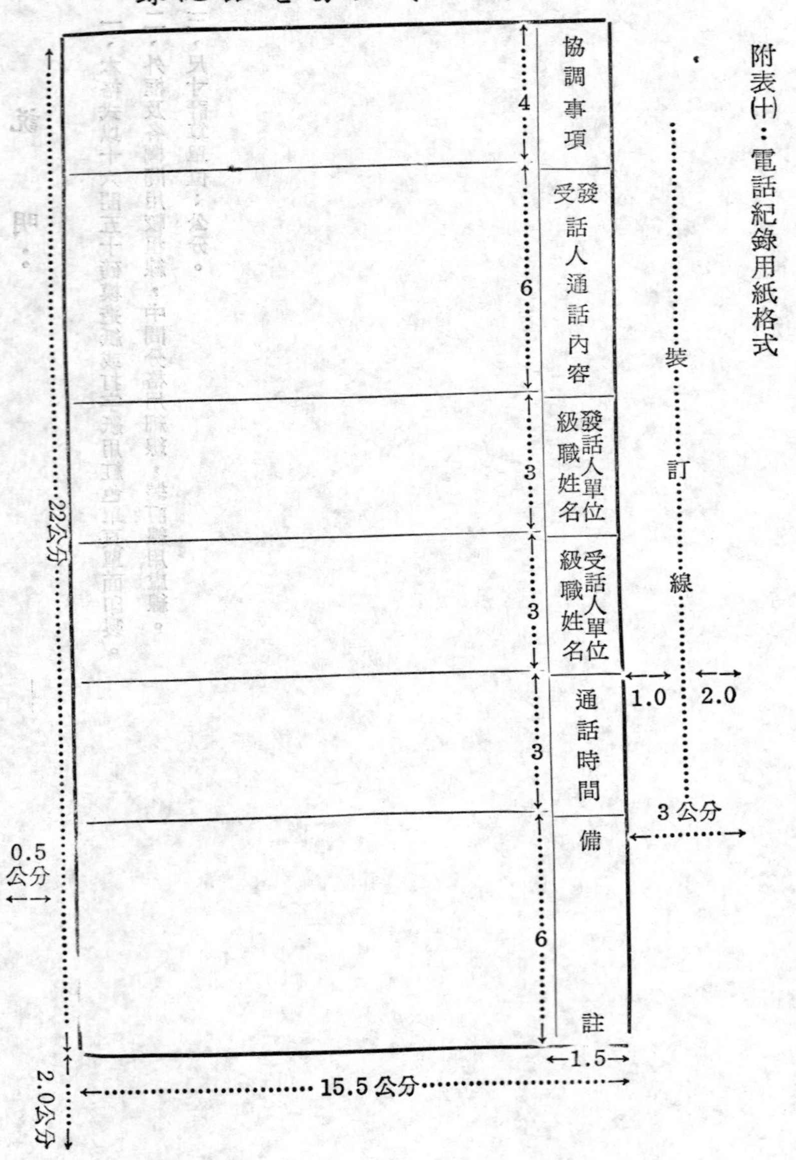

說　明：

一、本格式以十六開五十磅模造紙黑色或紅色印製。

二、外框及各欄間用較粗線，中間分格用細線，裝訂線用虛線。

三、尺寸計算單位：公分。

四、裝訂成册後另將下列文字印刷於封面內頁：

㈠各機關間凡公務上聯繫、洽詢、通知等可以簡單正確說明的事項，均可使用本紀錄。

㈡本紀錄應由發話人認有必要時，複寫兩份，以一份送達受話人。

㈢本紀錄發話、受話雙方均應附卷，以供查考。

第四節　作法舉例與改正

一、作法舉例

【例一】公布令㈠

行政院令

年　月　日
字第　號

「各機關營繕工程招標辦法」修正公佈。

院長〇〇〇

【例二】公布令㈡

〇〇市政府令

年　月　日
字第　號

受文者：本府所屬各機關

訂定「〇〇市自來水設備檢驗辦法」。

附「〇〇市自來水設備檢驗辦法」一份

市長〇〇〇

【註釋】例一、例二，係根據行政院秘書處於民國六十二年六月所頒行政機關公文處理手冊：「令：公布行政規章……」的規定所擬。惟依公文程式條例之規定，自應以「函」或「公告」為之，較為合宜。

【例三】一段式函（下行文）

內政部函

年　月　日
字第　　號

受文者：臺灣省建設廳

副本收受者：臺北市工務局、高雄市工務局、臺灣區營造工業同業公會、本部營建司、法規委員會。

主　旨：一人具有土木及建築技師登記證書者，不得同時擔任營造業主任技師及專任技師，復請查照。

部長　○○○

【註釋】一段式因無說明，辦法等段，故其主旨兩字可予省略。

【例四】二段式函(一)（平行文）

○○市政府國民住宅處函

年　月　日
字第　　號

受文者：審計部○○市審計處

副本收受者：○○市政府

主　旨：為標購○○○國宅載人電梯，訂於本（○○）年○月○日上午○點在本處第二次開標，請派員監辦。

說　明：一、本案前經於○○年○月○日辦理，因未達法定家數，當場宣佈流標，改期辦理。本次招標屆時如仍僅一家或二家參加時，依審計法施行細則第四十一條之規定，當場改以比（議）價方式辦理。

二、除隨函檢送公告乙份外，有關預算書、投標須知、空白標單、電梯規範，仍按○○字第○○號函附件辦理。

處長　○○○

【例五】二段式函(二)（平行文）

○○股份有限公司函

年　月　日
字第　　號

受文者：審計部
副本收受者：財政部
主旨：檢送本公司「綜合辦公室新建工程建築部份」公開招標之開標結果，請核備。
說明：一、依據　貴部○○字第○○號函辦理。
二、開標結果，○○工程公司報價新臺幣×××元整為最低，低於報核底價約××%，當經決標由○○公司承辦。
三、附本工程開標紀錄一張。

總經理○○○

【例六】二段式函(三)（下行文）

交通部函

年　月　日
字第　　號

受文者：臺灣省交通處
副本收受者：臺灣省警務處、臺北市警察局、臺北市交通局
主旨：非屬汽車範圍必須行駛道路的動力機械，可比照道路交通安全規則第九十條規定，核發臨時通行證後，准其行駛。

說明：
一、復〇〇年〇〇月〇〇日〇〇〇字〇〇〇號函。
二、上項動力機械，應以非履帶式動力機械爲限。
三、上項動力機械領得臨時通行證行駛於道路時，如違反交通安全規則第四章「汽車裝載行駛」有關規定，經查獲者，應予告發。

部長〇〇〇

【例七】二段式函(四)（核復用下行文）

臺灣省政府函

年　月　日
字第　號

受文者：臺北縣政府
主　旨：貴府配合推行社區發展及整理環境衞生，增建房屋所應增之空地以及土地使用權之審核查驗，應依照本府〇年〇月〇日〇字第〇號函辦理（見違章建築處理手册補充本）。
說　明：復〇年〇月〇日〇〇字第〇號函。

主席〇〇〇

【例八】二段式函(五)（核復用）

內政部函

年　月　日
字第　號

受文者：臺灣省政府建設廳
臺灣臺北地方法院
臺灣區營造工業同業公會
中國稅務法律服務中心

副本收受者：臺北市建築師公會
　　　　　　臺灣省
　　　　　　本部營建司（二科）法規委員會

主　旨：營繕工程之工作天究應如何計算乙案，復請查照。

說　明：

一、復　貴
　　廳○○字第○○號
　　院○○字第○○號
　　公會○○○字第○○○號
　　中心○○○字第○○○號
函

二、按稱承攬者，謂當事人一方，為他方完成一定之工作，他方俟工作完成，給付報酬之契約。建築為承攬工作之一，此就民法第四九○條第四九四條規定，了無疑義，是承攬建築工作，純屬私法上關係，要其工作天數及計算方式，即應由當事人雙方約定之，建築師公會所定建築章程，僅得提供當事人雙方約定或訟爭時為法院審判上之參考，至本部65 9 13 臺內勞字第六九二九一二號函係為規定營建工人應有在星期例假休息之權利，事屬勞雇關係範圍無從相提並論。

部長○○○

【例九】二段式函(六)（下行文通函）

○○市政府函

年　月　日
字第　號

受文者：本府及所屬各機關及學校
副本收受者：審計部○○市審計處

主　旨：本府所屬各機關辦理「營繕工程及購置定製變賣財物」上級機關所派監辦人員對主辦機關預估底價之核議方式如說明，請照辦。

說　明：一、經邀集有關單位研議結論如次：

1.主辦單位開標前，其底價應先與上級機關所派之監標人員會商決定。

2.監標人員不得在開標當場逕行核減底價。

3.監標人員核減底價時應提示經機關首長核准之文件。

市　長　〇〇〇

【例十】二段式函(七)（下行文附表格）

〇〇市政府函

年　月　日
字第　號

受文者：本府所屬各機關

主　旨：檢發「〇〇市政府處理舊有違章建築常遇疑問統一解答表」一種，請查照。

說　明：本府因市政建設辦理拆遷舊有違章建築，常遇有疑問事項，經工務局違章建築處理處邀請各有關單位，研訂統一解答，如附表並即實施。

市　長　〇〇〇

○○市政府處理舊有違章建築常遇疑問統一解答表

疑問	統一解答	備考
一、舊有違建部份拆除時，其賸餘部份之丈量，究應以何處爲準，請作統一之規定。	以墻壁中心爲準。	
二、五十二年普查卡記載爲猪舍、鴨寮、倉庫、棚架等違建，應否依其面積核發拆遷補助費？	猪舍、倉庫按舊有違建辦理。鴨寮、棚架不發拆遷補助費。	
三、攤棚，如一部份改爲居住之用，另一部份仍作爲攤販營業者，應如何辦理？	准由當事人在優先承租（設籍須合規定）國宅與分配攤位或依規定予以救濟三者任選一種。	
四、依照四十七年航測圖之顯影，而作爲舊違建處理者，無法分辨其原來之用途，是否即依其拆遷時設籍情形分別辦理救濟，或需補具四十七年二月十日以前堪供居住之證明文件：如編訂門牌證明、繳納水電費或房屋稅單據等。	本市於五十二年舉辦違建普查列卡有案者比照舊有違建，故其能補具五十二年以前設有戶籍之證明文件者，亦按舊有違建處理。	
五、部份拆除後，其賸餘部份，如超過五十二年普查卡之高度或面積者，是否應使其降低或拆除至卡載高度與面積相符後，再准予修復？	修復時應將超高部份拆除。	
六、因拓寬道路或其他公共工程拆除違建，如其中有無案之違建（新違建）者，應否先經派出所查報後，才能予以拆除？或經本府通知後即可拆除？	經本府通知後，即予拆除。	
七、無案違建，部份拆除時，是否適用部份拆除統一整修之規定？	不適用，應全部拆除。	
八、一戶內其中一部份人口之戶籍，在同一拆遷範圍內變更住址，而於拆除前又變更入原來同一戶內，算至公告前而未滿二年者可否予以救濟？	不予救濟。	
九、因就學（依學校規定戶籍必須遷入學校者爲限）、服役、服刑而將戶籍遷出，致戶內僅餘一人單獨生活者，可否准予承購國宅？	在中央未頒佈國民住宅出售出租辦法前，如其配偶及其親屬因上述原因遷出者，仍准予優先承購國宅。	

十、依照國民住宅條例之規定，可承購國宅者以「家」爲限，但如拆遷戶中僅有一人之設籍合於規定，其餘之人設籍未達二年以上之規定者，可否准予優先承購國宅？	准予承購國宅。
十一、五十二年普查列卡同一卡號之舊有違建，所有人有兩人以上共有者，優先承購國宅一戶，其兩戶以上家庭應如何辦理申購國宅？	依規定可共同優先承購國宅一戶，但共有人如同意由其中一人優先承購國宅一戶，其餘共有人如願比照現住戶（房客）規定，優先承租國宅者，得從其志願辦理。

【例十一】二段式函(八)（主旨、辦法）

行政院函

年　月　日
字第　　號

受文者：各部會處局署及省市政府

主　旨：禁止本院所屬公務人員從事不動產買賣謀取非法利益，如有違反規定，應按違抗命令予以記大過二次免職，涉及刑事責任者，並移送法辦，請轉告所屬切實照辦。

辦　法：一、嚴禁公務人員以本人或利用配偶或無獨立生活能力子女之名義，從事經營不動產買賣之商業行爲，違者免職。其有壟斷、投機情事者，並依法嚴懲。

二、嚴禁各級公務人員利用其職務上之便利買賣不動產，違者免職，並依法嚴懲。

三、公務人員利用職務上之權力、機會、方法或秘密消息，自爲或使他人爲不動產買賣之營利行爲而圖利者，先予免職，並依貪污治罪，從嚴懲處。

四、該管長官知其所屬人員有上述情事，而不依法處置者，嚴予懲處。

院長○○○

【例十二】二段式函㈠（下行文通函）

臺灣省政府函

年　月　日
字第　號

受文者：本府所屬各機關（不另行文）

主　旨：內政部函以「住宅區之建築基地其騎樓部分雖可做爲法定空地，但不得設置停車空間」，請查照。

說　明：

一、根據內政部70 6 15臺內營字第二三一八七號函副本辦理。

二、抄附本函說明第二點乙份。

市長○○○

法規委員會
主任委員○○○決行

說　明：

二、查建築技術規則建築設計施工編第六十條規定「停車空間面積應以每輛不小於寬二・五公尺長六公尺之空間及供汽車進出用之車道及迴車道等面積計算」。至其車道之設置及車位之安排，應不得妨害公共交通與安全。於未建築之騎樓地上設置停車位顯有不合。

【註釋】①凡函刊載於公報者，得不另行文。
②本函係將重點轉知，頗為簡潔。

【例十三】三段式函(一)（下行文）

行政院函

年 月 日
字第 號

受文者：內政部

副本收受者：本院主計處、本院國際經濟合作發展委員會

主　旨：核復關於中華民國社區發展研究訓練中心今後工作計畫重點及六十三年度預算一案，希照辦。

說　明：本案係根據貴部○年○月○日字第○號函，並採納本院主計處及國際經濟合作發展委員會議復意見。

辦　法：一、所擬社區發展研究訓練中心今後工作計劃重點五項，原則照准，惟應加列「評估現行社區發展方案得失，以謀改進」一項。

二、應由部衡酌財力，就上列重點研擬詳細計畫報院，並就所需經費核實編列分配預算，其可節減部分應不予分配。

院　長　○　○　○

【例十四】三段式函(二)（上行文）

內政部函

年 月 日
字第 號

受文者：行政院

副本收受者：行政院研考會、行政院主計處、國立成功大學工學院，本部地政司、會計處

主　旨：爲本部辦理臺南市地籍航測試驗，改定試驗區範圍，並簡化本案經費處理，請核示。

說　明：

一、本部為辦理地籍圖航空重測，經訂定試驗區計畫報院，並電話洽准大院研考會答復：「本案原則上照部擬計畫辦理，即可核定」已於七月廿四日開始依照進度辦理講習、調查地籍及佈設航測標等工作中。

二、若干對測量素有研究人士反映：

㈠鑑於外國實例：都市地區高層建物林立，以航測方式辦理測量，頗有困難。

㈡建議本案試驗區可儘量包括：建、什、田、旱等各種地目，以擷取工作經驗。

三、本案委由成功大學工學院承攬，因工學院無專門會計人員，如依一般規定辦理，經費報銷將有困難。

擬　辦：

一、在不變更試辦面積的原則下，將試驗區改定於臺南市南區鹽埕段一帶。（即東自逢甲路起，西至大德街止，南自健康路西段都市計劃預定道路起，北至鹽埕段五德街止）。

二、與成功大學工學院簽訂委託契約書，約定所需經費由本部補助。

（全銜）部　長　○　○　○

【例十五】三段式函㈢（平行文）

交通部函

年　月　日
字第　號

受文者：臺灣省政府

副　本
收受者：臺灣省地政局、本部高速公路工程局

主　旨：與建南北高速公路有關土地測量分割、公路使用地編定公告、地上物查估計算造册、用地徵購撥用等各項作業，請促請縣市政府全力協助辦理，以應工程進行。

說　明：一、南北高速公路爲應交通及經濟發展之需要，必需加速興建完成。現嘉義至鳳山段，正開始測設路線中心樁與邊界樁（均有地籍座標），其餘各段亦將分别進行路權作業。

二、該路工程鉅大，其各項進度，必需相互密切配合，對於路權部分，以往迭承貴府支持，惟今後辦理路線較長，地區較廣，且時限迫促，對有關作業，需請縣市政府全力協助優先配合辦理。

辦　法：一、對於路權作業進度，經高速公路工程局與當地縣市政府協調定案後，請縣市政府對其應配合辦理部分，全力協助優先辦理完成。

二、各項作業手續，在法令規定範圍内請儘量予以簡化。縣市協辦業務經費由工程局負擔，請其與工程局協調後編列。

部　長　〇〇〇

二、改正作法

【例一】

甲、原　文

〇〇市〇〇局函

年　月　日
字第　　號

受文者：〇〇市建築商業投資公會
臺灣區營造工業同業公會
〇〇市建築師公會

副本：
收受者：如文

主　旨：本局爲促進建築管理，維護市容觀瞻，擬訂「建築工程樣品屋之管理要點」（如附件），並自六十九年二月一日起實施，請查照。

說　明：副本抄送市長室、本局局長室、發建管處處長室、總工程師及一、二、三、六科。

局長　〇〇〇

建築工程樣品屋之管理要點

一、爲促進建築管理，維護市容觀瞻，並減少違章建築之形成，特訂定本要點。

二、本要點是依據建築法及其他有關規定訂定之。

三、凡建築工程爲銷售房屋在建築基地上搭建樣品屋，應由起造人代表檢具申請書、建造執照影本、圖樣、向工務局申請核備。

四、樣品屋之設置標準應依左列規定：

㈠樣品屋應搭建在建築基地之範圍內。

㈡樣品屋之高度應不得超過六公尺。

㈢樣品屋之構造應使用防火材料，否則應配置適當之消防設備。

㈣樣品屋應以不妨碍公共交通、公共安全、公共衞生爲原則。

五、樣品屋在基地範圍之外者，應另案提出申請。

六、建造執照或其影本應懸掛於樣品屋內。

七、樣品屋如移作建築工程工寮使用者，應於申報開工時於施工計畫書內說明，並應於建築工程完竣後拆除，否則不予核發建築物使用執照。前項樣品屋若不繼續作工寮使用時，應於申報第一次工程勘驗前拆除。

八、未依本要點申請核備之樣品屋以實質違章建築論處。

九、本要點經報奉核准後實施，修正時亦同。

乙、改正作法

○○市○○局函

年　月　日
字第　　號

受文者：○○市建築商業投資公會
　　　　臺灣區營造工業同業公會
　　　　○○市建築師公會

副　本
收受者：市長室

主　旨：訂定「建築工程樣品屋之管理要點」，並自○○年○月○日起實施，請查照。

說　明：附建築工程樣品屋之管理要點一份。

局長 ○○○

丙、改正說明

一、本單位（局）發文，不必再抄副本予局長室，對內部單位的副本亦不必在正式的函內註明。

二、原文「主旨」內，「本局爲促進建築管理，維護市容觀瞻」等文字，既在管理要點之一，用作訂定的依據，不須再列入「主旨」段，以免重複。

【例二】

甲、原　文

○○部函

中華民國六十九年一月廿四日
台內營字第五五九九七號

受文者：臺灣省政府、臺北市政府、高雄市政府

副　本：行政院、本部法規會、營建司

主　旨：修正「違章建築處理辦法」第二條，請查照。

說　明：

一、查修正違章建築處理辦法第二條案經奉行政院68、12、28臺六十八內一三一〇七號函核定，並由本部於六十九年一月廿四日以臺內營字第五五九九七號令發布。

二、請切實執行。

部長　○○○

修正「違章建築處理辦法」第二條

第二條　本辦法所稱之違章建築，爲建築法適用地區內，未經申請當地主管建築機關之審查許可並發給執照，而擅自建造之建築物，但合於左列情形之一者，不在此限。

一、合法房屋院內或通道上以竹、木、鋼鐵材料，或其他金屬材料爲骨架，設置臨時性可隨時拆卸遷移之遮雨、遮陽棚架，簷高不超過三公尺並未突出占用防火巷或鄰地者。

二、合法房屋平型屋頂上以竹、木、鋼鐵材料，或其他金屬材料爲骨架，設置臨時性可隨時拆卸遷移，並非鋼

筋混凝土構造而無牆壁、門窗供遮風遮陽之棚架，其簷高不超過二・五公尺者。

三、利用合法房屋院內圍牆上，設置透空鐵柵搭建臨時性可隨時拆卸遷移之遮雨、遮陽棚架，簷高不超過三公尺並未占用道路防火巷者。

四、在農業區內以竹、木、草、塑膠布等搭蓋臨時性專供培植農作物之寮舍。

乙、改正作法

○○部函　　年　月　日　字第　號

受文者：臺灣省政府、臺北市政府、高雄市政府

副本收受者：行政院、本部法規會、營建司

主　旨：修正「違章建築處理辦法」第二條，請切實執行。

說　明：本案係依行政院68、12、28臺六十八內字第一三一○七號函核定辦理。

部長○○○

丙、改正說明

一、原文「說明一、」後段，不須再引述與本文同字號以「令」發布的字句。

二、原文「說明二、」，「請切實執行」一句與主旨重複，亦不宜在說明段內敘述。

【例三】

甲、原　文

○○○政府函

年　月　日
字第　　號

受文者：本府所屬各機關

主　旨：行政院頒行「法規修正草案條文對照表格式」，自即日起，凡報院審核之法規修正案件，應依式辦理。

說　明：根據行政院○○年○月○日○○○字第○○○號函辦理。

辦　法：刊布上開對照表格式，希查照。

○長○○○

○○○○修正草案條文對照表

修正條文	現行條文	說明

使用說明

一、僅修正少數條文時，標題用○○○法第×條、第×條修正草案條文對照表。全部修正時標題用○○○法修正草案條文對照表。

二、修正文列於第一欄，現行條文列於第二欄，說明列於第三欄。

三、修正條文按其條次順移排列，現行條文對照修正條文排列，說明欄註明本條（項、款）係某條（項、款）修正或本條（項、款）同現行某條（項、款）。遇有現行條文被刪除時，依其於現行條文中之條次順移，仍將全文列於現行條文欄，其上之修正條文欄留空，其下說明欄註明現行某條（項、款）刪除，條文如係新增，則現行條文欄留空，說明欄註明本條（項、款）係新增。

四、重大修正之法規，應另加總說明。

乙、改正作法：

○○○政府函

年　月　日
字第　號

受文者：本府所屬各機關

主　旨：函送行政院頒行之「法規修正草案條文對照表格式」，希依照規定辦理。

說　明：一、本案係依行政院○○年○月○日○○字第○號函辦理。

二、附「法規修正草案條文對照表格式」一份。

○○○○修正草案條文對照表（以下從略）

○長○○○

丙、改正說明：

一、改正後二段完成，主旨較簡明。

二、原文「辦法」一段是贅文；「希查照」是概括的期望語，應列入「主旨」段，不應在「辦法」段內重複。

【例四】

甲、原　文

○○縣○○鎮公所函

年　月　日
字第　號

受文者：○○縣政府

主　旨：請補助本鎮○○里第四公墓道路拓寬及舖設水泥路工程，以加速農村建設繁榮地方。

說　明：一、本案依據○○里辦公處○○年○月○日○○字第○號函辦理。

二、本鎮○○里第四公墓道路拓寬及舖設水泥路面工程，總工程費估需○○萬元之鉅，該里業經組成道路修造委員會，並已着手募款，目標爲××萬元尙不足××萬元，敬請　鈞府賜准撥款補助，以利地方建設。

三、玆檢附工程概算書一份。

鎮　長　○　○　○

乙、改正作法：

○○縣○○鎮公所函

年　月　日
字第　號

受文者：○○縣政府

主　旨：請補助本鎮○○里第四公墓道路拓寬及舖設水泥路工程不足款項，以利地方建設。

說　明：一、本案依據本鎮○○里辦公處○○年○月○日○○字第○號函辦理。

二、上兩項工程總工程費估需××萬元，經○○里道路修造委員會着手募款，尙不足××萬元。

三、附工程概算書一份。

鎮　長　○　○　○

丙、改正說明：

一、主旨文字較簡明。

二、原文「說明」第二項內「敬請鈞府賜准撥款補助」一句，是向受文者所提具體要求，不應在「說明」內敍述。

第三章 契約

第一節 契約的意義

契約是一種法律行爲，是指當事人間將互相同意的事項，根據法律或一般習慣，規定雙方的權利義務，互相遵守。根據民法第一百五十三條第一項規定：「當事人互相表示意見一致者，無論爲明示或默示，契約卽爲成立」。所以契約的成立，在實質上，祇要經當事人雙方合意卽可，並不一定限於書面形式。不過事實上，爲了使當事人的意見，有明白的表示和確切的根據，一般契約，都是將合意作成書面。尤其是工程之興建，內容極爲複雜。如果祇憑雙方口頭協議，將來一定會引起糾葛。所以工程契約，均以書面爲之。

第二節 契約的種類

契約的分類，由於標準不同，頗不一致。玆就撰寫契約的觀點，根據民法有關規定，而與工程業務有關的契約，約可分爲九類：

一、買賣契約：是當事人約定，一方把財產權讓給他方，由他方支付價金的契約。可以作爲買賣的財物很多，有些物品，買賣手續很簡單，譬如我們到超級市場買東西，同樣是所有權的移轉，同樣要付價金，但只要銀貨兩訖，便算了事，這種簡單的交易行爲，當然用不着訂立契約。如果買賣房地產，情形就不同了，因爲這種交易，關係複雜，易生糾紛，便非書寫契約不可。一般所謂買賣契約，係以大宗原物料、機器設備、以及不動產爲限。

分期付價買賣，即價金於約定以後，分月、分年或分期付款的買賣。此種買賣的標的物，常於契約訂立後，即行交付，而價金則在約定以後，陸續付淸，因此出賣人不免冒有風險，爲預防損失計，所以另訂附加條款，例如「期限利益喪失約款」、「解約扣價約款」及「所有權保留約款」。此等約款，法律雖不予禁止，但設有限制，以免過苛。一般建築公司出售房地產，也多採用此種方法。由於標的物須隔相當時間始能交付，在買主方面不免承擔風險，由於此種契約是賣方所擬，其中條款，顯有偏袒，對買方不利。

二、承攬契約：是當事人約定，一方爲他方完成一定的工作，他方俟工作完成，給付報酬的契約。工程承攬契約，所涉範圍甚廣，內容複雜，須經由兩項步驟：先由一方提出投標須知、圖樣、施工說明書、契約草稿等，他方如無反對意見，即可於計算後，檢同有關文件，提出標單（報價），經對方承諾後，承攬關係即告成立；嗣由雙方根據合意事項簽訂契約，作爲辦理的依據。讀者如欲進一步探求，請參閱拙著：契約與規範（三民書局發行），深信必有助益。

承攬的種類，可分以下兩類：

一、一般承攬：即單純由承攬人完成一定的工作，而由定作人給付報酬的契約。

二、特殊承攬：即不單純由承攬人完成一定的工作，而另外尚具有特殊情形的契約，計有下列三種：

㈠次承攬：承攬人使他人承攬其工作的全部或一部，（例如工程的分包或轉包），稱爲「次承攬契約」，而承攬人原爲的承攬，則稱爲「原承攬契約」。至於次承攬契約能否被允許，則要看原承攬契約有無禁止的特別約定，或有關法令中有無明文規定，作爲決定。例如有些契約中即有如下列的規定：「乙方（即承攬人）未經甲方（即定作人）許可，不得將本工程之全部或一部轉包或讓包於他人承包。但照工程向例可予分包者，不在此限。」所以，在原承攬契約有約束者，承攬人顯然在得到許可前，自不得成立次承攬契約，應由自己完成工作，此即所謂特別約定。但原承攬契約中如未予禁止，而該工作又有專業性質者，如水電、冷氣、電梯設備等，自可成立次承攬契約。但是次承攬人與原定作人之間，不直接發生權利義務關係，而仍應由原承攬人對原定作人負完全責任。亦就是次承攬人應負責的事由，原承攬人也應負責的意思。至於有關法令的規定，係指營造業管理規則而言，該規則第二十三條：「營造業所承攬之工程，其主要部分應自行負責施工，不得轉包。但專業工程部分得分包有關之專業廠商承辦，並在施工前將分包合約副本送請起造人備查。前項分包工程之包價，得計入第八條第二款、第九條第二款及第三十一條所定之承攬工程累計額。」等。

㈡買賣承攬：買賣承攬亦稱製成品供給契約，即承攬人的工作是在供給製成品。此種情形是否仍爲承攬，在學說上，爭執頗多，依照一般說法，其目的如果是重在工作物的完成時候，應認爲是承攬（如承包工程、包作制服等），若是重在工作物財產權的移轉，則應認爲是買賣。如果無所偏重，則應認爲是承攬與買賣的混合契約。

㈢不規則承攬：此種承攬方式雖由定作人供給材料，但承攬人不妨以其他相同種類材料代替，完成工作。例如以水泥交與水泥製品廠製造瓦片，則該廠不必用原交的水泥製造，只用相同種類水泥製造即可。

三、典權契約：是當事人約定，一方支付典價，佔有他人的不動產，取得使用及收益的契約。至於出典，便是把房屋或地產典給別人，而取得典價的意思。出典與出賣不同的地方，在於所有權是否永遠移轉爲分界。因爲賣契，是將所有權永遠移轉，所以也可稱爲「死契」。而典契是有約定的期限，到期可以照約贖回，所以也有稱之爲「活契」。無論出典和買賣，都是以不動產爲標的物。因此，買來的房地產稱爲「實產」，典來的房地產稱爲「浮產」。還有一種特例，稱爲永典，例如：某公營事業需在鬧區購買土地，作爲營業場所，而賣方因購方出價，須受公告地價的約束，以及增值稅的課徵等關係，認爲無利可圖，很難成交。因此，有鑽法律漏洞者，採用永典形式，藉以逃避稽察程序，甚至幫助漏稅。此種行爲，殊不足爲訓。

四、抵押契約：抵押包括「抵押權」和「質權」兩種。所謂抵押權是對債務人或第三人的不動產，在不移轉佔有的情況下，用作債權的擔保，在債務人出賣他不動產時，有從其價金中，清償其債務的權利。所謂質權，又可分「動產質權」和「權利質權」兩種。所謂動產質權，是債務人拿動產，如有價證券、優利存款存單等，作爲擔保；權利質權，是債務人拿自己的其他權利，如房地產、機器設備、甚至應收帳款等，作爲擔保。往昔，工程發包簽約時，爲求工程能夠順利完成，通常均要求廠商提供不動產擔保。其後，由於不動產擔保，在工程進行時發生問題，處分不易，進而改爲動產擔保。

抵押和出典不同的地方，在於出典並無債務關係，只是活賣而已，通常都有一定期限。而抵押的目的，在爲擔保債務，而把自己動產或其他權利，暫時交由債權人保管，一俟債務清償，或約定的工作完成，可立即收回，通常是不定期的。

五、租賃契約：根據民法第四百二十一條第一項的規定，租賃是當事人約定，一方以物租與他方使用及收益，他方支付租金的契約。其內容，在承租人方面，在於使用收益。所謂使用，就是在不毀損其物體或變更其性質，依照物的用法，加以使用的意思。譬如，以房屋供作營業場所、以機械提供施工之用等。所謂收益，是收取標的物的天然孳息或法定孳息的意思。例如種田可以收稻穀，轉租可以收租金（指可以轉租的）等。近年來，租賃方式，廣被採用，猶如營造業爲加強對資金運用的靈活性，或經成本分析後，認爲合算，多數是採租用鷹架、模板、施工用機械等方式，而不自行置備。尙有新型設備如電腦等，由於購置費用昂貴，機型淘汰快速，電腦公司爲推廣業務，亦用出租方式，以廣招攬。

六、僱傭契約：所謂僱傭，是當事人約定，一方在一定或不一定的期限內，爲他方服勞務，他方付以報酬的契約。提到僱傭兩字，一般總是對勞力者而言，其實無論勞心、勞力，祇要是爲他方服務而取得報酬的，同是僱傭性質，所以約聘契約，也包括在內。一般僱傭契約的對象，係爲個人，如約聘工程師、工地管理員、長工等。但是營造廠商出包人工，則應採用（次承攬）分包契約爲宜。因爲有些包工頭，本身並未具備營利事業廠商資格，無法提供發票，故在形式上，工人的薪資是由原承攬廠商直接發放出帳，而實際上是由工頭統領轉發後，憑薪資清單報銷。以前常有工頭浮報薪資情事，經財稅機關將薪資歸戶後察悉，而使出包廠商被牽連涉訟。如果訂有分包契約，再請包工頭在清單上簽章證明，是則責任分明，確可免除無謂的困擾。

七、委託契約：是當事人約定，一方委託他人處理事務，他方允為處理的契約。處理事務必須提供勞務，因此民法第五百二十九條規定：「關於勞務給付之契約，不屬於法律所定其他契約之種類者，適用委託之規定。」因為有關勞務給付的契約，法律有規定者也不少。有規定的，理當適用各該規定；沒有規定的，自應適用委任的規定。通常委任契約，是指與建築師、律師、會計師所簽訂的契約。

代辦契約，是屬於一種特殊的委託契約，目前有少數從事經營房屋業者，常借代辦僱工購料的名義，藉以逃漏所得稅；也有政府機關假借委託代辦名義，發包工程，而不經由稽察程序辦理（此種方式顯然違反稽察條例的規定）；甚至公營廠商也有利用技術合作名義，而將工程轉包圖利（此種方式，顯與設立公營機構之目的相違背）。

八、保證契約：是當事人約定，一方於他方的債務人不履行債務時，由其代負履行責任的契約。這和上面所說的抵押，都是對債務作擔保，不過抵押是用物來擔保，而保證則以人為擔保。保證可分為下列幾種：

- 保證
  - 一般保證（簡稱保證）。
  - 特殊保證
    1. 連帶保證。
    2. 共同保證。
    3. 信用委任。
    4. 人事保證。
    5. 票據保證。

工程契約中所規定的「須覓妥殷實舖保二家」，即爲要求共同保證之典型。依照民法第七百四十八條規定：「數人保證同一債務者，除契約另有訂定外，應連帶負保證責任。」此處所稱的連帶，是指各保證人之間的連帶，並非與主債務人間的連帶，所以與連帶保證的含義不同。

九、同意書：是當事人間，一方同意他方，以完成某種法律行爲的契約，如使用共同壁同意書等。對官署矢誓的結文，用以證明其行爲的眞實，稱爲具結。所謂切結，是切實具結的意思，是一種備辦的文件，執行與否，須視實際情形而決定，揆其主要目的，祇是在加重廠商的責任感。

第三節 契約的法律關係

契約是一種法律行爲，其構成自然應以法律爲根據，習慣上也有稱其爲合約。關於契約所應具備法律上的要件，可分積極與消極兩方面說明如次：

積極方面：

一、雙方當事人必須都有行爲能力：法律祇對具有意思能力者的行爲，始賦予法定效果。因爲契約是要雙方合意，始告成立，如果有一方的當事人，是個無行爲能力的人，如未成年的小孩，或是有精神病患者，他們的意思表示，便不能發生法律上的效力，即使訂成契約，也不能發生法律作用。

二、一定要經過要約的程序：契約的成立，由於一方面要約，另一方面的承諾。因爲沒有要約，就不會有承諾，契約就無從成立；反之，祇有要約，而無承諾，同樣失其拘束力。可見訂立契約非經由雙方同意不可。如果是片面的意思，或強迫成立的，都不生效力。所以一般契約中，常有「經雙方同意」

或「此係兩願，並無勒逼情事」等字句，即係此理。

三、必須具備法定的形式：依照民法第七十三條規定：「法律行爲不依法定方式者無效」。所謂法定方式，就是雙方姓名、立約原因、標的物的名稱和內容、約定條件、年月日和簽章、證人等。契約的內容所包括的項目，當然不止上述幾項，但幾種重要的，都是非有不可，否則是無效的。

消極方面：

一、不得違反法律強制或禁止的規定：所謂強制，就是法律規定非如此不可的事項，便不能違背規定來訂立契約。例如政府機關發包工程，依機關營繕工程及購置定製變賣財物稽察條例等規定應公開招標者，如果主辦機關未徵得審計機關或有權核准機關的同意，私自和未具備廠商資格的廠商訂立契約，便是無效。禁止是消極性的，就是法律規定所不准的事項，也不能違反，而訂立契約。至於一切違背公共秩序和善良風俗的契約，與民法的公序良俗原則不合，同樣不生法律的效力。譬如同業間密謀圍標所訂的契約，自屬無效。

二、不得以不能之給付爲契約標的：契約是經當事人的合意而成立，其中所訂條件，雙方必須履行。所以凡是不能給付的物品，以及不能有的行爲，都不能作爲契約的標的。譬如包商將軍方供應的水泥，作價讓予建材行的契約；或將租用的土地，私自出售的契約。倘有在契約中條款訂得過嚴，而致不能給付時，此種約定，將屬無效。曾有違約金或逾期罰款的計算標準，訂得過分不合理，經法院另行裁定的案例。

第四節　契約的結構及作法

一、契約的結構

契約的內容不能違背法律，都要與前面所說的法律上的條件相合，在結構上也有其一定的次序，才可井然有條。玆將契約的結構，分述如次：

㈠ 契約名稱——契約應在本文以前，標明其種類，以明其性質。如「工程契約」、「委託契約」、「同意書」等。

㈡ 緣由和事實——這是包括「當事人姓名」、「訂立契約的原因」、「標的內容」、「標的價額或數額」，以及「憑中或證明」等。如：「立出典土地契約人〇〇〇，今因正用，將自置坐落……土地××平方公尺，央中說合，以新臺幣××元整出典於〇〇〇名下，雙方同意訂定條件如下：」。

契約中須具有正當的原因，以及憑中或證明等要件。如「今因正用」；或租賃契約中的「今因營業需用房屋」，以及「央中說合」等。但也有不必寫明的，如：「為將〇〇工程交由〇〇承辦」。

如前所述，「契約是兩個人以上把互相的事項，依法議定條件，共同遵守……」，其中所謂的事項，就是契約的標的物。如興建工程、採購物料，這工程和物料，就是標的物。契約不記載標的物，固然失去訂立契約的原意，而且所記載的標的物要一物不漏，以免滋生糾紛。工程契約的本質亟為複雜，實在無法光憑一、二短句，所能盡賅，因此在對工程範圍說明時，均以「詳見附件圖說」，作為執行時的依據。

一般契約多與金錢有關，必須將數額詳細記明。如果不是一次付清，並應將已付、未付寫明，如為分期付款或計價付款，更須將之明訂於契約，以免日後發生糾紛。

㈢ 保證及約束——契約中對有關標的物權利的保證之記載，當然非寫不可，如買賣契約：「此係自產自賣，並無爭執糾葛情事，倘有糾葛，由出賣人一面承當，與買主無涉」這一類話，是必要的，必須寫明，方能保障權益，這樣才不至於發生所謂「不得以不能之給付為契約標的」的事實。

契約是經「雙方訂立條件，互相遵守」，那末所訂立的是什麼條件？應遵守的是那些事項？自然必須在契約中載明。如典押契約中的「移改裝修聽便，期滿取贖，仍照原式歸還」，租賃契約中的雙方辭退期限，及房屋水電、管理費用的負擔等事項，都要在契約中分別載明。如因項目繁多，可分項書寫，詳細為佳，不可太簡。

㈣ 署名及日期——立約人在契約開始，本已寫有姓名，如「立租約人〇〇〇」等，這是表示立約的主體，契約末尾年月日之後，仍須具名，並簽名蓋章，表示負責。與契約發生關係的中證人等亦須簽章，這些都是必要的手續。

契約上的年月日，關係法律上權利義務的起訖，必須寫明，最好用大寫，如「壹」、「貳」等，以防塗改。

二、契約的作法

契約的種類、法律關係、以及結構等已詳前述，參考這些，動手撰寫應該不發生困難，不過契約既不是一般議論文與文藝文，也與書信及公文不盡相同。所以撰寫契約，大略說來，應該注意下列要點：

一、用紙——大多數契約需要保存較長的時間，甚至永久保留，所以它的紙張以堅韌耐久爲宜，同時要不容易被塗改挖補的。這是在寫契以前選擇紙材時所宜注意的。同時爲防止塗改及便於永久保存，最好用毛筆或複寫紙繕寫，並使用印泥蓋章。工程契約常是參加投標時須提出的製造能力的證明文件，必須加以裝訂成册，以利查閱。

二、格式——契約既不是做文章，但在格式上必須條理清醒，在習慣上，很多契約已經形成了一種形式，雖然文字並不典雅，可是每句每字，都有分寸，我們寫作時還是引用爲宜，以符合當地習慣。如果政府機關規定有官契格式，並應遵照領用。

三、文體——契約的文字，要簡潔、明白、確切、周到。所謂簡潔，是要簡單而乾淨，不可拖泥帶水；所謂明白，是要就事直寫，不必講究詞藻的綺麗；所謂確切，是要字句肯定，切忌模稜兩可；所謂周到，是要擧物敍事，不稍遺漏。契約的字，須筆劃勻稱，字字淸白，若過於潦草，使人無從辨認，將影響契約的功能。

契約往往有書寫錯誤，或寫好後略予變更者，如果變動部分不多，可以不必重寫補救的辦法有二：

1. 刪改：就原有文字刪去不要的，加添需要的，並在這一行的上端欄外，記明字數，如「本行刪×字」；「本行改×字」；「本行增×字」。由署名人在刪改處及批註處簽章。

2. 增補：就是新增或漏列的事項，在契約寫好，或在簽訂以後，尙有新的事項，需要增列的，可以在契約紙的空白處批註增補。增補與刪改不同，增補是整項的增加；刪改則是幾個字或一句文字的刪除和修改。增補應記明「增補條款」字句，並由署名人簽章。在文後另寫，叫做再批，結尾例用文照或並照字樣。如「再批，產上老契一紙，當場檢出，隨此契同交，日後倘有片紙隻字發現，一概無效，並照」。再批以一、二條爲限，不可以有好多條的再批，多了就得重新寫過，不能用再批方式了。

四、標點——標點有助於文理的闡釋，而免曲解或誤解。在過去契約不重視標點，在句讀上，往往因爲斷句不同發生問題。現代公文都已經明定應用新式標點，契約自然也宜參照使用。倘對標點符號的運用不純熟，至少應將每句圈斷，以利區別。

第五節　作法舉例

【例一】房地買賣契約書

立房地買賣契約人 買主：／賣主：　（以下簡稱爲甲／乙方）

本約房地產權買賣事項經甲乙雙方一致同意訂立條款如后，以資共同遵守：

一、房地標示：

㈠土地座落：　縣／市　鄉／鎮　段　小段　地號建築基地面積　平方公尺（　坪）所有部分之　分之　。

㈡房屋座落：　縣／市　鄉／鎮　路／街　段　巷　弄　號第　棟第　樓房屋面積　平方公尺（　坪）

（包括陽台、走道、樓梯間、電梯間、電梯機房、電氣室、機械室、管理室……等共同使用部分之分擔）。

二、面積誤差：前條房地面積（如附件㈠）以完工後地政機關複丈並登記完竣之面積爲準，如有誤差超過百分之一時，應就超過或不足部分按房屋及其土地單價相互補貼價款。

三、房地總價：房屋價款（包括本約所載之附屬設備及其他設施）爲新台幣　元正，土地價款爲新台幣　元正。合計總價款爲新台幣　元正。其付款辦法依附件㈡分期付款表之規定。

四、地下層權屬：本約房屋共同使用之地下第　層總面積　平方公尺（　坪）按買受主建物面積比例隨同房屋一併出售，爲買受人所共有。

地下層非屬共同使用之部分計面積　平方公尺（　坪）應歸屬　方。

五、屋頂權屬：屋頂突出物除電梯間、機房、樓梯間、水箱……等共同使用部分外，其餘非屬共同使用部分（即　）應歸屬　方。屋頂平台除共同使用部分（即　）外，全部歸　方使用。

六、設備概要：本約買賣房屋規格除依照主管建築機關核准　年　月　日第　字號建造執照（如附件㈣）之圖說爲準外，核准圖說上未予註明之建材、設備或其他設施（如道路、路燈、溝渠、花木等），其廠牌、等級或規格如附件㈢。

七、交房地期限：乙方應自本約簽訂之日起　天（日曆天）內將使用執照及所有權狀併同房地交付甲方，但因不可抗力致不能如期交出房地者，由雙方視實際需要協定期限予以延展。其延展期限不加收滯納金。

八、保固期限：乙方對本約房屋之結構及主要設備應負責保固一年，但因天災或不可歸責於乙方之事由而發生之毀損，不在此限。

九、貸款約定：本約第三條房地總價內之尾款新台幣　　　　元整，由甲方以金融機關之貸款給付，並由甲乙雙方另立委辦房地貸款契約書，由乙方依約定代甲方辦妥一切貸款手續。其貸款金額少於上開預定貸款金額時，差額部分由乙方按金融機關之貸款利息及貸款期限貸給甲方，並辦理第二順位抵押。但因金融機關基於法令規定停辦貸款或其他不可歸責於乙方之原因致不能貸款者，甲方應於接獲乙方通知之日起　天內以現金一次（或分期）向乙方繳清或補足，但甲方因而無力承買時應於接獲通知之日起　天內向乙方表示解除契約，乙方應同意無條件解約並無息退還已繳款項予甲方。

十、產權登記：房地產權之登記由甲乙雙方會同辦理或委任代理人辦理之。辦理房地產權登記時，其應由甲方或乙方提供有關證件及應繳納稅捐，甲方或乙方應依規定期日、種類、內容及數額提供及繳納，如因一方延誤，致影響產權登記者，因而遭受損害，應由延誤之一方負其賠償責任。

十一、稅捐負擔：甲乙雙方應負擔之稅捐除依有關法律規定外，並依左列規定辦理：

㈠土地移轉過戶前之地價稅及移轉過戶時應繳納之土地增值稅由乙方負擔。

㈡產權登記費、印花稅、契稅、監證費、代辦費、各項規費及臨時或附加之稅捐由甲方負擔。

十二、違約處罰：㈠乙方除因不可抗力之事由外，其逾期交付房地每逾一日按房地總價千分之　計算違約金與甲方。乙方不履行契約經甲方催告限期履行，逾期仍不交付房地時，甲方得解除本契約。解約時乙方除應將既收價款全部退還甲方外，並應賠償所付價款同額之賠償金與甲方。

㈡甲方全部或一部分不履行本約第三條附件㈡付款表之規定付款時，其逾期部分，甲方應加付按日千分之　計算之滯納金於補交時一併繳清。如逾期經乙方催告限期履行，仍逾期不交付時，乙方得按已繳款項百分之五十請求損害賠償，但以不超過總價款百分之三十爲限。如甲方仍不履行時，乙方得解除本契約並扣除滯納金及賠償金後無息退還已繳款項。

㈢交付房地前甲方如發現房屋構造或設備與合約規定不符並經鑑定屬實者，乙方應負責改善或給予相當之補償，甲方於受領乙方交付房地前毋庸再向乙方瑕疵擔保之通知，得依民法第三百六十條規定行使權利，如結構安全發生問題，甲方得解除本契約，解約賠償依第㈠款之規定。

十三、乙方責任：本約房地乙方保證產權清楚，絕無一物數賣或佔用他人土地或與工程承攬人發生財物糾紛等情事。如設定他項時，乙方應負責清理塗銷之。訂約後發覺該房地產權有糾紛致影響甲方權利時，甲方得定相當期限催告乙方解決，倘逾期乙方仍不解決時，甲方得解除本契約，乙方除退還既收價款外，並依本約第十二條所定標準爲損害賠償，交接房地後始發覺上開糾葛情事時，概由乙方負責清理，甲方因此所受之損害，乙方應負完全賠償責任。

甲方履行本約第十四條時，乙方應同時交付房地及其所有權狀與使用執照。

十四、甲方義務：㈠付清房地價款。

㈡付清因逾期付款之滯納金。

㈢付清辦理產權登記所需之手續費及應付之稅捐與應預繳之貸款利息。

㈣經乙方通知交付房地之日起發生之本戶水電基本費及共同使用設備應分擔之水電費。

㈤經乙方通知交付房地之日起屬於安全防衛、保持清潔、共同使用設施及設備之整理操作及維護等應分擔之管理費用。

十五、未盡事宜：本約如有未盡事宜，依有關法令、習慣及誠實信用原則公平解決之。

十六、契約分存：本約之附件視爲本約之一部分。本約乙式貳份，由甲乙雙方各執存乙份爲憑，並自簽約日起生效。

附　　件：㈠標明尺寸之建築物平面圖及基地地籍圖謄本各乙份。

㈡分期付款表乙份。

㈢房屋設備概要乙份。

㈣建造執照影本乙份。

立契約書人：甲　方

姓　　名：

住　　址：

身分證統一編號：

乙　方

公司名稱：

公司地址：

負責人：

住　　址：

身分證統一編號：

公會會員證書字號：

中　華　民　國　　　年　　　月　　　日

使用說明：

一、本契約書適用於土地及房屋之所有權屬同一人所有者（房屋尚未建築完成辦妥產權登記以前，土地所有權人及建造執照所載之起造人應屬同一人。）

二、本契約書適用於預售之房屋，亦可適用於興建中之房屋買賣。至於已興建完成，辦妥產權登記的房屋，應依據地政機關之土地及建築改良物登記簿謄本關於該不動產權利之記載事項，參考本契約範本有關條文訂定買賣契約。

三、第四條有關地下層屬於法定防空避難設備部分，遇有空襲或防空情況時應開放供全體住戶避難使用。

四、第五條有關屋頂平台及突出物非供共同使用部分依習慣得約定歸屬於最上樓房之一方使用。

五、第八條保固期限，文內所稱主要設備於本契約中係指那些設備（電氣、煤氣、給水、排水、空氣調節、昇降、消防、防空避難及污物處理等），宜於條文中寫明，以免日後糾紛。

六、第十四條有關甲方義務，如乙方代辦之貸款未向金融機關領得以前，中辦貸款手續期間對於該預貸金額之利息如需由甲方於辦理產權登記前預繳予乙方時，得於本條款內由雙方約定之。寫明貸款利息預繳幾個月，多退少補。

七、本契約書之不動產於中辦產權登記時，應使用內政部61 7 26台內地字第四七五一八六號函頒之契約書格式，本契約書之約定事項得為該契約書之特約事項。

【註釋】有關不動產買賣契約範例（例一至例六），係台北市建築投資商業同業公會擬訂，並經內政部68．10．22台內營字第四九四七七號審定。

【例二】委辦房地貸款契約書

立委辦房地貸款契約書人買主：賣主：（以下簡稱為甲方乙方）

茲因甲方購買乙方座落　市縣　鄉鎮　段　小段　地號土地及座落　市縣　鄉鎮　路街　段　巷　弄　號第　棟第　樓房屋需要，特委由乙方代辦貸款，經雙方議定條件如後，以資遵守：

一、本契約書依據甲乙雙方訂定之「房地買賣契約書」第九條訂定之。

二、本委辦貸款金額預定為新台幣　萬　仟元整，甲方同意乙方代辦申請貸款之一切手續，並於貸款核准後，由乙方直接向銀行領取，作為甲方購買乙方房屋及土地應繳付之部分價款。

三、本委辦貸款如需甲方補正有關證件或需甲方親自會同辦理時，甲方不得拖延或拒絕。

四、乙方受委辦貸款所需之規費、代辦費、印花稅、保火險等費用及預繳之貸款利息（　月　元多退少補），甲方應於乙方交付房地同時付清與乙方。

五、本委辦貸款倘因法令變更或因甲方貸款條件不合規定致無法貸款時，甲方應於接到通知之日起　日內一次或分期付款。（見說明(2)）

六、本委辦貸款契約書壹式貳份，由甲乙雙方各執壹份為憑，並自簽約之日起生效。

立契約書人：甲　方

姓　名：

住　址：

身分證統一編號：

乙　方

公司名稱：

公司地址：

負責人：

住　址：

身分證統一編號：

公會會員證書字號：

中華民國　　　年　　　月　　　日

使用說明：

(1)房地買賣，其中一部分價款如買受人需以向金融機關辦理之抵押貸款付給出賣人時，應由買賣雙方另訂本契約書。

(2)貸款尚未核准前，如乙方已交付房地與甲方，自乙方交付房地時起至領得貸款之日止，其間之利息亦得由買賣雙方約定，由甲方按貸款金額依銀行放款利率計息付予乙方。

【例三】房屋買賣契約書

立房屋買賣契約人 買主：
　　　　　　　　 賣主：（以下簡稱為甲方／乙方）

本約房屋產權買賣事項，經甲乙雙方一致同意訂立條款如后，以資共同遵守：

一、房屋標示：座落　縣市　鄉鎮　段　小段　等地號內，即　縣市　鄉鎮　路街　段　巷　弄　號第　棟第　樓（如附件㈠），房屋面積　平方公尺（　坪）（包括陽台、走道、樓梯間、電梯間、電梯機房、電氣室、機械室、管理室……等共同使用部分之分擔）。

二、面積誤差：前條房屋面積以建築完工後地政機關複丈並登記完竣之面積為準，如有誤差超過百分之一時，應就超過或不足部分按房屋單價相互補貼價款。

三、房屋價款：房屋價款（包括本約所載之附屬設備及其他設施）為新台幣　元正。其付款辦法依附件㈡分期付款表之規定。

四、地下層權屬：本約房屋共同使用之地下第　層面積　平方公尺（　坪）按買受主建物面積比例隨同房屋一併出售為買受人所共有。地下層非屬共同使用之部分計面積　平方公尺（　坪）應歸屬　方。

五、屋頂權屬：屋頂突出物除電梯間、機房、樓梯間、水箱……等共同使用部分外，其餘非屬共同部分（即　）應歸　方。屋頂平台除共同使用部分（即　）外，全部歸　方使用。

六、設備概要：本約買賣房屋規格除依照主管建築機關核准　年　月　日第　字號建造執照

（如附件㈣）之圖說爲準外，核准圖說上未予註明之建材、設備或其他設施（如道路、路燈、溝渠、花木等），其廠牌、等級或規格如附件㈢。

七、交屋期限：乙方應自本約簽訂之日起　　天（日曆天）內將使用執照及所有權狀併同房屋交付甲方，但因不可抗力致不能如期交出房屋者由雙方視實際需要協定期限予以延展。其延展期限不加收滯納金。

八、保固期限：乙方對本約房屋之結構及主要設備應負責保固一年，但因天災或不可歸責於乙方之事由而發生之毀損不在此限。

九、貸款約定：本約第三條房屋價款內之尾款新台幣　　元整，由甲方以金融機關之貸款給付，並由甲乙雙方另立委辦貸款契約書由乙方依約定代甲方辦妥一切貸款手續，其貸款金額少於上開預定貸款金額者，其差額部分由乙方按金融機關之貸款利息及貸款期限貸給甲方並辦理第二順位抵押。但因金融機關基於法令規定停辦貸款或其他不可歸責於乙方之原因致不能貸款者，甲方應於接獲乙方通知之日起　　天內以現金一次（或分期）向乙方繳清或補足，但甲方因而無力承買時，應於接獲通知之日起　　天內向乙方表示解除契約，乙方應同意無條件解約並無息退還已繳款項予甲方。

十、產權登記：房屋產權之登記由甲乙雙方會同辦理或會同委任代理人辦理之。辦理房屋產權登記時，其應由甲方或乙方提供有關證件及應繳納稅捐，甲方或乙方應依規定期日、種類、內容及數額提供及繳納，如因一方延誤，致影響產權登記者，因而遭受損害應由延誤之一方負其賠償責任。

十一、稅捐負擔：甲乙雙方應負擔之稅捐除依有關法律規定外，產權登記費、印花稅、契稅、監證費、代辦費、各項規費及臨時或附加之稅捐由甲方負擔。

十二、違約處罰：㈠乙方除因不可抗力之事由外，其逾期交屋每逾一日按房地總價千分之　　計算違約金予甲方。乙方不履行契約經甲方催告限期履行，逾期仍不交屋時，甲方得解除本契約。解約時乙方除應將既收價款全部退還甲方外，並應賠償所付價款同額之損害金予甲方。

㈡甲方全部或一部分不履行本約第三條附件㈡付款表之規定付款時，其逾期部分，甲方應加付按日千分之　計算之滯納金於補交時一併繳清。如逾期經乙方催告限期履行，逾期仍不交付時，乙方得按已繳款項百分之五十請求損害賠償，但以不超過總價款百分之三十為限。如甲方仍不履行時，乙方得解除本契約並扣除滯納金及賠償金後無息退還已繳款項。

㈢交屋前甲方如發現房屋構造或設備與合約規定不符並經鑑定屬實者，乙方應負責改善或給予相當之補償。甲方於受領乙方交屋前毋庸再向乙方為瑕疵擔保之通知，得依民法第三百六十條規定行使權利。如結構安全發生問題，甲方得解除本契約，解約賠償依第㈠款之規定。

十三、乙方責任：本約房屋乙方保證產權清楚，絕無一物數賣或與工程承攬人發生財物糾紛等情事。訂約後發覺該房屋權利有糾紛致影響甲方權利時，甲方得定相當限期催告乙方解決，倘逾期乙方仍不解決，甲方得解除本契約，乙方除退還既收價款外，並依本約第十二條所定標準為損害賠償。交接房屋後始發覺上開糾葛情事時，概由乙方負責清理，甲方因此所受之損害，乙方應負完全賠償責任。

十四、甲方義務：甲方履行本約第十四條時乙方應同時交付房屋及其所有權狀與使用執照。

㈠付清房屋價款。

㈡付清因逾期付款之滯納金。

㈢付清辦理產權登記所需之手續費甲方應付之稅捐及應預繳之貸款利息。

㈣經乙方通知交屋之日起發生之本戶水電基本費及共同使用設備應分擔之水電費。

㈤經乙方通知交屋之日起屬於安全防衛、保持清潔、共同使用設施及設備之整理操作及維護等應分擔之管理費用。

十五、房屋基地：本約房屋使用之土地由甲方另向土地權利人價購，該土地權利人對本約房屋與乙方連帶負瑕疵擔保責任，並同意行使本約第十六條有關解約之規定。

十六、特別約定：㈠乙方如違反本約第九條之規定或有第十二條第㈠、㈢款規定之情事，甲方依約解除本契約時，並得同時解除本約房屋基地土地承買契約。甲方及房屋基地土地出賣人因而所受之損害應由乙方負責賠償。

㈡甲方如有本約第十二條第㈡款規定之情事，致乙方依約解除本契約時，甲方應同時解除本約房屋基地土地承買契約。乙方及房屋基地土地出賣人因而所受之損害由甲方負責賠償。

十七、未盡事宜：本約如有未盡事宜，依有關法令、習慣及誠實信用原則公平解決之。

十八、契約分存：本約之附件視為本約之一部分，本約乙式叁份，由甲乙雙方及連帶保證責任人各執乙份為憑，並自簽約日起生效。

附　　件：㈠標明尺寸之建築物平面圖乙份。

㈡分期付款表乙份。

㈢房屋設備概要乙份。

㈣建造執照影本乙份。

立契約書人：甲　方

姓　名：

住　　址：
身 分 證
統一編號：

乙　　方
公司名稱：
公司地址：
負 責 人：
住　　址：
身 分 證
統一編號：
公會會員
證書字號：

連帶保證人（土地權利人）
姓　　名：
住　　址：
身 分 證
統一編號：

中　華　民　國　　　年　　　月　　　日

使用說明：

一、本契約書適用於土地及房屋之所有權不屬同一人所有者（亦即房屋尚未建築完成辦妥產權登記以前，土地所有權人及建造執照所載之起造人不屬同一人者）其土地部分應另訂土地買賣契約書。

二、本契約書適用於預售房屋之買賣。

三、第四條有關地下層屬於法定防空避難設備部分，遇有空襲或防空情況時應開放供全體住戶避難使用。

四、第五條有關屋頂平台及突出物非供共同使用部分依習慣得約定歸屬於最上樓層之一方使用。

五、第八條保固期限，文內所稱主要設備於本契約中係指那些設備（電氣、煤氣、給水排水、空氣調節、昇降、消防、防空避難及汚物處理等），宜於條文中寫明，以免日後發生糾紛。

六、第十四條有關甲方義務，如乙方代辦之貸款未向金融機關領得以前，申辦貸款手續期間對於該預貸金額之利息如需由甲方於辦理產權登記前預繳予乙方時，得於本條款內由雙方約定之，寫明貸款利息預繳幾個月，多退少補。

七、本契約書之不動產於申辦產權登記時，應使用內政部61、7、26台內地字第四七五一八六號函頒之契約書格式，本契約書之約定事項得為該契約書之特約事項。

【例四】委辦房屋貸款契約書

立委辦房屋貸款契約書人 買主：賣主：（以下簡稱為甲方乙方）

茲因甲方購買乙方座落　縣市　鄉鎮　段　小段　地號土地，即　縣市　鄉鎮　路街　段　巷　弄　號第　棟第　樓房屋壹戶，特委由乙方代辦貸款，經雙方議定條件如後，以資共同遵守：

一、本契約書依據甲乙雙方訂定之「房屋買賣契約書」第九條訂定之。

二、本委辦貸款金額預定為新台幣　萬　仟元整，甲方同意乙方代辦申請貸款之一切手續，並於貸款核准後，由乙方直接向銀行領取，作爲甲方購買乙方房屋應繳付之部分價款。

三、本委辦貸款如需甲方補正有關證件或需甲方親自會同辦理時，甲方不得拖延或拒絕。

四、乙方受委辦貸款所需之規費、代辦費、保火險費及預繳之貸款利息（　月　　元多退少補），甲方應於乙方交屋同時付淸予乙方。

五、本委辦貸款倘因法令變更或因甲方貸款條件不合規定無法貸款時，甲方應於接到通知之日起　　日內一次或分期付淸。（見說明⑵）

六、本委辦貸款契約書壹式貳份，由甲乙雙方各執壹份爲憑，並自簽約之日起生效。

立契約書人：甲　方

姓　　名：

住　　址：

身分證統一編號：

乙　方

公司名稱：

公司地址：

負 責 人：

住　　址：

身分證統一編號：

公會會員
證書字號：

中華民國　　年　　月　　日

使用說明：

⑴房屋買賣，其中一部分價款如買受人需以向金融機關辦理之抵押貸款付給出賣人時，應由買賣雙方另訂本契約書。

⑵貸款尚未核准前，如乙方已交付房屋予甲方，自乙方交屋時起至領得貸款之日止，其間之利息亦得由買賣雙方約定，由甲方按貸款金額依銀行放款利率計息付予乙方。

【例五】土地買賣契約書

立土地買賣契約書人 買主：　賣主：　（以下簡稱為甲方、乙方）

本約土地產權買賣事項，經甲乙雙方一致同意訂定條款如後，以資共同遵守：

一、土地標示：座落　縣市　鄉鎮　段　小段　地號土地總面積　平方公尺（　坪），即　縣市　鄉鎮　路街　段　巷　弄　號第　棟第　樓房屋所佔該基地土地應有　分之　。

二、面積誤差：前條土地面積（如附件㈠）以登記後土地登記簿之記載為準，如有誤差超過百分之一時，應就超過或不足部分按土地單價相互補貼價款。

三、土地價款：土地價款為新台幣　元正。其付款辦法依附件㈡分期付款表之規定。

四、貸款約定：土地總價內之尾款新台幣　　　　元整，由甲方以金融機關之貸款給付，並由甲乙雙方另立委辦貸款契約書，由乙方依約定代甲方辦妥一切貸款手續。其貸款金額少於上開預定貸款金額者，其差額部分由乙方按金融機關之貸款利息及貸款期限貸給甲方，並辦理第二順位抵押。但因金融機關基於法令規定停辦貸款或其他不可歸責於乙方之原因致不能貸款者，甲方應於接獲乙方通知之日起　　天內以現金一次（或分期）向乙方繳清或補足，但甲方因而無力承買時，應於接獲通知之日起　　天內向乙方表示解除契約，乙方應同意無條件解約並無息退還已繳款項予甲方。

五、產權登記：土地移轉登記由雙方會同辦理或會同委任代理人辦理之。

六、稅捐負擔：土地移轉過戶前之地價稅及移轉過戶時應繳納之土地增值稅，由乙方負擔。土地移轉登記費、契稅及代辦費，由甲方負擔。

七、違約處罰：㈠乙方如因中途發生土地權利糾葛致不能履行契約時，甲方得解除本契約，解約時乙方除應將既收價款全部退還甲方外，並應賠償所付價款同額之損害金予甲方。其因本契約之解除而致甲方與本約土地上之房屋買賣契約亦需解約時，甲方因解除該契約所受之損害，乙方同時連帶負賠償責任。

㈡甲方全部或一部分不履行本約第三條附件㈡分期付款之規定付款時，其逾期部分甲方應加付按日千分之　　計算之滯納金於補交時一併繳清。如逾期經乙方催告限期履行，逾期仍不繳付時，乙方得按已繳款項百分之五十請求損害賠償，但以不超過總價款百分之三十為限。如甲方仍不履行時，乙方得解除本契約並扣除滯納金及賠償金後無息退還已繳款項。

八、乙方責任：乙方保證土地產權清楚，絕無一物數賣或佔用他人土地等情事。如設定他項權利時，並應負責清理塗銷之。訂約後發覺該土地產權有糾紛影響甲方權利時，甲方得定相當期限催告乙方解決，倘逾期乙方仍不解決，甲方得解除本契約，乙方除退還既收價款外，並依本約第七條所定標準爲損害賠償。交接土地後始發覺上開糾葛情事時，概由乙方負責清理，甲方因此所受之損害，乙方應負完全賠償責任。

九、甲方義務：甲方履行左列各款時，乙方應同時交付已移轉登記之土地所有權狀：

(一)付清土地價款。

(二)付清因逾期付款之滯納金。

(三)付清辦理產權登記及銀行貸款所需之手續費甲方應納之稅捐及應預繳之貸款利息。

十、基地上房屋：本約土地上之房屋由甲方另向興建房屋人價購，該興建房屋人並對本約土地與乙方連帶負瑕疵擔保責任，並同意行使本約第十一條有關解約之規定。

十一、特別約定：(一)乙方如違反本約第四條之規定或有第七條第(一)款規定之情事，甲方依約解除本契約時，並得同時解除本約土地上之房屋承買契約，甲方及房屋出賣人因而所受之損害應由乙方負責賠償。

(二)甲方如有本約第七條第(二)款規定之情事，乙方依約解除本契約時，甲方應同時解除本約土地上之房屋承買契約。乙方及房屋出賣人因而所受之損害由甲方負責賠償。

十二、未盡事宜：依有關法令、習慣及誠實信用原則公平解決之。

十三、契約分存：本約之附件視爲本約之一部分。本約一式三份，由甲、乙雙方及連帶保證責任人各執乙份爲憑，並自簽約日起生效。

附　件：(一)土地地籍圖謄本（標明本約土地位置）及建築物平面圖各乙份。

(二)分期付款表乙份。

立契約書人：甲　方

姓　名：

住　址：

身分證統一編號：

乙　方

姓　名：

住　址：

身分證統一編號：

連帶保證人（興建房屋人）

公司名稱：

公司地址：

負責人：

住　址：

身分證統一編號：

公會會員證書字號：

中　華　民　國　　　年　　　月　　　日

使用說明：

一、本契約書適用於土地及房屋之所有權不屬同一人所有者，其房屋部分應另訂房屋買賣契約書。

二、本契約書適用於預售之房屋有關土地部分之買賣。

三、第九條有關甲方義務，如乙方代辦之貸款未向金融機關領得以前，申辦貸款手續期間於該預貸金額之利息如需由甲方於辦理產權登記前預繳予乙方時，得於本條款內由雙方約定之。寫明貸款利息預繳幾個月，多退少補。

四、本契約書之不動產於申辦產權登記時，應使用內政部61、7、26台內地字第四七五一八六號函頒之契約書格式，本契約書之約定事項得為該契約書之特約事項。

【例六】委辦土地貸款契約書

立委辦土地貸款契約書人 買主：
賣主：（以下簡稱為甲方
乙方）

茲因甲方購買座落　縣市　鄉鎮　路段　小段　地號土地，即　縣市　鄉鎮　路街　段　巷　弄　號第　棟第　樓房屋壹戶對於該建築基地土地應有部分　分之　，特委由乙方代辦貸款，經雙方議定條件如後，以資共同遵守：

一、本契約書依據甲乙雙方訂定之「土地買賣契約書」第四條訂定之。

二、本委辦貸款金額預定為新台幣　萬　仟元整，甲方同意乙方代辦申請貸款之一切手續，並於貸款核准後，由乙方直接向銀行領取，作為甲方購買乙方土地應繳付之部分價款。

三、本委辦貸款如需甲方補正有關證件或需甲方親自會同辦理時，甲方不得拖延或拒絕。

四、乙方受委辦貸款所需之規費、代辦費、及預繳之貸款利息（　月　元，多退少補），甲方應於乙方交付土地時付清予乙方。

五、本委辦貸款倘因法令變更或因甲方貸款條件不合規定無法貸款時，甲方應於接到通知之日起　日內一次或分期付清。(見說明(2))

六、本委辦貸款契約書壹式三份，由甲乙雙方及連帶保證責任人各執壹份為憑，並自簽約之日起生效。

立契約書人：甲　方

姓　名：

住　址：

身分證統一編號：

乙　方

姓　名：

住　址：

身分證統一編號：

連帶保證人（與建房屋人）

公司名稱：

公司地址：

負責人：

住　址：

身分證統一編號：

公會會員證書字號：

中華民國　　年　　月　　日

使用說明：

(1)土地買賣，其中一部分價款如買受人需以向金融機關辦理之抵押貸款付給出賣人時，應由買賣雙方另訂本契約書。

(2)貸款尚未核准前，如乙方已交付土地與甲方，自乙方交付土地時起至領得貸款之日止，其間之利息亦得由買賣雙方約定，由甲方按貸款金額依銀行放款利率計息付予乙方。

【例七】土地建築改良物買賣所有權移轉契約書

左列土地建物經出賣人承買人雙方同意買賣所有權移轉特訂立本契約：

土地標示

土地坐落			地號	地目	等則	面積			出賣權利範圍	買賣金額
鄉鎮市區	段	小段				公頃	公畝	平方公尺		新臺幣

建築改良物標示

建號						
建物門牌	鄉鎮市區					
	街路					
	段巷弄					
	號數					
基地坐落	段					
	小段					
	地號					
主要用途						
構造	建築式樣（平房或樓房）					
	主要建築材料					
	層數					
建物面積（平方公尺）	地面層					
	二層					
	三層					
	四層					
	五層					
	地下層					
	平面騎樓					
	共計					
建築完成日期						
附屬建物	主要用途					
	主要建築材料					
	面積（平方公尺）					
出賣權利範圍						
買賣價金新臺幣						

買賣價款總金額　新臺幣　　　　（另製收據）

聲請登記以外之約定事項

1. 交付定金數額：
2. 價款交付方法：
3. 不動產交付日期：
4. 他項權利情形：
5. 土地建物使用情形：
6.
7.
8.

鄉鎮市區公所監證

訂立契約人

出賣人 承買人	姓名或名稱	權利範圍 出賣持分 承買持分	出生年月日	住所 縣市	鄉鎮市區	村里	鄰	街路	段	巷弄	門牌號	身分證統一號碼	蓋章

立約日期　中華民國　　年　　月　　日

附註：本契約書「權利範圍」欄如各筆持分不同難以填寫時應分別訂立契約

土地
建築改良物買賣所有權移轉契約書填寫說明

一、一般填法：

1. 本契約書應以毛筆或鋼筆用黑色墨汁正楷填寫。
2. 本契約書不得塗改，如有少數文字增加、删改時，在增加、删改處，由訂立契約人蓋章。
3. 關於面積、金額等之數目字，應用國字大寫填寫，如「壹」、「貳」……等字樣。惟建築改良物之面積得用阿拉伯數字填寫。
4. 如「土地標示」「建築改良物標示」「申請登記之約定事項」及「訂立契約人」等欄有空白時，應將空白欄以斜線劃去或註明「以下空白」字樣，如不敷時，可另附清册，並由訂立契約人在騎縫處蓋章。

二、各欄填法：

1. 「土地標示」欄：應照土地所有權狀或土地登記簿所載者填寫。
2. 「建築改良物標示」欄：應照建築改良物所有權狀或建築改良物登記簿所載者填寫。
3. 「出賣權利範圍」欄：填寫各筆棟出賣之權利範圍，如係全部出賣者，則填「全部」，如僅出賣一部分者，則按其出賣之持分額填寫。
4. 「買賣金額」欄：填寫各該筆土地或各該棟建物之買賣價格。
5. 「買賣價款總金額」欄：填寫本契約書所訂各筆土地及各棟建物之買賣價格總和。
6. 「申請登記以外之約定事項」欄：本契約所約定之事項，於其他各欄內無法填寫者，均填入本欄。
7. 「鄉鎮市區公所監證」欄：備供訂立契約人送往監證時，由監證人員填寫，訂立契約人不須填寫。

8.「訂立契約人」欄之填法：

(1)先填「承買人」及其「姓名或名稱」「承買持分」「出生年月日」「住所」「身分證統一號碼」「蓋章」，後填「出賣人」及其「姓名或名稱」「出賣持分」「出生年月日」「住所」「身分證統一號碼」並「蓋章」。如訂立契約人爲法人時，「出生年月日」及「身分證統一號碼」兩項免填。

(2)如訂立契約人爲法人時，應於該法人之次欄加填「法定代理人」及其「姓名」、「出生年月日」「住所」並「蓋章」。

(3)如訂立契約人爲未成年人時，其契約行爲應經其法定代理人允許，故應於該未成年人之次欄加塡「法定代理人」及其「姓名」「出生年月日」「住所」「身份證統一號碼」並「蓋章」，以確定其契約之效力。

(4)「姓名」「出生年月日」「住所」「身分證統一號碼」各項，應照戶籍登記簿、戶口名簿或身分證所載者填寫。

(5)「承買持分」「出賣持分」各項應按實際承買或出賣之權利持分額填寫。

(6)訂立契約人之印章，應與姓名欄所載者相同。

9.「立約日期」欄：填寫訂立契約之年月日。

三、本契約書訂立後應卽照印花稅法規定購貼印花。

四、本契約書應於訂立後一個月內依契稅條例規定申請監證報繳契稅，或依平均地權條例規定申報土地現值，繳納土地增值稅後，依法申請產權登記，以確保產權。

（本契約書一式填寫三份，正本及副本各一份，檢送地政事務所申辦登記後，正本退還權利人存執，副本由地政事務所留存，另副本乙份由義務人存執。）

【例八】 出典契約(一)

立出典契約人〇〇〇爲因急用，願將祖遺座落××鄉××段××地號××則田××公頃，央中說合出典與〇〇〇暫行管業，三面議定，時值價款新臺幣××元正，×年爲期，款項卽日交清，不另立收據，地租仍歸出典人完納，期滿回贖，如無還債，仍聽管業，倘有房族或上戶出面滋擾，槪由出典人理直，不涉受典人之事，此係雙方甘願各無反悔，恐後無憑，特立出典契約書作成貳份各執壹份爲後日之證。

出典人 〇〇〇 印
受典人 〇〇〇 印
中介人 〇〇〇 印

中華民國 年 月 日

【例九】土地建築改良物典權設定契約書

左列土地建物經權利人義務人雙方同意設定典權特訂立本契約：

土地標示

土地座落 鄉鎮市區	段	小段	地號	地目	等則	面積 公頃	公畝	平方公尺	設定權利範圍	典權價金

建築改良物標示

建號			
建物門牌	鄉鎮市區		
	街路		
	巷弄		
	號數		
基地座落	段		
	小段		
	地號		
主要用途			
構造	建築式樣		
	平房或樓房層數		
	主要建築材料		
建物面積（平方公尺）	地面層		
	二層		
	三層		
	四層		
	地下層		
	地平面		
	騎樓		
	共計		
建築完成日期			
附屬建物	主要用途		
	主要建築材料		
	面積（平方公尺）		
設定權利範圍			
典權價金額			

典價總金額

權利存續期限

典物轉典或出租之約定

聲請登記以外之約定事項

1.
2.
3.
4.

鄉鎮市區公所監證

訂立契約人

權利人 義務人	姓名或名稱	權利範圍 承持典分	權利範圍 出持典分	出年月生日	住所 縣市	鄉市鎮區	村里	鄰	街路	段	巷弄	門牌號	身分證統一號碼	蓋章

立約日期 中華民國 年 月 日

土地建築改良物典權設定契約書填寫說明

一、一般填法：

1.本契約書應以毛筆或鋼筆用黑色墨汁正楷填寫。

2.本契約書不得塗改挖補，如有少數文字增加刪改時，在增加刪改處，由訂立契約人蓋章。

3.關於面積、金額等之數目字，應用國字大寫填寫，如「壹」、「貳」……等字樣。惟建築改良物之面積得用阿拉伯數字填寫。

4.如「土地標示」「建築改良物標示」「聲請登記以外之約定事項」及「訂立契約人」等欄有空白時，應將空白欄以斜線劃去或註明「以下空白」字樣。如不敷時，可另貼浮籤或另附清冊，並由訂立契約人在騎縫處蓋章。

二、各欄填法：

1.「土地標示」欄：應照土地所有權狀或土地登記簿所載者填寫。

2.「建築改良物標示」欄：應照建築改良物所有權狀或建築改良物登記簿所載者填寫。

3.「設定權利範圍」欄：填寫各筆土地或各棟建物設定典權之範圍，如係個人所有土地或建物全筆棟出典者，填「全部」，如係一部分出典者，即填「持分幾分之幾」字樣。

4.「典價金額」欄：填寫各筆土地或各棟建物之典價金額。

5.「典價總金額」欄：填寫各筆土地及各棟建物典價金額之總和。

6.「權利存續期限」權：典權如定有期限者，將其權利之起訖年月日填入。如未定有期限者，則填「不定期限」字樣。

7.「典物轉典或出租之約定」欄：如約定「典權人不得將典物轉典或出租於他人」者，應填「本典物不得轉典或出租」字樣，如約定典權得轉典或出租於他人者，應填「本典物得轉典或出租」字樣，本欄如空白，未有其他約定或另有習慣者，依民法第九一五條之規定視為典物得讓與，並得出租。

8.「聲請登記以外之約定事項」欄：本契約所約定之事項，於其他各欄內無法填寫者，均填入本欄。

9.「鄉鎮市區公所監證」欄：備供訂立契約人送往監證時，由監證人員填寫，訂立契約人無須填寫。

10.「訂立契約人」欄之填法：

①先填「權利人」即典權人及其「姓名或名稱」「承典持分」「出生年月日」「住所」「身分證統一號碼」並「蓋章」後填「義務人」即出典人及其「姓名或名稱」「出典持分」「出生年月日」「住所」「身分證統一號碼」並「蓋章」。如訂立契約人為法人時「出生年月日」「身分證統一號碼」兩項免填。

②如訂立契約人為法人時，應於該法人之次欄加填「法定代理人」及其「姓名」「出生年月日」「住所」並「蓋章」。

③如訂立契約人為未成年人時，其契約行為應經其法定代理人允許，故應於該未成年人之次欄，加填「法定代理人」及其「姓名」「出生年月日」「住所」「身分證統一號碼」並「蓋章」，以確定其契約之效力。

④「姓名」「出生年月日」「住所」「身分證統一號碼」各項，應照戶籍登記簿、戶口名簿或身分證所載者填寫。

⑤「承典持分」「出典持分」各項，應按實際承典或出典之權利持分額填寫之。

⑥訂立契約人之印章，應與姓名欄所載者相同。

11.「立約日期」填寫訂立契約之年月日。

三、本契約書訂立後應即照印花稅法規定購貼印花。

四、本契約書應於訂立後一個月內依契稅條例規定申請監證報繳契稅，或依實施都市平均地權條例規定申報土地現值，繳納土地增值稅後，依法聲請產權登記，以確保產權。

（本契約書一式填寫三份，正本及副本各一份，檢送地政事務所申辦登記後，正本退還權利人存執，副本由地政事務所留存，另副本乙份由義務人存執。）

【例十】土地／建築改良物抵押權設定契約書

左列土地／建築改良物經權利人／義務人雙方同意設定抵押權特訂立本契約

土地標示：

- 土地座落：鄉鎮市區／段／小段
- 地號
- 地目
- 等則
- 面積：公頃／公畝／平方公尺
- 設定權利範圍
- 擔保權利金額

建築改良物標示：

- 建號
- 建物門牌：鄉鎮市區／街路／段巷弄／號數
- 基地座落：段／小段／地號
- 主要用途
- 構造：建築式樣／平房樓房或層數／主要建築材料
- 建物面積（平方公尺）：地面層／二層／三層／四層／地下層／平地騎樓／共計
- 建築完成日期
- 附屬建物：用途／主要建築材料／平面面積（平方公尺）
- 設定權利範圍
- 擔保權利金額

提供擔保權利種類

擔保權利總金額

權利存續期限	
利息	
遲延利息	
違約金	
債務清償日期	
聲請登記以外之約定事項	1. 交付利息日期及方法： 2. 3. 4. 5.

訂立契約人													
權利人／義務人	姓名或名稱	權利範圍	出生年月日	住所 縣市	鄉鎮市區	村里	鄰	街路	段	巷弄	門牌號	統一身分證號碼	蓋章

立約日期　中華民國　年　月　日

附註：本契約書「權利範圍」欄如各筆持分不同難以填寫時應分別訂立契約。

土地建築改良物抵押權設定契約書填寫說明

一、一般填法：

1. 本契約書應以毛筆或鋼筆用黑色墨汁正楷填寫。
2. 本契約書不得塗改挖補，如有少數文字增加刪改時，在增加刪改處，由訂立契約人蓋章。
3. 關於面積、金額等之數目字，應用國字大寫填寫，如「壹」、「貳」……等字樣惟建築改良物之面積得用阿拉伯數字填寫。
4. 如「土地標示」「建築改良物標示」「聲請登記之約定事項」及「訂立契約人」等欄有空白時，應將空白欄以斜線劃去或註明「以下空白」字樣。如不敷時，可另貼浮籤或另附清冊，並由訂立契約人在騎縫處蓋章。

二、各欄填法：

1. 「土地標示」欄：應照土地所有權狀或土地登記簿所載者填寫。
2. 「建築改良物標示」欄：應照建築改良物所有權狀或建築改良物登記簿所載者填寫。
3. 「設定權利範圍」欄：填寫各筆棟設定抵押權之範圍。如係全部提供擔保者則填「全部」，如僅一部分提供擔保者，則按其提供擔保之持分額填寫。
4. 「擔保權利金額」欄：如僅以一筆土地或一棟建物提供擔保者，將其擔保之債權金額填入。如係數筆土地及數棟建物共同擔保一債權者本欄免填。
5. 「提供擔保權利種類」欄：將義務人提供擔保之權利名稱填入，如「所有權」、「地上權」、「永佃權」或「典權」字樣。
6. 「擔保權利總金額」欄：填寫本契約各筆棟權利提供擔保之債權總金額。

7.「債務清償日期」「利息」「遲延利息」「違約金」「權利存續期限」各欄：按立約當事人自由約定，惟約定無利息、遲延利息或違約金時，於相當欄內塡「無」或「空白」字樣，或以斜線劃去。

8.「聲請登記以外之約定事項」欄：本契約書所約定之事項，於其他各欄內無法塡寫者，均塡入本欄。

9.「訂立契約人」欄之塡法：

①先塡「權利人」及其「姓名或名稱」「權利範圍」「出生年月日」「住所」「身分證統一號碼」並「蓋章」。後塡「義務人」包括設定人及債務人及其「姓名或名稱」「權利範圍」「出生年月日」「住所」「身分證統一號碼」並「蓋章」。如訂立契約人爲法人時，「出生年月日」及「身分證統一號碼」兩項免塡。

②如訂立契約人爲法人時，應於該法人之次欄加塡「法定代理人」及其「姓名」「出生年月日」「住所」並「蓋章」。

③如訂立契約人爲未成年人時，其契約行爲應經其法定代理人允許，故應於該未成年人之次欄，加塡「法定代理人」及其「姓名」「出生年月日」「住所」「身分證統一號碼」並「蓋章」，以確定其契約之效力。

④「姓名」「出生年月日」「住所」「身分證統一號碼」各項，應照戶籍登記簿、戶口名簿或身分證所載者塡寫。

⑤「權利範圍」項，將權利人所取得之權利範圍及義務人所設定之權利範圍分別塡入。

⑥訂立契約人之印章，應與姓名欄所載者相同。

10.「立約日期」欄：塡寫訂立契約之年月日。

三、本契約書訂立後應卽照印花稅法規定購貼印花。

四、本契約書應於訂立後一個月內檢附有關文件依法聲請設定登記，以確保產權。

（本契約書一式塡寫三份，正本及副本各一份，檢送地政事務所申辦登記後，正本退還權利人存執，副本由地政事務所留存，另副本乙份由義務人存執。）

【例十一】工程契約

業主名稱　　　（以下簡稱甲方）爲將　　　工程交由承攬人（以下簡稱乙方）承辦經雙方同意訂立本契約如下：

一、工程名稱：

二、工程地點：

三、工程範圍：詳見附件圖說。

四、工程總價：本工程造價爲新臺幣　　　元。乙方認爲並無漏估項目或數量，標單內原列項目及數量係供審管及參考之用，乙方決不藉任何理由要求加價並願照本契約造價及圖說規定全部完工。

五、付款辦法：本工程付款辦法依下列之規定。（如工程進度較之預定進度有遲緩時，甲方有權暫行停止計價付款）

1. 建築工程：(1)材料款：自開工之日起每十五天結付一次（參照材料明細表所列數量單價，付給到場材料價值百分之八十）由承包人列單。經監工人員驗證並經複驗屬實後核付。

(2)工資：自開工之日起每十五天按照實際施工工數並參照工程進度表及人工明細表，核付百分之八十。

2. 土木工程：自開工之日起每十五天估驗一次（參照工程進度表及明細表所列數量單價按實際完成部份核付百分之八十）由承包人列單，經監工人員驗證並經複驗屬實後核付。

3. 稅捐管理等費：按照上述工程給付之工料或估驗款總數之比例給付。

4. 全部工程完工給付全部工程款之百分之九十。

5. 驗收合格後給付全部工程款之百分之九十八。

6. 建築物使用執照領到後結付尾款（如純係土木工程毋需請領使用執照者，得併同驗收合格時一併結清尾款）

六、工程期限：

1.開工期限：乙方須於簽訂契約之日起五日內開工（如須請領執照或須經特准許可者，自領到執照或許可證件之日起三日內開工）。

2.完工期限：　　完工，逾期按日罰全部造價千分之三之罰款，甲方得於應付工料款或保證金內扣除之。

3.因故延期：因變更設計工程數量增減，而須延長或縮短完工期限者，須於事前先由雙方議定之，如因天災人禍或法令限制確非乙方人力所能挽回，甲方得根據所派監工員之報告酌予增補期間。

七、工程變更：本工程所需工料如有未盡載明於圖說內，但為工程技術上所不可缺者，乙方均願照做，絕對不得要求變更原定造價，惟確屬增改或變更計劃乙方須在工程未進行前開具增加或扣減價格清單經甲方認可後方得進行，所有工料價應按照本契約所訂單價，比例伸縮核算應增或應扣之數，除依議價方式辦理另有協議約定者外，應俟全部工程完工驗收合格後一併結算工款。

八、施工管理：

1.乙方對於工程所在地建築法規或條例須一律遵守，並向當地工程主管機關出資領取必須之施工執照及一切許可證件。

2.施工期間乙方應於工作地點日間設置紅旗，夜間點掛紅燈或加防護設施，對於工地附近人畜及公私財產之安全均應由乙方預為防範。工程進行期間如有損及公私建築、或路面、或溝渠、或街道上面下部之水電管線、或私有林木等設備，及人民生命財產之處亦統歸乙方負責賠償。

3.本工程之施行，悉須依照契約所訂條款設計圖樣及施工說明書，以及甲方監工員之指示為準。

4.本工程所需用之材料經建築師或甲方監工員認為不合格者　，乙方卽須搬運出場，其所雇之工人必須具有工作技能，倘不善工作、或不聽指揮、或不守秩序，經建築師或甲方監工員通知後，乙方應於廿四小時內予以撤換不得再用，並不得以辭退工人爲理由向甲方要求賠償損失。

5.所有機具設備均需經建築師或甲方監工員驗看認爲合格者方得使用，不合格者卽須遷出場外。惟業經認可之一切在場機具、新舊材料，未經甲方同意不得携出。施工場地內有價值之物件、或在工地土地下面掘出之物件爲乙方所發見者，應妥愼保管並報由甲方處置。

6.乙方須派有工程經驗之負責代表人，常駐工地督率施工，並須聽從建築師或甲方監工員指揮，如該負責人不稱職，經建築師或甲方監工員通知後，乙方應立卽撤換並不得藉故向甲方要求賠償損失。

7.乙方負責所有工人之管理及給養工人，如有規外行動及觸犯地方治安條例所引起之糾葛，概由乙方負完全責任，如工人遇有意外或傷亡情事，由乙方自行料理與甲方無涉。

8.乙方在工程期間內無論何時須延僱適合工作需要之工人，其人數以建築師或甲方認爲可在合同規定期間內竣工爲準。如因工程遲緩甲方得通知乙方增加人數或加開夜班趕工，以達如期完成之目的，乙方不得推諉或藉詞要求補償費用。

9.本工程重要部份經建築師或甲方監工員查有與圖樣及說明書不符之處，得責令乙方立卽拆除，並依照規定式樣或工料重建滿意爲止，所有時間及金錢之損失概歸乙方負擔。

10.凡遇不適宜工作之天時，乙方應遵照建築師或甲方監工員之指示將工作全部或一部份暫停，並須設法保護已完成之工作免使損壞。

11.本工程乙方不得無故停工或延緩履行本契約，如有姑違經甲方通知後三日內仍未照辦，甲方得一面通知乙方保證人一面另僱他人繼續施工，所有場內之材料器具設備統歸甲方使用，其續造工程之費用，延期損失等甲方得由工程造價及本工程保證金內扣除之，不足之數應歸乙方負擔，保證人負連帶賠償責任。至乙方已做部份工作則由建築師，或甲方監工核算已做工程取用之工料價值，經甲方認可照數清結，並由甲方接收本工程，乙方不得異議或要求賠償損失。

12.本工程在未經正式驗收交付甲方接管前，所有已做工程以及存放於工地之機具材料概由乙方負責保管與防護，凡一切人力難防或意外損壞。皆由乙方完全負責。

九、保固期限：本工程驗收合格後乙方應負責保固一年。如在保固期內發現不良情事，經建築師或甲方認為係由工作欠妥或用料不佳所致者，乙方應負責修復，不得推諉，凡由此而引起之一切損失，均由乙方負完全責任。如因乙方之過失因而發生重大瑕疵時，得依民法之規定辦理。

十、保證責任：本工程乙方應覓具經甲方認可之殷實舖保二家，保證人對於乙方所負本契約之一切責任均連帶負其全責。倘乙方不能履行本契約各項規定，一經甲方通知保證人，應立即負責代為履行並賠償甲方所受之一切損失，乙方及保證人自願拋棄民法第七百四十五條之權利。

十一、契約附則：

1.本工程之設計圖樣及施工說明投標須知暨保證書等，均屬本契約之附件且與契約具有同等效力，乙方對於以上各件認為已完全明瞭並無疑問或誤解之處，切實遵守辦理。

2.乙方未經甲方許可，不得將本工程之全部或一部轉包或讓包與他人承包。但照工程向例可予分包者不在此限。

3.乙方遇有意外事故，不能負擔本契約上之責任時，應由保證人代負其責，所有甲方另僱他人續造之工料價及一切損失，仍應由乙方負擔，保證人並負連帶賠償責任，其結算費用依照甲方開列數額，決無異議。

4.工程完竣所有工地廢料什物及臨時設備，應由乙方負責清除整理完畢，驗收時如發現工程與規定不符，應遵甲方通知限期修正，逾限甲方得依本契約第八條第十一款規定代為僱工辦理，其費用得在乙方應領工程款內抵扣，不足之數仍應由乙方及保證人共同負責。

5.乙方逾規定期限尚未開工，或開工後工程進行遲緩，作輟無常或工人料具設備不足，甲方認爲不能依限完工經甲方通知後仍未改善時，除得依本契約第八條第十一款之規定由甲方清算費用接管工地外，乙方應即停工負責遣散工人，並將在場材料工具等交由甲方使用，無論甲方自辦或另行招商承辦，應俟工程完工時再行結算，倘有短欠或甲方因此所受一切損失應由乙方或其保證人負責賠償。

十二、契約附件：本契約正本二份雙方各執一份，副本　份，由甲方分存　份，乙方分存　份，每份契約附件有投標須知一份，設計圖樣全份　張，工程施工說明書一册，詳細價目單一份共　張，單價分析表一份　張，材料明細表一份　張，人工明細表一份　張，工程預定進度表一份，保證書二份，保密防諜保證切結一份。

甲方代表人：

乙方承攬人：

住　址：

保　證　人：

住　址：

保　證　人：

住　址：

建　築　師：

住　址：

中　華　民　國　　年　　月　　日　訂立

工程一般規範增訂條款（範例）

本條款限用於一個契約內，包括一個或兩個以上獨立之單項工程，而各單項工程因故不能卽時或同時開工之工程，此係一般規範之附屬條款，與本契約具同等效力。

一、本契約工程內計分　個單項工程，每一單項工程均具獨立完整性，其個別之先後開工日期應以甲方之書面通知爲準。其工期分別訂明如下：

(1)　工程，應於開工後　日曆天內完成。

(2)　工程，應於開工後　日曆天內完成。

(3)　工程，應於開工後　日曆天內完成。

(4)　工程，應於開工後　日曆天內完成。

二、本契約工程內各單項工程之實際竣工日期若相距甚遠，則可按竣工先後順序分別辦理結算驗收，惟辦理最後一次結算驗收時，須另加附全部契約工程之總結算表。

三、本契約工程內各單項工程若分批驗收，則已驗收合格工程之保留款卽先行計價支付。

四、本契約工程內各單項工程若分批驗收，其已驗收合格之工程卽由業主接管，保固期亦分別自驗收合格之日起算。

五、本契約工程內各單項工程若分批驗收，則契約所訂之各項保證金、保證書亦可按比例分批予以解除。

六、本契約工程內各單項工程若分批施工，則業主提供材料應分批按實需數量申請，不可使先竣工之單項工程，在工地剩餘過多之業主提供材料，長期留待其餘單項工程之使用，尤以供給之水泥爲最。工地若有剩餘業主提供水泥，則應儘速協調業主調撥他項工程使用（運費由本契約工程承包人負擔），以免日久硬化。如工程承包人處置不當，致使甲方遭受材料損失，則工程承包人應負賠償之責。

七、本契約工程訂約後。若由於甲方或乙方而為甲方所核准之理由暫時不能立卽開工，但為確保工程能如期順利完成，免受器材採購時限影響，特訂明有關工程預付款之支付及使用辦法如下：

⑴工程承包人於簽約後先提送採購器材種類、數量及價值之採購計劃日程表，經本局認可後方得領取工程預付款，本項所稱計劃採購器材之價值，應相近於預付款之金額。

⑵承包人領取工程預付款後，如未按原送計劃採購日程表辦理採購時，業主得通知預付款保證人，於十日內無條件退還預付款，工程承包人並須自行負擔該計劃採購器材，此後物價波動影響之責（卽嗣後工程計價款若有調整時應扣除預付款部份再行計算），若承包人為公營機構，則通知其保證人負責糾正。

⑶工程承包人如按照計劃採購日程表完成採購，並運抵工地妥為存儲，得按照進場未用材料先行給付七五%計價款。

【例十二】購料合約

○○市政府工務局○○工程處購料（訂製）合約

合約編號：

○○市政府工務局○○工程處（以下簡稱甲方）向○○鋼鐵股份有限公司（以下簡稱乙方）購買（訂製）材料一批，經雙方協議訂立本合約，合約條款如下：

第一條　購料（訂製）內容，包括材料之名稱、數量、規格、計價方法、單價、交貨期限、交貨地點、供給材料、驗收辦法、保固責任、及材料增減等分列如左：

一、材料名稱、數量及單價：

材料名稱	規格	單位	數量	單價	複價	備註
圓鋼筋	6 m/m	公斤	一、九六〇	一四八五	二九、一〇六〇〇	
中級鋼竹節圓鋼筋	10 m/m	〃	四九三、五〇〇	一四八五	七、三二八、四七五〇〇	
〃	13 m/m	〃	七〇八、〇一五	一四八五	一〇、五一四、〇二二七五	
〃	16 m/m	〃	二三〇、七二〇	一四五五	三、三五六、九七六〇〇	
〃	19 m/m	〃	五七、四七〇	一四五五	八三六、一八八五〇	
〃	22 m/m	〃	二五八、五八〇	一四五五	三、七六二、三三九〇〇	
〃	25 m/m	〃	一、四五三、二〇〇	一四五五	二一、一四四、〇六〇〇〇	
〃	29 m/m	〃	二七四、一九〇	一四五五	三、九八九、四六四五〇	
〃	32 m/m	〃	二八八、七一五	一四五五	四、二〇〇、八〇三二五	
合計		〃	三、七六六、三五〇		五五、一六一、四三五〇〇	包括運費

二、用　途：監理處北區分處（第二期）等代辦工程。

三、規　　格：(1)圓鋼筋

悉按中國國家標準CNS 560 A－2006（SD24）建築用鋼筋品質標準製造。

(2)中級鋼竹節圓鋼筋

悉按中國國家標準CNS 560 A－2006（SD30）建築用鋼筋品質標準製造。

(3)長度一律十二公尺以上。（如需定尺悉按通知尺寸辦理，其價格由甲乙雙方另議）。

四、交貨日期：甲方分批以電話並另以書面通知交貨，乙方應在接到甲方通知日期，十天內交清。

五、交貨地點：臺北市內甲方指定工地。

六、抽樣及驗收辦法：(1)悉按CNS 560 A 2006（SD24）與（SD30）規範檢驗。

(2)第一次會同相關單位人員至乙方工廠辦理使用前抽樣試驗，工廠抽樣應儲存各項規格鋼筋，約爲合約總量1／5，檢驗合格後始通知送料。

(3)其餘4／5部份，授權各收料單位（工務所）於每批收料時，會同乙方截取所收各項規格鋼筋樣品各一支，妥予捆紮簽證封存，送甲方倉庫保管，並於封存鋼筋之封條上註明合約編號、取樣日期、運送單號碼，並由收料單位（工務所）人員於封條上簽證，俟第二次辦理抽驗時，再會同相關單位人員在上項已抽樣品內選樣，利用乙方設備或公營檢驗機關試驗，所需費用概由乙方負擔。

(4)於第一次廠地抽驗合格後，通知乙方供料，第二次工地抽驗倘不符合檢驗標準，其所交鋼筋未經使用者，應全部退貨重交，如有單位重量超重應予會同工地複驗屬實，核計補足差額，如已經使用，並不影響工程安全得按已抽驗不合格之鋼筋數量總價3％品質罰款，如確認影響工程安全，必須加强工程費用概由乙方負擔，倘因以上事故而延誤工程之一切損失，除應由乙方負責賠償外，並予停止參加投標權一年。

七、數量增減：本批鋼筋數量得在百分之十以內按合約單價增減之。

第二條：合約總價：本合約總價新臺幣伍仟伍佰壹拾陸萬壹仟肆佰叁拾伍元零角零分整，並按實際驗收數量結算。

第三條：付款辦法：經檢驗合格後，每交貨乙批先付該批材料之九〇%款，其餘一〇%俟全部交清並經驗收合格後一次付清。

第四條：乙方依本合約約定交貨期限及交貨地點交貨，應事先通知甲方派員驗收，其驗收所必需之人伕工具及物料等概由乙方負責準備。

第五條：經甲方驗收合格之材料，應於驗收人員將驗收單交付乙方後，始得認為交貨完畢；在驗收單未交付乙方前，材料如有散失損毀等情事均由乙方負責但乙方不得因驗收交貨而解除其對本合約之責任。

第六條：乙方如不依本合約約定交貨期限交貨，或交貨不符規格或不能使用，因換交而致逾約定交貨期限者，除均應付給甲方遲延費外，甲方並得請求乙方履行或不履行損害賠償；遲延費定自交貨期限屆滿之翌日起，每逾期一日，以未交材料價值千分之叁計算，由乙方繳交甲方；本條所定遲延費額係經雙方公平估計協議，乙方不得於事後要求減少。

第七條：乙方在本合約約定交貨期限內遭遇人力不可抗拒之原因，致無法依約交貨者，得提出具體之證明向甲方書面請求，經甲方同意延期交貨後，得免計遲延費。

第八條：甲方因需要，通知乙方暫緩交貨者，得免計遲延費；但乙方不得提出保管費用等任何請求。

第九條：甲方訂購本合約之材料，乙方瞭解非於約定交貨期限內交貨不能達合約之目的，乙方如不能交貨，或已交一部份後無力續交時，甲方得解除合約，通知乙方，其因解除合約而致甲方遭受之損害，概應由乙方負責賠償之。

第十條：乙方如發生本合約第六及九兩條之情事時，甲方得在應付合約價款內扣除乙方應繳交之遲延費或違約賠償款項，如有不足，得另行追繳之。

第十一條：甲方因必要，通知乙方解除合約時，乙方得提出損失證明，請求賠償，經甲方認可後行之；但乙方不能提出實際損失之證明，或雙方同意解除合約者，不在此限。

第十二條：簽署於本合約之乙方連帶保證人對甲方之權利及乙方應負之義務已有明確之瞭解，願保證乙方依約履行；乙方連帶保證人對於本合約願負民法第七百四十條所定之責任，暨因解約而乙方應負之一切義務，並放棄民法第七百四十五條之抗辯權。

第十三條：就本合約所定之法律關係發生爭訟時，甲乙雙方同意臺灣臺北地方法院爲第一審管轄法院，惟甲方並得在法定管轄法院起訴。

第十四條：本合約內容及文字如發生疑義時，其解釋權應屬於甲方。

第十五條：本合約訂立正本甲乙各一份，副本十五份，經雙方簽名蓋章後，由乙方執正本壹份、副本一份，其餘由甲方分別存轉。

第十六條：本合約之附件包括：投標須知，開標（比價、議價）紀錄一份。以上附件均爲本合約不可分之一部份，其效力與本合約相同

第十七條：本合約自雙方簽章之日起生效，至雙方履行本合約義務完了時解除之。

訂立合約人

甲　　方：○○市政府工務局○○工程處

法定代理人：○　○　○

地　　址：○○市○○路○段○○號之○

乙　　方：○○鋼鐵股份有限公司

營業證字號：中市○○字第○○號

負　責　人：○　○　○

地　　址：臺中市○○路○號

乙方連帶保證人：○○○行

營業證字號：北市○○○號○字第○○○號

負　責　人：○　○　○

地　　址：臺北市○○路○○巷○號之○

乙方連帶保證人：○○五金行

營業證字號：中市○○字第○○○號

負　責　人：○　○　○

地　　址：臺中市○○路○○號

對保核章

對保核章

乙方連帶保證人：○○精工股份有限公司
營業字證號：高市○○○字第○○號
負　責　人：○○○
地　　　址：高雄縣○○鄉○○路○號

監約人：　　　　　對保人：

中華民國○○年○月○日訂約

付款記錄

日期	本次結付	累計	日期	本次結付	累計

項　　目	單位	數量	單　　價	總　　價	附　　註
總　　計					

本工程合約總價……………………
變　更　增　帳……………………
變　更　減　帳……………………
逾　期　罰　款……………………
實　付　總　價……………………

本工程業於　　年　　月　　日竣工經　貴公司驗收並已收清工款　此據

台照

承辦人　　　　　　　　　　　　　　　　　　　　　　蓋章

【例十四】鐵道車輛技術合作合約

茲於中華民國〇〇〇年〇月〇〇日，簽訂合約人〇〇鐵工廠股份有限公司（以下簡稱爲甲方），係依照中華民國法律組織之股份有限公司，其地址：中華民國臺灣省高雄市〇〇〇路〇號，與日本〇〇重工業株式會社（以下簡稱爲乙方），其地址：日本國〇〇市〇〇〇〇〇〇，係依照日本國法律組織之株式會社，經雙方同意技術合作，在中華民國臺灣地區內製造鐵道車輛，簽訂本合約，其條款如下：

第一條：產品種類

本技術合作合約所稱鐵道車輛即貨車、客車、柴油客車、電車、柴油機車、轉向架等。（以下簡稱爲產品）

第二條：防止同業競爭

雙方之任何一方，在未得另一方同意之前，在中華民國臺灣地區內，不得直接或間接與其他同類型鐵道車輛製造業者，成立技術合作合約。

第三條：忠實精製

甲方對於產品之製造，必須依照乙方所提供之圖面及規格與技術指導、忠實精製、以維品質標準。

第四條：製造設備

一、甲方爲達成本合約之目的，必須擴充生產設備，提供技術員工（工程師及技工），惟甲方爲補充設備之不足，除得利用第三者之設備，以達成目的外。該項擴充產品所需之資金，由乙方指定之〇〇通商代爲申請日本方面之貸款，如貸款發生困難時，雙方得另行協商之。

二、乙方對於甲方，爲改進製造產品、工場及擴充設備所需之設計、機械、模具、工具等，應提供意見及技術指導。

第五條：技術與製造資料

一、自合約生效之日起，乙方應依照甲方之請求，將製造產品所需之資料，或規格供給甲方。

二、該項技術資料，包括圖面、設計及計算書、規格、製造方法（包括標準工時）、工作須知，及其他技術資料，得經甲乙雙方之同意，而後收授之。

三、本條一、及二項所載乙方提供甲方之資料，在合約終止時，或解約時，或經甲乙雙方協議，認為已無需要時，甲方應無條件將該項資料送還乙方。

第六條：零件供給

一、在本合約內產品所需之零件，除甲方自製，或在臺灣委託第三者製造，或在臺灣購買者外，其餘得由乙方優先議價供應，其價格如超過當時最低出口淨單價時，甲方得向其他廠商購買，但如為爭取業務需要，雙方同意再予酌減。

二、甲方生產計劃確定後，凡甲方向乙方議價購買之零件等，所需分期付款之優待辦法，得由雙方議價時，另以書面訂定之。

第七條：技術人員之派遣

一、甲方得自負費用及責任，派遣優秀技術人員，前往乙方有關鐵道車輛製造工廠研習，時間與人數應徵得乙方同意。

二、甲方事先徵求乙方同意後，得請乙方選派優秀技師，至甲方製造廠擔任指導，並協助甲方改進有關製造，或生產之工作，甲方應依從技師之指導或忠告。

三、乙方派遣之技師所需要之津貼、交通費等，應依中華民國法令規定之交付金額，由甲方負擔，至時間與期限及人數，由雙方書面訂定之。

第八條：品質責任

在本合約之權責下，甲方負責所製造之產品品質及精度，乙方負責設計及對所製供之零件、原料之品質、暨技術資料與技術指導。

第九條：產品標記

在本合約期間，甲方所製造之產品，應使用雙方所協議指定之標記。

第十條：報酬金之計算法

一、甲方給付乙方報酬金之計算，係根據乙方提供之車輛技術製造資料、設計圖與規格，由甲方製成之產品之出售價格百分之五計算。

二、前項所謂出售價格，不包括運費、包裝費、保險費、以及稅金與佣金等，同時向乙方議價購買之零件等CIF價格，以及該輸入品之關稅，報關費用，不超過十五天之倉庫租費，及由倉庫至工廠之運費等，應予扣除之。

三、甲方對於在臺灣製造之產品之正確記錄及計算表，應保存完整，以備查考。

第十一條：報酬金之清付

一、以美元爲單位，甲方以每年分別在三月卅一日、及九月卅日、分二次作成結算表，並於結算後卅天內，將該表寄送乙方。

二、甲方根據第十條規定所製成之結算表，寄出後三十天內，將結算表所載之報酬金額，扣除在中華民國法令應課之稅捐後，付給乙方。

三、在本合約內，全部報酬金，以當日美金官價滙率結滙給乙方。

四、雙方如發現結算表有錯誤時，應卽另行補辦結算。

第十二條：檢驗及抽查

一、甲方在地區內所製造之產品，應遵照乙方提供之規格，及檢驗方法檢驗之。

二、乙方對於甲方在地區內製造之產品，及製造中之產品品質，有權監督或抽查。

第十三條：保密

一、雙方對於本合約有關之技術上及管理上之機密，應切實保密。

二、如有洩漏時，應由洩漏之一方，負責任賠償另一方之損失。

第十四條：合約期限

本合約自生效日期起計算爲期五年，合約終止前三個月內，如雙方同意，得重簽訂新合約。

第十五條：合約變更

一、本合約有效期間內，如經雙方同意，其內容可加修正。

二、本合約有效期間內，雙方如因客觀環境發生困難，不能履行本合約時，經雙方同意得廢止本合約。

第十六條：合約信心

雙方必須具有信心，如發生任何疑問時，應先由雙方商議解決，互相堅定信心，確保友誼。

第十七條：仲裁

上列條款所載各項，如當事者不能協調解決時，應接受國際商務仲裁協會（The International Chamber

fo Commerce）之仲裁。仲裁地點在香港。

第十八條：合約終止

本合約如提前終止，甲方應於二個月內，清理第七、十、十一條所列各項帳目。

第十九條：稅捐

因本合約所生之所得或收益，依照中華民國之法律規定，應各自繳納。乙方在臺灣地區內應繳納之稅捐，一律由乙方負擔之。

第二十條：合約生效

本合約於雙方完成簽署時成立，於兩國政府批准之日起生效。

第廿一條：通知要領

雙方之公文送達地址如後：

○○鐵工廠股份有限公司

○○機械廠廠長

地址：中華民國臺灣省臺北市○○路○○○號

○○重工業株式會社

車輛事業本部部長

地址：日本○○都○○○區○○○○丁目○番地

第廿二條：條文之解釋

本合約以英文繕寫，正本一式叁份連同雙方就其所需添繕中日文副本各若干份，如本合約條文之解釋發生疑問時，應以中文副本爲標準。

本合約經甲、乙兩方完全同意之下簽定，並爲相互利益之增進而締結，願共同遵守。

甲　方：○○鐵工廠股份有限公司

地　址：臺灣省○○市○○○路○號

董 事 長　○○○

總 經 理　○○○

乙　方：○○重工業株式會社

地　址：日本國○○市○○○

取締役社長　○○○

取締役副社長　○○○

見證人：○○通商株式會社

地　址：日本國○○市○○

取締役社長　○○○

臺北支店長　○○○

中華民國○○○年○月○○日

【例十五】租賃契約書

立租賃合約人○○租賃股份有限公司（以下簡稱出租人）
○○預拌混凝土股份有限公司（以下簡稱承租人）茲經雙方協議訂定本租賃合約其條件如下：

本合約作成二份，由出租人、承租人雙方各執一份。

一、租賃物

出租人茲願將「租賃事項」內標示之標的物，包括全部補充配件、增設之工作物、修繕物以及附屬或定着於該標的物之從物在內，出租與承租人，承租人亦願承租該標的物。

二、交付與驗收

1.出租人應要求出售人將標的物送至「租賃事項」內所定之承租人使用標的物之地點，並且應通知出售人將標的物於「租賃事項」內所定之交付日期或以前交付之。

2.若有任何原因（包括不可抗力）未於約定日完成交付，或標的物發現不合承租人之需要，或與原定貨單或採購合約不一致，或有其他瑕疵，其一切之危險與所受之損害，同意由承租人單獨負擔而不與出租人相涉。

3.如出租人自信用狀開證銀行收到裝運單據時，出租人得將提單交付承租人，而由承租人自行負責以後進口與提貨之一切手續，並且不論當時標的物之狀況如何或標的物在何處，將提單之交付即視爲完成標的物之交付與驗收，承租人應出具租賃物交貨與驗收證明書交付出租人。

4.如由出售人以現物交付時，承租人應以自己費用，對標的物爲詳細之檢查與必要之試驗，以查明其是否與定貨單或採購合約規定者相一致，如未發現任何瑕疵，出租人謹此授權承租人而承租人應代表出租人驗收之，並將驗收結果立即以書面通知出租人。

三、租期及租金

1.本約租賃期間，不因交付遲延或承租人依前述第二節3規定之驗收證明而受影響，自「租賃事項」內所定之交付日起算於租賃事項訂明之租賃期間繼續有效。迄於付清最後一期租金，並依本約規定所需付給出租人之一切費用之日爲止。

2.承租人應給付「租賃事項」中規定之租金與出租人。其期數、金額、幣別、各期給付日期，應依「租賃事項」之規定。

3.按時支付各期租金及本約規定之其他費用，係本約基本要件，如任何一期租金，或其他規定之費用或各該租金或費用之任何部份到期後逾七日仍未支付者，承租人即被認爲拒絕付款並違約。遲延後之給付，應自原定之給付日起至淸償日止，按月息百分之二加算遲延違約金。

4.本租約上之任何款項應以新臺幣支付之，如於任一期內，中央銀行所公佈之中華民國境內銀行擔保放款之最高利率（簡稱銀行利率）超過年息百分之十八時，其超過之期間，除原約定之租金外，出租人得就其尙未付之租金總額及其他給付總額，加收等於該租期間之最高銀行利率與年息百分之十八間之差額。本項中所謂之租期，係指原約定分多次付租金期間中，尙未付淸之任何二次相連之租金付款日所間隔之時間而言。

5.本約規定之任何給付，如以外國通用貨幣給付者，承租人應即按出租人向政府指定之外滙銀行換兌相當於該外國通用貨幣數額之本國通用貨幣數額，以本國通用貨幣給付之。如承租人在出租人兌換該外國貨幣以前已爲給付者，仍應給付其折算之不足差額。在本約上以外國貨幣表示之租金得依記載於「租賃事項」上之公式隨時調整之。

四、標的物使用地點、標示及安全

1.承租人不論何時應將標的物放置於「租賃事項」內規定之使用地點，非經出租人書面同意，不得移置他處。

2.承租人對於在區分上屬於動產之任何一項標的物，應使其與他物分離，非經出租人書面同意，不得定着於任何不動產或其他動產相附合。

3.承租人同意不將標的物或其在本約上之利益爲出賣、出讓、轉租、出質、抵押或其他處分、或任其受留置權之留置。

4.承租人對標的物上表彰出租人名稱、所有權、或租賃關係之任何標章、識別、烙印、廠牌、貼紙、及金屬片，應予維護，不得將其移離、塗抹或消滅。

5.出租人或其授權代表有權（但無義務）隨時進入其認爲標的物放置之處所檢查、試驗或檢視該標的物使用情形，並得審查與該標的物有關之帳表簿册。

五、使用

1.承租人應由合格人員，遵照政府有關法令，於業務範圍內依製造廠所訂之指導手册或規定，操作使用標的物。

2.因標的物之使用而發生之一切費用包括各種稅捐、規費、油料及修理、材料、必要之補充配件等費用在內，均由承租人負擔之。

3.租賃標的物如係進口設備，出租人於成本結算完妥起租後，如因法令變更或其他原因而致增補關稅或其他費用時，承租人應無條件同意該項追加費用爲標的物成本之一，並願依變更後之成本繳付租金。

六、維護、修繕及更改

1.承租人應以自己費用維護標的物，使其經常保持良好狀態，並以自己費用修繕之，凡修護上需要之配件、機具、工具、服務均由其負擔，並應使合格人員實施修護。

2. 非經出租人書面同意，承租人對標的物不得爲任何更改或增設工作物。

3. 承租人在標的物上所更換之配件或從物，應無留置權、其他限制物權或他人合法權利之糾葛，且其價值、及品質效用至少應與被更換之配件或從物相同，其更換之物應立即爲出租人所有，並成爲標的物之構成部份。

七、毀損與滅失

標的物之任何部份，不論是否因不可抗力或其他原因而遺失、被竊、毀壞、損害至無法修復或永久喪失其使用價值，或被沒收、沒入、盜難、扣押、公用徵地、徵用而發生之危險，全部由承租人負擔。承租人依本約規定應支付之各項給付，不因標的物遭受損害而減輕，屆時，承租人有權爲如下之措置：⑴將標的物中受損之部份換去，補以性質相同且經出租人認爲具有同樣性能及良好物質狀況之物；各該換補之物，應立即爲出租人之所有，並成爲標的物之構成部份。⑵或立即付給出租人關於該受損部份一切應付及未付之租金與其他費用，出租人於收到該項給付後，應將該部份上一切權利及利益讓與承租人，不得再請求償還，亦不負任何擔保責任。

八、保　險

1. 出租人於本約有效期間有權爲標的物投保各種保險，其保險事故種類、及保險人、由出租人指定；保險費用由承租人負擔；保險契約應以出租人（或其受讓人）爲被保險人，並載明除出租人於標的物上之利益已獲淸償外，保險人不得將保險金付給承租人。

2. 出租人應將保險契約之副本交與承租人，承租人對保險契約上所訂條件與約款，負有履行之義務。承租人應盡其所能，使保險契約保持有效，而不得有任何妨害或有減損其效力之行爲。

3. 保險事故發生時，承租人應於二十四小時內將該事故書面通知保險人及出租人。承租人玆委任出租人爲其合法代理人，得爲和解或追償採取一切行動；收受有關之金錢給付，並爲一般代理上一切行爲。

4.標的物中任何部份，於本約有效期間內遭受損害，而經出租人與保險人認為在經濟實用原則上可以修復者，應將其所為之給付，完全用於修復其損害。

5.標的物中任何部份因遺失、被竊、毀壞或損害，至保險人認為在經濟上不能修復之程度者，應將保險人之給付，付與出租人，以抵付本約第七節內承租人應負擔之債務。

九、賠　償

承租人同意遵守有關本約及標的物之一切法令規章；同意負擔或代出租人給付一切執照費、以及目前或將來政府就標的物之出售與使用所課之所有各種稅捐和費用，並負擔因標的物之使用或利用而發生之一切危險之責任。承租人並同意於標的物因設計、製造、交付、占有、利用、遷移或再交付而發生之損害、賠償、費用或債務，並不論其原因為何，對出租人免除責任，防止損害，並負辯護之責，如承租人怠於各該給付時，凡由出租人代付之任何費用、稅金或其他合法支出，均應立卽由承租人償還出租人。本節內規定之賠償義務，不因本約終止而消滅。

十、擔　保

1.出租人同意在可能範圍內將標的物上製造廠商或出賣人所為之擔保或保證，轉讓與承租人；其費用及標的物一切瑕疵概由承租人負擔。

2.出租人對於標的物之是否具有可售性或特殊用途之適用性，未為任何明示或默示之擔保，亦不負任何擔保之責任。本約內任何一項標的物均係承租人依其自由意思所選定，且在其選擇時，已明白表示並未依賴出租人之任何陳述或建議。出租人對標的物之修繕、保養、瑕疵及其使用，亦不負任何責任。

十一、承租人之保證

承租人玆保證：

1.承租人(如爲法人)係依所在地法律組織成立，現仍合法存在之公司，依法得經營規定業務、擁有財產，訂立本約及履行其契約義務。

2.並無任何法律、規章、命令、公司章程條款、契約條款、契據、義務或任何文件對於承租人或承租人之財產限制其簽訂本約、履行本約有關條款或標的物之使用。

3.承租人目前並無違背契約之行爲，以致對其作業財產及財務狀況有重大之不利影響。同時亦無對其本身或資產有重大影響之訴訟或行政訴訟事件在進行或即將發生。

4.承租人致送與出租人之最新資產負債表、損益計算書皆屬完全正確且其內容足以表示其當時之財務狀況及營運結果，並迄至目前爲止其會計情形並無重大變化。

5.在本約簽訂前，承租人或其代表送給出租人之所有表報文件，現仍眞實有效。

十二、違　約

承租人如有下列情形之一，出租人得以違約論：

(一)承租人對本約規定之任何一項給付，到期未依規定給付，且遲延達七日以上者。

(二)承租人對本約其他明示或默示之規定，未曾遵守或履行，或雖能補正而未於七日內補正者。

(三)出租人認爲承租人於議定本約時曾爲虛僞陳述，或於本約內、或承租人提供與出租人而與本約有關之任何文件或證件內所爲之陳述或保證，經證明其重要部份爲不確者。

(四)承租人或其保證人(如未能依出租人之請求換保)無支付能力、破產、死亡、停止支付或請求停止支付，財務情況實質上發生惡化時、與債權人和解、已受解散、破產或重整之聲請、停業、公司股東直接間接變動、經出租人認爲其結果將增加出租人之風險者。

(五)標的物或承租人之財產或資產，被聲請或實施扣押或强制執行。

(六)承租人對任何一項付款義務到期不履行者、或遭受票據交換所之拒絕往來處分者。

(七)標的物之保險人解保或滿期不允續保者。

屆時如上述任一事由發生出租人得本其財產權與請求權，並得依其自由裁量認定承租人違約，在不違反法律之强制或禁止規定之範圍內行使下列一項或數項權利：

1.使承租人（承租人玆無條件同意）於接獲出租人書面通知時，以承租人自己之費用，迅卽依本約第十三節規定，將標的物全部返還與出租人；出租人亦得自己或由其代理人進入承租人使用標的物之處所或認其爲標的物所在之處所，開啓門鎖，將標的物自不動產或其他動產上拆除，立卽予以移去，對其他財物因此所發生之損害，出租人不負賠償責任。

2.將標的物以公開或不公開方式出售他人而無須通知承租人或爲公告，或將標的物爲其他處分、使用、再出租或不爲任何使用收益，爲上述任一行爲依出租人之意思決定之，承租人不得主張任何權利，並無須將其行爲或不行爲或就使用收益之所得，報告承租人。

3.書面請求承租人（承租人玆無條件同意）於通知內指定之給付日向出租人給付（此賠償係抵付損害之賠償，而非違約金）所有依本約未付或將應付之租金，標的物剩餘價值，（卽「租賃事項」內所定之優先購買價格）以及其他任何違約亦卽須依本約規定給付之款項之和（外加自書面通知之給付日起，至清償日止，依月息百分之二計算之違約金）

4.出租人依法所得行使之其他權利或救濟或聲請法院强制承租人履行本約或請求損害賠償，或就標的物之全部或一部終止租約。

此外，承租人對本約規定之一切賠償義務，及因違約或因出租人之請求法律救濟而發生之法律費用及其他各費，包括第十三節規定之將標的物送至指定地點及回復其物資狀況所爲之支出在內，仍須繼續負責。本節所稱之法律救濟，並非排外性者，凡本節外或依法律規定得請求之其他救濟，均得一併請求。出租人對任何一項違約所爲之棄權，並不構成其對其他違約事項之棄權、或對其法律上既有權利之拋棄。承租人玆同意在法律許可範圍內拋棄其在法令上所得向出租人請求將標的物占有後予以出賣，出租人爲其他使用收益以減少本節所述出租人各種損害或限制其行使本節規定之各種權利之權利。承租人應開立票面金額爲依本約應付租金之總額，並以本約約定事項內之編號爲編號之本票一張付與出租人收執。承租人如違約，出租人得使用此本票作爲取償違約時依本約尙未付清之款項或將來到期之未付分期付款金額之用。

十三、標的物之返還

本約期滿或終止時，承租人應以自己之危險與費用，將標的物回復原狀，並送至出租人指定地點，返還與出租人，但因通常磨損而生之損害，不在此限。

十四、讓與及設質

承租人非經出租人書面同意，不得將本約所生之權利讓與他人，或將標的物轉租或允許第三人使用與占有；出租人對基於本約所得主張之權利與利益，得全部或一部讓與他人，或將標的物提供擔保設定抵押權或質權，而無須通知承租人。出租人如將標的物設定抵押予第三人，嗣後抵押權人實行抵押權時，本租賃契約應卽爲終止，承租人不得異議，但如該一實行抵押權係由於出租人單方之原因而承租人並無過失者，出租人應負責解決，不使承租人遭受損失。

十五、承租人責任

1.承租人玆同意其依本約所負給付租金及其他各費之義務，不論情況如何係屬絕對義務，不附任何條件，本約除非有本約條文中規定之事故外，不得解除之。除依本約明示規定外，承租人須在現行及未來法律許可範圍內，拋棄對有關標的物之租賃所賦與之終止、解除、撤銷或放棄等權。本約非依本約所定事故，而因法律作用或因任何一方信託關係之受託人或財產管理人不承認本約而被全部或一部終止時，承租人仍願依本約規定支付已到期之租金，如同並未終止或不承認者然，凡依本約支付之各期租金及其他費用爲終局性之支出，承租人不得以任何理由請求返還全部或一部。

2.標的物係交通工具時，承租人應雇用領有駕駛執照之合格人員遵照政府有關法令使用之，如發生意外事件時由承租人負全部責任，其賠償費用均由承租人負擔之。

十六、財務報告

於出租人請求時，承租人應隨時將出租人所合理要求之表報（包括資產負債表、損益計算書、債務明細表及資產明細表，但不以此爲限），經合法簽證後，送與出租人。

十七、連帶保證

連帶保證人保證承租人切實履行本租賃合約之各條款規定，及負連帶淸償承租人債務之責任，並願拋棄先訴抗辯權及民法債編第廿四節保證各法條內有關保證人之權利。

十八、補充保證

承租人願於本約簽訂後出租人請求時，願隨即以自己費用，作成其所需之文件或補行其所求之行爲，使本約目的更能有效達成。

十九、優先購買權

本約滿期時，承租人有權按「租賃事項」內所訂的價格，優先購買標的物；為行使該優先購買權，承租人必須將其購買意思於租期屆滿一百八十天前，以書面通知出租人。

二十、通　知

依本約規定所為之通知或文書之送達，應作成書面，付清掛號郵資，寄至本約所開地址或經他方書面另定之地址。

廿一、其他規定事項

本約任何一項規定，如依一地之法律為無效者，僅其該部份為無效，而不影響其他有效之部份。時間為本約之要素，出租人於一項違約之棄權，並不構成其他違約事項或其法律上既有權利之棄權。本約各節標題，係為便利閱讀而設，並無限制或拘束任何一項條文之效力。本約各代名詞如以偶數或陽性表示者，對複數及其他性別亦通用之。解釋本約，應適用中華民國法律及命令；如因本約或任何有關事件發生爭執時，承租人及連帶保證人玆同意以臺灣臺北地方法院為第一審管轄法院，但出租人在承租人住所地，其財產以及標的物所在地法院起訴者，不在此限。如須對第三者採取法律行為或其他救濟程序，亦由承租人自行負責。

出　租　人：○○租賃股份有限公司
董　事　長○　○　○
地　　　址：臺北市○○○路○段○○號（○樓）
承　租　人　○○預拌混凝土股份有限公司
董　事　長　○　○　○
對保簽章
○○○
地　　　址：臺北市○○區○○路○段○○號
民國○○年○月○日
○○○

民國○○年○月○○日

○○○

民國○○年○月○○日

連帶保證人：○○○

地　址：臺北市○○路○段○○巷○○號

連帶保證人：○○○

地　址：○○縣○○鎮○○里○鄰○○號

連帶保證人：○○○

地　址：○○縣○○鎮○○路○○號

租賃事項

租賃標的物（以下簡稱標的物）	預拌混凝土攪拌車叁輛 (1)五十鈴牌TDJ50AD型柴油卡車底盤叁輛 (2)國安KA-500型6M³水泥攪拌鼓叁套
製造廠商	(1)五十鈴公司日本 (2)國安工業股份有限公司
出售人	(1)○○汽車股份有限公司 (2)國安工業股份有限公司
承租人使用標的物地點	臺北市　區　路　段　號

交付日期	○○年○月○○日
出租人購置標的物成本	新臺幣○○○○○萬○仟元整
租賃期間	二十四個月
承租人應付各項費用	1.租金期數：二十四期 2.每期租金數額：新臺幣○○○萬○佰○○元整 3.首期租金應給付日期：○○年○月○○日 4.以後各期租金應給付日期：自交付日起每隔壹個月之○○日
租金繳納地點	○○租賃股份有限公司
租金調整公式（限外幣）	
保險、保險費額及給付日期	1.保險種類：汽車保險 2.保險公司：○○產物保險公司 3.保險費由承租人直接繳付○○產物保險公司

優先購買權	價　格：新臺幣○萬○仟○佰元整 最後給付日期：○○年○月○○日
附帶條件	1.手續費金額：金額：新臺幣○萬○仟○佰○拾元整 及給付日期：日期：○○年○月○○日 2.保證金金額：金額：新臺幣○○○萬○仟○佰元整 及給付日期：日期：○○年○○月○○日

【例十六】○○○商業機器股份有限公司

臺北市○○○路○號○○大樓○樓

○○機器定期或不定期租賃合約

顧客名稱及地址：

合約號碼：

顧客號碼：

裝置國家：中華民國

返還地點：

○○○○商業機器股份有限公司（以下簡稱甲方）及顧客，玆同意按照本合約下列條款適用於經甲方接受之任何顧客定期或不定期方式租用甲方機器之訂單。依本合約條款之規定，甲方同意：⑴定期或不定期出租機器與顧客；⑵提供機器維護服務，及⑶視情況許可，提供所有本合約所規定之程式及程式服務。顧客同意按照本合約條款承租機器、接受維護服務、程式及程式服務。有關機器及程式，顧客玆並同意負擔下述責任：⑴作達成顧客預期效果之抉擇之責任；⑵其使用責任及⑶其因此所生結果之責任。又顧客對於與本合約機器一起使用之任何其他設備、程式或服務負有選擇、使用及其所得結果之責任。本合約所用「機器」一詞，係指機器及（或）其增大型式及特殊裝置之統稱，除非另有特別指明其增大型式及特殊裝置之必要。本合約於雙方當事人簽署後生效，並依「通則」一節所定期間內，繼續有效。特定之機器、增大型式及特殊裝置於本合約之⑴定期租用附約（簡稱附約）或⑵不定期租用附約（簡稱附約）經顧客及甲方簽署時，即受本合約之拘束。

合約期間：

甲方將按每一機器之適用期間，決定定期或不定期租用合約之期間。承租人得自所列各期間中，就每一機器選定定期或不定期租用合約期間。

定期租用合約期間：

每一定期租用合約期間訂有一起算日期，一基本期限及一屆滿日期，均分機別規定於附約中。

載明機器之附約經顧客及甲方簽署後，適用之機器卽受定期租用合約期間各條款之拘束。

安裝中機器之起算日期，係由甲方規定之機器安裝完成日之次日。

業已安裝機器之起算日期爲：(1)在不定期租用合約期間，爲已簽署之適用附約送達甲方之次日，或(2)在定期租用合約期間或定期租用合約延長期間（簡稱延期），期滿日或終止日之翌日。

定期租用合約期間之期滿日期，於最初時係以起算日期加上基本期限定之，嗣後得依「機器改裝」一節之規定調整。

不定期租用合約期間：

每一不定期租用合約期間訂有一起算日期，而其期限不定。

附約經顧客與甲方簽署後，適用之機器卽受不定期租用合約期間各條款之拘束。安裝中機器之起算日期，係由甲方規定之機器安裝完妥日之次日。

業已安裝之適用之機器，其起算日期係定期租用合約期間或其延長期間屆滿日之次日。

租金及費用：

甲方將依每一機器適用之定期或不定期租用合約期間，決定定期或不定期租用之月租金。此外，甲方將爲每一機器規定租用提供之方式：

方式甲：基於不定期租用合約期間安裝之每一方式甲機器，在每一月份中如超過甲方量表計費時間一八二小時者，須付增時費用，其每小時費率相等於不定期租用月租金乘以當時甲方通常有效適用增時費用之1/182。其於定期租用合約期間或其延長租用期間安裝之方式甲機器，則不須付增時費用。

方式乙：每一方式乙機器，其定期租用月租金或不定期租用月租金可供顧客在每一月份中無限制使用該機器。

方式丙：每一方式丙機器每月使用費用之計算，由甲方量表計定該機器操作之總時數乘以當時甲方通常有效適用之每月使用費率定之。

每一機器之租金及費用將自其定期租用合約期間或延長租用期間或不定期租用合約期間之起算日期計收。

定期租用合約期間之月租金及費用：

於定期租用合約期間及其延長租用期間，顧客同意支付每一機器適用之定期租用月租金，另加每一方式丙機器適用之每月使用費用。

不定期租用合約期間之月租金及費用：

於不定期租用合約期間，顧客同意支付每一機器適用之不定期租用月租金，另加每一方式甲機器適用之增時費用及每一方式丙機器之每月使用費用。

量表記錄：

甲方將為方式甲及方式丙之機器安裝並維護其計時量表。因每一方式甲機器及每一方式丙機器之需要，顧客同意提供甲方一月報表，載明每月二十日結束時之量表記錄。顧客同意盡相當之注意以免妨礙量表之正常操作。

定期租用合約期間月租金及費用之增加：

每一機器定期租用合約期間中每一年，自附約中所訂起算日期開始及嗣後每一周年日開始，當年均有一最高定期租用每月租金（簡稱增價限制）。定期租用合約期間中第一年之增價限制，係最初定期租用月租金按附約中規定第一年之增價限制百分比計算增加之數。其後每一年之增價限制，係以前一年之增價限制，加上該最初定期租用月租金乘以附約中所定該年之增價限制百分比計算之。為作此等計算，其最初定期租用月租金及各個適用之增價限制百分比係甲方在下列最後之一日期所宣佈者：(1)機器列入合約期間所訂之附約送達甲方之日，或(2)新訂定期租用合約期間起算日期三個月前之日。

甲方若於定期租用合約期限起算日期三個月前，宣佈增加某一機器之定期租用月租金或增價限制，顧客於甲方通知該項增加後四十五天內得取消有影響器之附約。

甲方得以三個月前之書面通知增加定期租用月租金。該項增加之定期租用月租金須爲下列之最低者：(1)於通知中所定生效之日適用於該項機器通常有效之不定期租用月租金，(2)通知中所定生效之日該項機器通常有效之定期租用月租金，適用於顧客基於相同條款及基本期限開始一新之定期租用合約期間，或(3)當年有效之增價限制，其範圍包括任何增加之費用超過適用之增價限制，其超過部份於隨後之周年日起自動生效。

於定期租用合約期間內，附約中規定之增價限制百分比不得增加。

甲方得基於同一方式及按照與機器之增價限制之同一計算方式，並依「機器改裝」一節中之規定，增加增大型式或特殊裝置之定期租用月租金。

甲方亦得增加每一方式丙機器之每月使用費率，其方式及增價限制計算與定期租用月租金相同。

除本節另有規定外，所有定期租用月租金、每月使用費率及增價限制百分比之增加，均自該項增加通知所定之日起生效。

定期租用合約期間延長期間每月費用之增加：

於延長期間，甲方得增加定期租用月租金及每月使用費率，其方式及增價限制之計算與在定期租用合約期間中者相同，按照延期起算日期前三個月，甲方所宣佈之定期租用月租金，每月使用費率及增價限制百分比爲計算基準。

不定期租用合約期間月租金及費用之增加：

對於不定期租用合約期間中之機器，甲方得以三個月前之書面通知，增加不定期租用月租金、增加使用時費率或每月使用費率。顧客得於加價生效日前一個月以書面通知停租，包括於加價通知內之任何機器。否則，該項新費用及費率即於規定之日生效。

首次付款及附加費用：

對每一機器 、 型式變更或特殊裝置 ，顧客須負擔一切出口裝箱及包裝費用、關稅、一切吊駁及保險費用、及一切自甲方指定地點之運輸費用，且於返還時，送至甲方選定之甲方供應商處或至上述返還地點之各項費用。除在甲方場所外，裝箱及開箱之勞工費用均須由顧客負擔。

顧客亦須支付附約中所載任何單次使用費用，該等費用不得享受返還折扣之優待。

應納之稅捐：

除依本合約應付費用外，顧客同意支付相等於依本合約，或依本合約任何行爲所發生之任何稅捐之款項，但動產稅及依淨收入所課徵之稅捐不在此限。

定期租用合約期間之延長：

除附約中另有規定外，顧客得延長一機器之定期租用合約期間無數次，惟每次應爲一年，延長期間不足一年者僅能延長一次。每次延長期間之起算日期爲定期租用合約期間或當時有效之延長期間屆滿日之次日。

每一機器之一年期延長期間將自動重新起算，除非顧客於定期租用合約期間或當期一年期延長期間屆滿日當日或之前以書面通知甲方，告知其選定當時可行之下述方式之一：

(a)若該機器尙可適用不定期租用合約期間，將該定期合約作爲期少於一年之延長，於其結束時，該機器卽自動轉受不定期租用合約期間各條款拘束，除非顧客以書面通知甲方其願選擇簽訂一新之定期租用合約期間或延長期間；

(b)簽訂一新定期租用合約期間之附約；或

(c)轉入不定期租用合約期間。

此外，顧客得於定期租用合約期間或延長期間屆滿一日前一個月以書面通知停租一機器或特殊裝置或要求一減小機型。

機器改裝：

一爲該機器所作之附約已爲顧客及甲方簽署完成時，甲方將使該按本合約安裝之機器作適於當地安裝之型式及特殊裝置之變更。

機型增大及特殊裝置增加：

機型變更致使定期租用月租金或不定期租用月租金增加，稱爲機型增大。

於定期租用合約期間或延長期間內安裝之機器每次機型增大，可併入定期租用合約期間或延長期間內，如屬可行，亦可列入不定期租用合約期間內。

於定期租用合約期間或延長期間內安裝之機器每一特殊裝置增加，僅可併入定期租用合約期間或延長期間內：

(a)倘併入定期租用合約期間或延長期間內，機型增大或特殊裝置增加將按甲方適用之定期租用月租金及每月使用費率安裝之，如有之，其月租金及費率將依當時一般有效適用，並基於具有與已安裝機器相同之基本期限所新簽之訂單租用該項增大之機型，或特殊裝置。

當一增大之機型於定期租用合約期間或延長期間內安裝時，其屆滿日期將予調整至一共同屆滿日期。

機型增大或特殊裝置增加 ， 將推定具有與已安裝機器同一之週年日期（但無相同之起算日期）與增價限制百分比，以決定將來定期租用月租金及任何適用之每月使用費率之增加。

(b)倘將原列入定期租用合約期間或延長期間之機器，列入不定期租用合約期間內 ， 其增大機型將按甲方當時一般有效之不定期租用月租金安裝之。

方式甲機器之機型增大，按甲方規定之增時費用適用之，以代替任何之增時費用，方式丙機器之機型增大，則適用甲方當時一般有效適用之每月使用費率。原定期租用合約期間或延長期間之屆滿日期將不予調整。

於不定期租用合約期間內已安裝機器之每一機型之增大或特殊裝置增加僅可列入不定期租用合約期間 ， 並按甲方當時一般有效適用之不定期租用月租金，增時費率或適用之每月使用費率安裝之。

機型增大或特殊裝置增加之起算日期，係由甲方規定之該增大之機型或特殊裝置安裝完成之翌 次日。

機型減小及特殊裝置停用：

機型變更致使定期租用月租金或不定期租用月租金減少時，即為機型減小，於定期租用合約期間或延長期間屆滿日期前之機型減小或特殊裝置停用，將使定期租用月租金減少，並受「終止費用」一節規定之限制。

於不定期租用合約期間內之機型減小或特殊裝置停用，將使不定期租用月租金減少，其租金以剩餘留用機器甲方當時一般有效之不定期租用月租金為準，並無終止費用。

停用通知：

除依「不定期租用合約期間月租金及費用之增加」、「定期租用合約期間之延長」、「救濟之限制」及「終止費用」各節之規定外，顧客得：(1)於三個月前以書面通知，停租一基本之中央處理機或減小中央處理機型式，如該機器係按定期租用合約期間或延長期間安裝者，其得於任何時間為之，如該機器係按不定期租用合約期間安裝者，則須於安裝後第一年年底或其後時日為之，或(2)於一個月前以書面通知，停租或要求其他機器之機型減小或停租任何特殊裝置。

終止費用：

顧客於定期租用合約期間或延長期間屆滿日期前，終止某一機器或某一機器型式之定期租用合約期間或延長期間時，須償付甲方終止費用，其金額以下列二者較少者為準：

(a)附約所定之終止費用百分比乘以賸餘合約價值，或

(b)附約所定之終止費用月數乘以終止日期或減小機型之日適用之定期租用月租金。

機器或機型減小之賸餘合約價值，係以機器終止或機型減小之日適用之定期租用月租金，乘以其定期租用合約期間或延長期間中賸餘月數之積而定之。

機器終止時適用之定期租用合約月租金，包括機器終止日或該終止日前三

個月中任何時間，安裝於機器上任何特殊裝置之定期租用月租金。

於定期租用合約期間或延長期間安裝之機器如停用其上之特殊裝置，將不發生終止費用，但該特殊裝置停用後三個月之期間內，該機器發生之終止費用，不在此限。

機器尚未安裝，而已簽署之該機器附約已送達甲方者，甲方不得增加終止費用百分比及終止費用月數，除非甲方在定期租用合約期間起算日期前，對顧客爲最少三個月以上之書面通知，有該增加情事時，顧客得於甲方通知增加後四十五天內，選擇使受有影響機器之附約，罹於無效。

業已安裝之機器，其終止費用百分比或終止費用月數以甲方於下列二者之一較遲日期宣佈者爲準：⑴甲方收悉將該機列入合約期間附約之日，或⑵合約期間或延長期間起算日期之前三個月之日。於定期租用合約期間或延長期間中，不論任何理由顧客請求送還甲方機器，其包括當地不可安裝之機型更換或特殊裝置變更，或因顧客未遵守本合約任何條款，爲本節規定之目的均視爲終止。

交　貨：

甲方將依其適用之裝運順序，排定每一機器之交貨日程，必要時並得更改其交貨日程。於裝運前如顧客要求延緩，甲方將作合理之調整。

程　式：

本合約所稱「程式」一詞，係指顧客依本合約所租用之機器型式，甲方無須另行收費而可隨時供應之一般適用之程式。甲方將依顧客之要求供應該等程式。

「程式服務」一詞，係指甲方無須另行收費得一般供應與程式有關之服務。甲方將決定其可供應之程式服務及服務期限。

「程式」及「程式服務」二詞，不包括甲方須另行收費之程式及服務，或另按其他書面合約供應者。

改裝及附加裝置：

「改裝」一詞，係指在甲方機器上作任何變更，其不同於甲方本體上、機械上或電機上之機器設計，不論需否另加裝置或零件「附加裝置」，係指以甲方機器在機械上、電機上或電子上與非甲方所供應之非甲方設備及裝置相連接。

機器之改裝得於預先以書面通知甲方後爲之。機器之附加裝置得不經通知甲方爲之。

顧客同意對其所作任何該項改裝或附加裝置，其使用及因此所生之結果負責，並按「維護服務」一節規定，支付有關改裝或附加裝置所生之一切費用。顧客玆並同意在機器歸還甲方之前，或接悉甲方通知稱該項改裝或附加裝置已造成安全危害或機器之維護實際上無法爲之時，除去任何改裝或附加裝置，並恢復該機器至其正常未經改變之狀態。

維護服務：

甲方將提供維護服務，使每一機器維持或恢復至良好使用狀況，並作一切必要之調整、修理及零件更換。爲達成此項目的，甲方有權充分並自由接近該項機器。顧客同意繼續提供（如適用之甲方裝置手册所載）附有一切設備之適當安裝環境，包括但不限於足量之電源、空氣調節及濕度控制。

顧客同意爲維護及其他服務行爲，依甲方當時有效適用時間與物料費率及條款支付一切費用，或支付機器因：(1)作資料處理而設計以外目的之使用，(2)改裝及附加裝置，及(3)顧客之疏忽或誤失，所致之損失或損害。顧客玆並同意支付因修護損害，更換超乎尋常損耗之零件，或由於機器使用供應品所引起之重複服務要求之一切費用。

有關本合約項下供應之任何機器或程式，一切甲方可供應予顧客之維護及其他服務行爲（包括，但不限於有關安裝前設計、檢查、移換機器地點、工程改進，及改變後程式），將不另予收費，或僅按甲方當時適用之時間與物料計收費用，除該等服務係依顧客及甲方另行簽訂之書面合約所提供者，其均受本合約條款之限制。

其他產品及服務：

除本合約項下提供之機器、程式及服務外，甲方依適用之甲方書面合約所供應其他產品及服務，須另收費用。甲方及顧客均同意該等產品及服務，不得僅憑口頭協議爲之。顧客及甲方得爲該可供應之任何產品或服務簽訂合約，但須以顧客及甲方簽訂之書面合約條款爲準。

交通費用：

基於本合約所爲與維護服務或程式服務有關之交通費用不得請求顧客支付，但若在機器安裝之地區並無受有該等機器及程式訓練之甲方人員經常駐留，則實際之交通時間及費用須由顧客支付。

危險負擔：

於機器型式變更或特殊裝置裝運途中或於顧客占有期間，甲方及其保險人免除使顧客對該機器型式變更或特殊裝置之一切危險責任。但其損失或損害之發生係由於：⑴核子反應、核子輻射或放射線感染所造成而顧客負有法律上之責任者，以及⑵於「維護服務」一節中所規定者，不在此限。

開立發票：

定期租用月租金及不定期租用月租金之發票、將於每月首日預先開立。增時費用及每月使用費用，將於發生月份之次一月份開立。如某一機器型式變更或特殊裝置於某一月份中安裝時，該最初不滿一曆月之定期租用月租金或不定期租用月租金，將按照每個月三十天之比例計算之。其增時費用將按甲方之既定比例方法計算之。所有款項應於發票開立日後三十天內付清。按本合約應付之其他各項費用亦應按發票之規定支付。一切付款均應以美金或依付款當日有效官價賣滙匯率折算之等額新臺幣爲之。付款地點爲上述甲方臺北市地址。

擔　保：

甲方擔保每一機器型式增大機型或增添特殊裝置，於甲方安裝之日處於良好使用狀況，並符合甲方正式刋定之規格。嗣後甲方將按照「維護服務」及「危險負擔」兩節中之規定為一切維護該機器所必要之調整、修理及零件更換。

甲方並擔保甲方指定使用於某一機器之程式及為該程式提供之程式服務，將符合甲方正式刋定之規格，於運交顧客時如正確使用於該指定之機器上。嗣後，甲方應依「程式」一節之規定提供程式服務。

甲方不擔保程式中所包括之功能可由顧客任意選擇使用於組合方式，或滿足顧客之要求。

無程式服務可供應之一切程式均以其「現狀」方式供應，並不提供任何明示或默示之擔保。

甲方不擔保機器操作不受中斷、程式操作無誤或所有程式錯誤將予改正。

上述擔保代替其他一切明示或默示之擔保，其包括但不限於對某一特殊目的銷售性及合適性之默示擔保。

專利權及著作權賠償：

對於依本合約所供應之機器或程式侵害上述裝置國家之專利權或著作權，或依甲方供應之任何程式當時版本及修訂等級所為之機器操作，侵害上述安裝國家之專利權所提起之賠償請求，甲方將為顧客提出抗辯。甲方將負擔因最終不利判決所引起之費用、損害賠償及律師費用，但須符合下列條件：

(a)顧客立即以書面通知甲方該賠償請求。

(b)甲方具有單獨決定該項抗辯及一切有關和解協議之權。

倘該項賠償請求業已發生，或甲方認為可能發生，顧客同意允許甲方自行決定並負擔費用為顧客取得繼續使用該機器或程式之權利，或更換或改變該等機器或程式，使之不再侵害專利權。倘上述二方式均無法合理達成時，顧客同意於接獲甲方書面要求時，返還該等機器或程式。如此返還之機器毋須償付終止費用，顧客僅須支付迄至該返還日期止應付之各項費用。

任何賠償請求係基於依本合約所供應之機器或程式與非甲方供應之設備或資料或與甲方供應以外之任何其他程式併合、操作或使用，而該項賠償請求若使用其他程式卽可避免者，不論其可否獲致同樣結果，甲方均不負責任。基於機器之改裝或任何依本合約供應程式之更改所生之賠償請求，甲方亦不負責。

以上所述係甲方對於所有有關專利權及著作權之侵害所應負之全部責任。

救濟之限制：

甲方之全部責任及顧客唯一之救濟如下：

依本合約供應之機器、增大機型、特殊裝置或程式，於能操作或不能操作之所有情況下，顧客之救濟爲：

(1)由甲方調整或修理該項機器、增大機型或特殊裝置，或更換零件，或依甲方之選定，更換機器、增大機型或特殊裝置，或改正程式錯誤；或

(2)倘經多次努力，甲方尙不能安裝該項機器、增大機型或特殊裝置，或使更換之機器、增大機型或特殊裝置，處於良好使用狀況，或使之恢復至前所擔保之良好使用狀況或程式操作，顧客將有權在本節所規定之限制內，請求賠償其實際之損害；任何與本合約及其他任何附約有關因甲方履行或不履行所生之任何其他賠償請求，顧客得請求賠償其實際之損害，但以本節所述者爲限。

不論任何原因，不論其訴訟之形式，係基於違約或侵權行爲包括過失在內，甲方對顧客之損害賠償責任，以下述二者之較高額爲限：美金拾萬元，或造成損害之該等機器或爲訴訟原因之主體或與訴訟之原因直接有關之該等機器之十二個月定期租用月租金或不定期租用月租金。該等月租金以訴之原因發生當時該等機器當時有效之月租金爲準。

上述之責任限制不適用於「專利權及著作權賠償」一節所述有關判定應付之費用及損害賠償，對於純因甲方之過失所致之人身傷害所提起之賠償請求，亦不適用之。

於任何情形之下，因顧客未履行其責任所引起之損害，或任何利益損失或其他間接之損害，卽使甲方曾受告知有該等損害之可能，或任何第三人對顧客所提起之賠償請求，甲方概不負任何責任，惟「專利權及著作權賠償」一節所規定者不在此限。

顧客得於甲方未遵守適用於該機器之本合約中任何條款時，立卽停租該項適用本合約之機器，無須支付終止費用。

通　則：

本合約或其任何附約均不得轉讓；未經甲方事先之書面同意，任何機器不得由顧客轉租、轉讓或轉移。任何轉租、轉讓本合約之權利、責任或義務之意圖均屬無效。

甲方得以十二個月前之書面通知顧客，於不定期租用合約期間內任何時間，或於定期租用合約期間或延長期間之屆滿日期，停供某一機器或特殊裝置或減小某一機器型式。甲方並得因顧客未遵守適用於某一機器之本合約任何條款立卽停供該項機器。

本合約雙方任何一方得於所有機器停租及本合約規定之一切義務被履行後，以一個月前之書面通知對方終止本合約。

除受本節次一段條款之限制外，甲方得以十二個月前之書面通知修改本合約條款，但修改「費用」「終止費用」，「定期租用合約期間之延長」及「機器改裝」等各節之條款，甲方須於三個月前以書面通知之。

所有該項修改，對於自該修改通知中所規定之生效日開始，適用一切不定期租用合約期間；對於當時有效之定期租用合約期間或延長期間，其屆滿日期爲生效日當日或之後者，則自其屆滿日期開始適用，對於新訂之定期租用合約期間或延長期間，其起算日期在通知之日或之後者，則自通知中所規定之生效日開始起適用。否則，本合約或其任何附約之修改，僅能由顧客及甲方授權代表以書面爲之。顧客訂單或其他書面通知中異於本合約及附約之條款者，皆屬無效。

甲方對於因不可抗力之原因致不能履行本合約之義務，不負責任。

由於本合約而發生之任何訴訟，不論其形式爲何，任何一方於該訴訟原因發生兩年以後均不得提起，若爲不履行給付義務之情事，於最後一次付款之日起兩年後亦不得提起。

所有因本合約所引起之任何爭端，應按照國際商會調解仲裁規則，由一個或數個仲裁人作最後裁決，該項仲裁人之指定應依上述規則爲之。

本合約以中華民國法律爲準據法。

顧客承認其曾閱讀本合約，瞭解其意義，並同意受其條款之拘束。顧客玆並同意此項合約爲雙方當事人間全部及唯一之合約文件，其取代雙方之一切口頭或書面建議或前此所爲之合約，以及雙方當事人間有關本合約事項其他一切來往書信。

（甲方）收到地點……………………

收 到 人……………………
經理簽章

……………………
經理姓名（打字或印出）

收期到日……………………

接 受 人：

○○○○商業機器股份有限公司 ……………………
臺北市○○○路○號○樓　　顧客名稱

代表人……………………
簽章

代 表 人……………………　　……………………
簽　章　　職　銜

日　　期……………………　　日期……………………

○○機器定期或不定期租用合約

定期租用附約

顧客名稱及地址：　　　　相關文件：合約號碼：

附約號碼：

顧客編號：

茲按照相關○○機器定期或不定期租用合約之規定，租用下列機器：

類　型／型式號碼／特殊裝置號碼	名　稱（機器號碼如已安裝）	定期租用月租金（美金）	每月使用費率（方式丙機器）	基本期限（月數）	起算日期 * *
×××—×××	××××	US$××		36個月	

屆滿日期 * *	終止費用百分比／月　數
	20/4

增價限制百分比

7％

第一年：　7％

其次年數：　7％

延長期間：

7％

*係指基本之中央處理機或處理機而言

**於定期租用合約期間開始之日，由甲方填寫。載明該等日期之附約一份副本將送還顧客。

顧客承認其曾閱讀甲方機器定期或不定期租用合約及本附約，同意受該合約及附約條款之拘束。顧客並同意該合約及附約係訂約雙方間完整及唯一之合約文件，其取代一切口頭或書面建議或前此所為之合約，並取代收到日期……………………………………

地　　點……………………………………

收 到 人……………………………………
經理簽章

——————————————
經理姓名（打字或印刷）

訂約雙方間有關本合約及本附約事項之一切其他來往書信。

茲授權將上列機器列入甲方機器定期或不定期租用合約。

接受人：

○○○○商業機器股份有限公司 ——————————
顧客名稱

臺北市○○○路○號○樓

代表人
簽　章

代 表 人……………………………………
簽　章

——————————————
職　銜

日　　期……………………………………

日　期——————————————

【註釋】本例係某國際有名之機器公司租賃合約，其撰擬方式及內容，與一般國內租賃合約未盡相同，特予推介，俾供借鏡。

【例十七】 房/店屋租賃契約書

立房/店屋租賃契約出租人　　（以下簡稱為甲方）

承租人　　（以下簡稱為乙方）

乙方連帶保證人　　（以下簡稱為丙方）茲經雙方協議訂立房屋租賃契約條件列明於左：

第一條：甲方房/店屋所在地及使用範圍

第二條：租賃期限經甲乙雙方洽訂為　年　個月即自民國　年　月　日起至民國　年　月　日止。屆期如雙方同意繼續租賃時，應於屆滿壹個月前續訂租賃契約，所有條件另行議定之。如未訂租賃契約，視為屆滿時甲方反對續租。

第三條：租金每個月新臺幣　元正（收款付據）乙方不得藉任何理由拖延或拒納（電燈費及自來水費另外）

第四條：租金應於每月　以前繳納，每次應繳　年　個月份，乙方不得藉詞拖延。

第五條：乙方應於訂約時，交於甲方新臺幣　萬　仟元作為抵償損害租賃物時之保證金，乙方並同意不得充抵租金。乙方如不繼續承租，甲方應於乙方遷空，交還房/店屋後無息退還保證金。

第六條：乙方於租期屆滿或終止租約時，應即日將租賃房屋誠心按照原狀遷空交還甲方，不得藉詞推諉或主張任何權利，如不即時遷讓交還房屋時，甲方每週得向乙方請求按照租金五倍之違約金至遷讓完了之日止，乙方及連帶保證人丙方，決無異議。

第七條：契約期間內乙方若擬遷離他處時，乙方不得向甲方請求租金償還，遷移費及其他任何名目之權利金，而應無條件將該房店屋照原狀交還甲方，乙方不得異議。

第八條：乙方未經甲方同意，不得私自將租賃房店屋權利全部或一部份出租、轉租、頂讓或以其他變相方法由他人使用房店屋。

第九條：房店屋有改裝設施之必要，乙方取得甲方之同意後得自行裝設，但不得損害原有建築，乙方於交還房店屋時應負責回復原狀。否則以保證金抵扣之。

第十條：房店屋不得供非法使用或存放危險物品影響公共安全。

第十一條：乙方應以善良管理人之注意使用房店屋，除因天災地變等不可抗拒之情形外，因乙方之過失致房店屋毀損，應負損害賠償之責。房店屋因自然之損壞有修繕必要時，由甲方負責修理。

第十二條：乙方若有違約情事，致損害甲方之權益時，願聽從甲方賠償損害，如甲方因涉訟所繳納訴訟費、律師費用，均應由乙方及乙方保證人負責賠償。

第十三條：乙方如有違背本契約各條項或損害租賃房店屋等情事時，丙方應連帶負賠償損害責任，並乙丙兩方均願拋棄先訴抗辯權，決不食言。

第十四條：乙方應遵守本契約各條項之規定，如有違背任何條項時，甲方得隨時終止租約收回房店屋，因此乙方所受之損失甲方概不負責。

第十五條：印花稅各自負責，房店屋之稅捐由甲方負擔，乙方水電費及營業上必須繳納之捐稅自行負擔。

第十六條：本件租屋之房屋稅、綜合所得稅等，若較出租前之稅額增加時，其增加部份，應由乙方負責補貼，乙方絕不異議。

第十七條：租賃期滿遷出時，乙方所有任何傢俬雜物等，若有留置不搬者，應視作廢物論，任憑甲方處理，乙方不得異議。

第十八條：乙方違反約定方法便用房屋或拖欠租金，經甲方催告限期繳納，仍不支付時，甲方得隨時收回房屋，因此乙方所受損失，甲方概不負責。

第十九條：乙方自願放棄土地法第九十七條、第九十九條、第一百條及第一百零四條所訂之各項權益。

第二十條：

第廿一條：

上開條件均爲雙方所同意各無反悔，恐口無憑爰立本契約貳份各執乙份存照，以昭信守。

立　契　約　人（甲方）
簽名蓋章
身份證統一編號
住　　址
立　契　約　人（乙方）
簽名蓋章
身份證統一編號
住　　址
乙方連帶保證人（丙方）

簽名蓋章

身份證統一編號

住　址

中華民國　　年　　月　　日

【例十八】委託契約書（建築師）

本契約由　　（以下簡稱委託人）與建築師　　（以下簡稱建築師）同意於中華民國　年　月　日訂立，

茲因委託人擬在　　建造下列建築物

特行委託建築師擔任設計及監造事宜，所有手續悉依下列條文辦理。

第一條：建築師受委託人之委託後，應按照建築師公會建築師業務章則之規定辦理下列各項職務：

一、察勘建築基地。

二、擬定勘測規劃圖及簡略說明書。

三、製繪詳細設計圖樣及編訂施工說明書。

四、代請建築執照。

五、計算工程項目數量及分析單價編訂造價預算書。

六、襄助委託人招商投標及簽訂承包契約。

七、監督營造業依照詳細設計圖說施工。

八、檢驗建築材料之品質、尺寸及強度是否符合規定。

九、檢查施工安全。
十、簽發領款證明。
十一、解釋工程上一切糾紛及疑問。

第二條：委託人應付給建築師之酬金爲全部造價
按照下列期限分期付給之。
第一期　訂立委託契約時付酬金百分之十（根據全部工程之概算核計）。
第二期　勘測規劃圖擬就經委託人同意時付酬金百分之二十（根據全部工程之概算核計）。
第三期　詳細設計圖完成時付酬金百分之四十（根據全部工程之概算核計）。
第四期　委託人與營造業簽訂營造契約時付酬金百分之十（將前四期概算與實數之差額結清之）。
第五期　工程半數完竣時付酬金百分之十。
第六期　工程全部完竣將全部應得酬金結算付清之。
附　註：一、委託人僅委託勘測規劃時應於第二期全部付清酬金。
二、委託人僅委託勘測規劃及詳細設計時應付全部酬金百分之八十。

第三條：本契約條文如有未盡處，悉依內政部核定之建築師公會建築師業務章則辦理之。

第四條：本契約正本兩份分交委託人與建築師各執一份存照。副本　份。

委託人　　簽名蓋章
地　址
電　話

建築師　　　　簽名蓋章

地址

電話

中華民國　　　年　　　月　　　日

【例十九】委託書（不動產登記）

地政機關收件　　　字第　　　號

委託聲請登記之不動產坐落	市　　區　　段　　小段　　號之　　號 所在即　市　　路街　　巷　　弄　　號之　　號 壹戶第　　層部分
委託原因	因委託人事務繁忙不能到所委託受託人代辦
委託處理事務	

	身分或關係	姓名	持分比率	性別	年齡	籍貫	職業	住址	簽名蓋章
受託人									
委託人									

委託人						

中華民國　　年　　月　　日

【例二十】押標金保證書

一、立押標金保證書人＿＿（銀行名稱）（以下簡稱本行）設址於＿＿茲因＿＿（投標廠商名稱）（設址於＿＿）參加＿＿工程之投標，其應繳押標金新臺幣＿＿（中文大寫）元整（新臺幣＿＿（阿拉伯數字））由本行負責擔保。如投標者＿＿（廠商名稱）於開標後撤回投標書，或於得標後拒絕與＿＿（業主名稱）（以下簡稱業主）簽訂工程契約，或拒絕繳付履約保證金以保證確實履行契約義務，或拒絕繳付支付保證金以償付施工期間勞工、機具設備、材料等費用，本行一經接獲業主之通知，即使投標人提出異議，本行亦即日將上開押標金新臺幣＿＿＿元正（新臺幣＿＿＿（阿拉伯數字））如數交付工程局，悉由業主自行處理，本行放棄先訴抗辯權。

二、本保證書於前述工程開標之日起陸拾天內有效。

三、本保證書由＿＿＿（簽署人姓名）全權代表＿＿＿（銀行名稱）簽署，並加蓋本行印信，以昭慎重。

保證人代表 職＿＿銜 姓＿＿名 簽＿＿章

見證人 職＿＿銜 姓＿＿名 簽＿＿章

見證人 職＿＿銜 姓＿＿名 簽＿＿章

銀行印信

中華民國　　　年　　　月　　　日

【註釋】①押標金，即投標者所提供之保證金。其作用是爲防止廠商於得標後，未能履行諾言時，備作損失之用。

②押標金依照審計法施行細則第三十八條之規定，以交由代理公庫之銀行代收爲原則。但通常須繳納的押標金爲數亟爲可觀，所以有採銀行保證辦法替代。

【例二十一】履約保證金保證書

一、立履約保證金保證書人＿＿＿＿（銀行名稱）＿＿＿＿（以下簡稱本行）設址於＿＿＿＿＿＿＿＿茲因＿＿＿＿（承包商名稱）＿＿＿＿（設址於＿＿＿＿）得標承建＿＿＿＿＿＿＿＿工程。依照契約文件規定應繳交＿＿＿＿（業主名稱）＿＿＿＿（以下簡稱業主）履約保證金新臺幣＿＿＿＿（中文大寫）＿＿＿＿元整（新臺幣＿＿＿＿（阿拉伯數字）＿＿＿＿）該項履約保證金由本行開具本保證書負責擔保。

二、承包商與業主簽訂上項工程契約後，如承包商未能履約或因其疏忽缺失，工程品質低劣，致使業主蒙受損失，則不論此等損失係屬何種原因，本行均負賠償之責。本行一經接獲業主書面通知，即日將上述履約保證金新臺幣＿＿＿＿元整如數給付業主，絕不推諉拖延。業主得自行處理該款，無需經過任何法律或行政程序，本行亦絕不提出任何異議，並放棄先訴抗辯權。

三、本保證書有效期限爲自簽訂上述工程合約之日起，至業主支付承包商末期付款之日止，或至業主通知本行解除保證責任時爲止。

四、本保證書由＿＿＿＿（簽署人姓名）＿＿＿＿全權代表＿＿＿＿（銀行名稱）＿＿＿＿簽署，並加蓋本行印信以昭愼重。

保證人代表　職＿＿＿＿銜＿＿＿＿姓名＿＿＿＿簽章

見　證　人　職＿＿＿＿銜＿＿＿＿姓名＿＿＿＿簽章

見證人＿＿＿職銜＿＿＿姓名＿＿＿簽章＿＿＿

銀行印信

中華民國　　年　　月　　日

【註釋】①履行契約，本爲簽約雙方的義務，似無再行提供保證之必要。惟政府機關每因工程發包後，廠商無力完成，以至拖延時日，故財物稽察條例第十八條有：「營繕工程及訂製財物於決標後，承辦廠商訂約時，應令其繳納履約保證金或取具殷實保證」之規定。

②本例係採銀行保證方式。

【例二十二】預付款保證金保證書

一、立預付款保證金保證書人＿＿＿（銀行名稱）＿＿＿（以下簡稱本行）設址於＿＿＿茲因＿＿＿（承包廠商）＿＿＿（設址於＿＿＿）得標承建＿＿＿工程，依照契約規定，＿＿＿（業主名稱）＿＿＿（以下簡稱業主）應預付承包商金額為契約總價百分之貳拾（20%）之預付款。該項預付款爲承包商所必須償還者，其償還方式由業主依契約規定，在每期支付承包商之工程估驗款項下扣還。如有任何其他原因業主無法從工程估驗款內扣回時，則承包商必須以現金償還之。

二、爲保證承包商必定償還業主該項預付款，本行謹立本保證書以新臺幣＿＿（中文大寫）＿＿元整（新臺幣＿＿（阿拉伯數字）＿＿）之金額負保證之責。不論承包商由於何種原因，致未能償還業主上項預付款時，本行一經接獲業主之書面通知，即日支付上開保證額之款項新臺幣＿＿＿＿元整交由業主，以免其蒙受損失。業主處理該項金額，無需經過法律或行政程序，本行絕無任何異議，並放棄先訴抗辯權。

三、本保證書有效期限爲自本保證書開具之日起，至業主依合約規定扣清全部預付款之日止，或經業主通知本行解除本保證書保證責任時止。

四、業主同意在不損及本保證書條文之下，按時將扣回承包商工程款金額以書面通知本行，以便本行從預付款保證額中相對扣減。

五、本保證書由＿＿（簽署人姓名）＿＿全權代表＿＿（銀行名稱）＿＿簽署，並加蓋本行印信，以昭愼重。

保證人代表　職＿＿銜＿＿姓＿＿名＿＿簽＿＿章

見證人　職＿＿銜＿＿姓＿＿名＿＿簽＿＿章

見證人　職＿＿銜＿＿姓＿＿名＿＿簽＿＿章

銀行印信

中華民國　年　月　日

【註釋】①為防杜廠商將預付款移作他用，影響工程進行，故有此種保證的規定。

②本例係採銀行保證方式，亦有採用商號保證方式。如採實物保證，通常不必再另立書面保證。

【例二十三】支付保證金保證書

一、立支付保證金保證書人＿＿（銀行名稱）＿＿（以下簡稱本行）設址於＿＿＿＿茲因＿＿（承包廠商名稱）＿＿（設址於＿＿＿＿）得標承建＿＿＿＿工程，依照契約文件規定應繳付＿＿（業主名稱）＿＿（以下簡稱業主）支付保證金新臺幣＿＿（中文大寫）＿＿元整（新臺幣＿＿（阿拉伯數字）＿＿）以保證償付施工期間勞工、機具、設備、材料等費用，而不至引起債務糾紛。該項支付保證金新臺幣＿＿＿＿元整由本行出具本保證書擔保。

二、承包商與業主簽訂上述工程契約，而該契約之修正條款爾後又若有所修訂，則承包商根據上述契約或修訂條款承建上述工程時，不論與任何人士或任何機構發生任何種類之債務糾紛，本行一經接獲業主之書面通知，即日將上述支付保證金新臺幣＿＿＿＿元整如數給付業主，絕不拖延，以補償其蒙受之損失。業主得自行處理該款，無須經過任何法律或行政程序，本行亦絕不提出任何異議，且放棄先訴抗辯權。

三、本保證書有效期限為自簽訂上述工程契約之日起，至工程完成後，養護期滿為止，或至業主通知本行解除本保證責任時為止。

四、本保證書由＿＿（簽署人姓名）＿＿全權代表＿＿（銀行名稱）＿＿簽署，並加蓋本行印信，以昭慎重。

保證人代表　職＿＿銜　姓　名　簽　章

見　證　人　職＿＿銜　姓　名　簽　章

見　證　人　職＿＿銜　姓　名　簽　章

銀行印信

中華民國＿＿＿年＿＿＿月＿＿＿日

【註釋】①本例主要係因應重大建設，由國外廠商辦理時，深恐其報價過低，無法完工，避不見面或一走了事，為利於處理起見，故採此種支付保證金的規定。

【例二十四】投標切結書

受文者：＿＿＿＿＿（業主名稱）立投標切結書人＿＿＿＿＿（廠商名稱）謹全權代表

參加＿＿＿＿＿工程之投標，絕無違背「各機關營繕工程招標辦法」或與其他廠商相互勾結，達成任何默契或故意造成惡性競爭，或導致增加工程費用等情事。若有違背，除本次投標作為無效與今後不得參加貴○各項工程投標外，並由貴○通知主管營造機關予以登記處分，本切結書人無任何異議。

具切結書人（全銜）＿＿＿＿＿＿姓名＿＿＿＿＿＿（簽章）

見證人（姓名）＿＿＿＿＿＿（簽章）

地址＿＿＿＿＿＿

中華民國　　　年　　　月　　　日

【註釋】①此種切結書，形式重於實質。因爲廠商如果觸犯法令規定，旣有明文可據，自可依法處理，有無切結，顯然無關緊要；反之，法令未予規定者，業主雖予嚴格規定，其在執行時，亦不無困難。

【例二十五】使用共同壁協定書

<table>
<tr><td colspan="2">起造人姓名</td><td colspan="5"></td></tr>
<tr><td colspan="2">建築用途</td><td colspan="5"></td></tr>
<tr><td colspan="2" rowspan="2">建築地點</td><td>地址</td><td colspan="4">路　段　巷　弄　號</td></tr>
<tr><td>地號</td><td colspan="4">段　小段　地號</td></tr>
<tr><td colspan="2">備註</td><td colspan="5"></td></tr>
<tr><td colspan="7">玆照上開事項建築房屋以　鄰基地界線為共同壁之中線共同使用牆壁將來各無異議特此協定</td></tr>
<tr><td rowspan="8">協
定
人</td><td></td><td>地址</td><td>地號</td><td></td><td>姓名</td><td>住址</td></tr>
<tr><td>起造人</td><td></td><td></td><td></td><td>（簽章）</td><td></td></tr>
<tr><td rowspan="2">鄰</td><td rowspan="2"></td><td rowspan="2"></td><td>房屋所有權人</td><td>（簽章）</td><td></td></tr>
<tr><td>土地所有權人</td><td>（簽章）</td><td></td></tr>
<tr><td rowspan="2">鄰</td><td rowspan="2"></td><td rowspan="2"></td><td>房屋所有權人</td><td>（簽章）</td><td></td></tr>
<tr><td>土地所有權人</td><td>（簽章）</td><td></td></tr>
<tr><td rowspan="2">鄰</td><td rowspan="2"></td><td rowspan="2"></td><td>房屋所有權人</td><td>（簽章）</td><td></td></tr>
<tr><td>土地所有權人</td><td>（簽章）</td><td></td></tr>
<tr><td colspan="7">此致
縣（市）政府建設（工務）局
中華民國　年　月　日</td></tr>
</table>

第四章　規　章

第一節　規章的意義

規章是指組織、制度、辦法，以爲成規定則，作爲共同遵守履行的文書。在工程應用文中所稱的規章，通常係指一般行政機關、團體，依其體制及本於權責範圍內，在不與憲法及法律牴觸的原則下，自行擬訂有關工程方面的規則、章程，其範圍較爲狹小，制定程序也比較單純容易。

根據中央法規標準法的規定，「法律得定名爲法、條或通章」（第二條），「各機關發佈之命令，得依其性質稱規程、規則、細則、辦法、綱要、標準、或準則」（第三條）、「法律應經立法院通過，總統公布」（第四條），規章之涉及人民權利義務者，亦應經由省、縣、市政府的同級議會通過。因此規章的意義可歸約如下兩點：

一、必須以書面記載，且須分章節或分條的方式加以列舉。

二、必須由行政機關、團體制訂的，內容應有宗旨、組織、制度、權責範圍、辦事細則及執行方法等規定。

由此可見，規章與一般的法律不同，更與契約行爲有別。所以本章所舉的實例，也依此爲原則，不作廣泛的推介。

第二節 規章的種類

規章的種類繁多，名目紛歧，本節所研討的，係針對工程方面所習見的，分述如次：

一、**章程**：是規定基本事項，如組織、權利義務等，以及規定全部計劃及進行程序的規章，如建築章程、社團或公司組織章程等。

二、**規則**：是機關團體通用的。其作用，在規定應爲及不應爲的事項，多用於對事項的約束。規則與章程不同，因爲章程，注重於積極的施行事項——布置興作；規則兼重消極的避免事項——防漸杜微。

三、**規範**：是一種應遵行的規則與法式。工程規範，是用以正確清晰說明在技術上所必須具備的條件及其處理程序與方法。廣義言之，圖樣也可視作規範文件之一。惟一般所稱規範，係以施工技術規範或施工說明書爲主，凡圖樣上無法詳註者，都是在此說明，如材料規格、施工方法、工作標準以及其他一般性條件與規定事項等。

四、**綱要**：也稱綱領、大綱，或總則，是將某一特定事項，提綱挈領，予以概括的規定，側重於重大條款，而不涉於瑣細節目，這和「細則」，適屬相反，如施工說明書總則等。

五、**細則**：細則和規則的性質相同，是把規則中所載的事項，用詳細周密的文字，寫成更多條文，逐項說明其施行手續。細則又可分爲施行細則及辦事細則兩種。

六、**辦法**：是對某種事件，規定其辦理的方法，以適應實際的需要。凡各種規章裏有施行事項的，如在本規章裏沒有訂明詳細辦理方法的，都可另訂一個辦法，如土木包工業管理辦法等。

七、須知：須知和辦法有相輔作用。凡是要使人對於某一事項的程序和辦法應該知道遵守的，都可訂定須知。如投標須知等。

八、要點：就是重要之點，爲辦理某一件事情，訂定簡明扼要的執行重點，如都市計畫作業改進要點等。

九、注意事項：爲說明妥善處理某一件事，應特別加以注意的項目。此與須知的性質相同，應該都是些手續上的「小節」。有時候，此二者當中，也有約束性的。

以上所述的，不過是略舉其要，此外尚有什麼「準則」、「簡章」、「規約」等，大都是因事制宜，自定名稱而已。

第三節　規章的結構與作法

規章的結構與寫作方法，因爲它的性質、作用都不相同，於是編製寫作就不能一成不變，玆舉其共同之點分述如次：

一、確定名稱——規章的命名，甚爲重要，否則不但會有「名不正，言不順」的感覺，甚至會影響到其效力。規章名稱構成的要素，大致有四：㈠制定規章的主體；㈡制定規章的目的；㈢施行的範圍；㈣規章的名目。例如：「臺北市市區道路管理規則」，臺北市是制定規章的主體，管理是制定規章的目的，市區道路是施行範圍，規則是這個規章的名目。固然，不一定每一規章都必須具備這些要素，但總不出此範圍。名稱的字數不宜過多，要力求簡明扼要，使人能一目瞭然，同時音節也要響亮，不可繞口。很多人對「機關營繕工程及購置定製變賣財物稽察條例」的名稱，覺得太長，有些累贅。其實，營繕工程與採購、變賣財物，都是屬於辦理財物的行爲，如改爲「機關財物稽察條例」，似乎不會損及它的意義，而對看的人和聽的人而言，雖然還沒有涉獵其內容，但已經能領略到它的要旨。

二、分配章節——規章的內容，有一定的次序，依照一般慣例，規章先提總綱，後列細目；或先舉原則，後述例外。章節多少，當依事實的繁簡而定，最繁的可分爲編、章、節、目、條、項、款七級，最少的只用「條」的一級，用「第一條」、「第二條」……簡捷列載；其極度簡單的，更連「第」及「條」字一併省略，而僅用「一」、「二」……分別條文的次序。至於應採用那一種編制，則完全要看需要的情形而決定。

三、布置結構——一般章則的結構，要權衡輕重，次第有序，大體可分成三部分：㈠是總則、㈡是分則、㈢是附則。凡是規章的根據、命名、主旨等，大都列在「總則」部分。一般或特殊事項，大都列在「分則」部分。至於規定施行日期，修正的手續，則列在「附則」部分。不過所謂「總則」、「分則」、「附則」等字樣，不一定標明出來，只要按這三種性質依次編列即可。

四、撰擬條文——這是寫作規章的實際工作，務須注意下列各點：

㈠符合法令：規章的內容，必須符合現行法令，不能與它牴觸。一般規章，在開始時就先把所根據的法規依據予以載明。如果沒有明文可資引據，則所擬內容尤應注意其適法性，務須合情、合理。是則，在執行時才不會發生困擾。猶如建築章程，在擬訂時，雖具見地，但由於若干內容，與有關會審法令牴觸，或未考慮政府機關行政權責，使在推行時，遭到困難，效果不彰。

(二)思慮周密：規章的作法，是將規定事項使大家知道，以便遵循。所以一切有關以及可能發生的情況，都要詳加考慮，不容忽視。例如建築章程第一章之六：「凡函件或通告無論面交、簽送、或掛號郵寄與對方負責人，均爲本契約內之附屬文件，對方如有異議，應於收到後五日內提出反對理由，否則即作爲默認。」此項規定，顯未顧及政府機關的作業流程及所需時間。曾有一案例，承包廠商因經營不善，無法依約如期開工，但其有鑒於該章程之漏洞，每日藉故以書面向業主提出無理要求，業主因不勝其煩，置之不理，結果原告反打成被告，搞得啼笑皆非。

(三)條理分明：前面所說布置結構，是對全部規章的大體而言，撰擬條文時更須注意這一點，每一條文，上下務須自成段落，雖宜彼此呼應，但不可交錯混淆。若在一條條文中敍述二件以上並列的事，則可分項並寫，不必另換一條。

四、文字明確：規章的文字，必須簡明確切，不重藻飾。只要使人一目瞭然，便於記憶爲宜。如用於約束行爲、共同遵守的規約、辦法等，語氣自應肯定，凡是表示範圍不定的詞語，如「大概」、「容或」、「似宜」之類，一律摒棄不用；章程是有表現性的，語氣就宜堂皇；簡章不宜太細，細則不宜太簡，這些都是要訣。

規章是法律性的文書，其用語較爲嚴謹明確，與普通立法用語相同。各有其特定的涵義，一字之差，常貽千里之謬，故在撰擬時不可忽視。玆將一般規章用語，分別擧述如次：

一、應——「應」是應該的意思，是一種肯定的語氣。例如：「營造業之主任技師，應負施工技術之責」；「道路養護工程應以自辦爲原則」。

二、須——「須」與「應」意思差不多，不過在語氣上稍微和緩些。例如：「須令其提出營業執照、納稅證明，及具有營繕或製造能力之證件」。

三、得——「得」是可以的意思，就是在某種情況下，可以這樣做，但無強制性。例如：「工程司視工程進行之需要，得隨時發給各項施工詳圖」。如在得字上加一「不」字，就變成非如此不可，一種硬性的規定。例如：「工程受益費開徵之日起，滿五年仍未變更爲其他使用分區者，不得再行補徵」。

四、均、各——此是指甲乙等人物或事件同樣看待，如前者：「本施工說明書總則，及其所附之施工細則、補充施工說明書，均爲本工程合約之一部分」；但「各」字，是用於個別敍述用。例如：「營造業有前條各款之一者，依左列規定處理」。

五、及、並、或——「及」、「並」兩字意義相近，祇要行文方便，有時可互用的，「或」字則與「及」、「並」常有連帶關係。在連舉幾個應備的項目前，用「及」或「並」字；凡事物有選擇或不須彙備時，可用「或」。例如：「主辦機關得依規定加以修正，並將修正理由，計算依據，及有關資料，一併列入記錄」；「各機關舉行開標時，如已查得投標人事先有串通虛抬標價圖利，或威脅其他廠商不得參加投標情事，而有確切證據者，應由主辦機關宣佈廢標，並連同證據，移送司法機關依法辦理」。這裏「或」字，是指廢標之要件，兩者有其一時，即可構成，不必同時具備。

六、比照、參照——這兩種用語，都有照樣辦理的意思。「比照」，比較肯定；而「參照」，含有參考的意思。例如：「水電工程，比照前項（各機關營繕工程招標辦法第六條）規定辦理；「得參照政府公定或評定價格，或附近買賣實例及其他徵信資料議價辦理」。

七、以……論、視同——這是凡甲、乙……等人物或事件，雖屬不同，而作同樣情形論斷或看待時用。例如：「其未參加競標者，視同棄權」。

八、除……外——這是一種兩面俱到的規定術語，也是表明例外的術語。例如：「發圖至開標之日期，除緊急工程外，不得少於七天」一語，便是顧全事實，免得遇有緊急情況，不能順應。但也有不是例外規定的，如「除所投之標無效外，並通知主管營造業機關予以警告處分」，這個「除……外」，顯然不是例外，而是含有消極條件範圍的意思。

以上幾點，是寫作規章所宜注意的一般要件。由於各種規章的性質不同，作法顯有差別，限於篇幅，恕不一一說明。

第四節 作法舉例

【例一】建築章程

中國建築師學會制定

第一章 釋義

契約 一 本工程之契約包括合同，建築章程，施工說明書，圖樣，以及簽訂合同前後所加入之各項附屬文件。各該文件皆須由業主及承包人雙方簽字蓋章。凡遇有遺漏簽字者，應由建築師證明之。

圖樣 二 圖樣包括本契約所附之施工總圖，及一切隨後陸續所發給之各項詳細分圖。

三　工作　本契約內所謂工作係指人工或材料，或二者而言。

四　分包人　分包人係指承包人以外之各項其他包商。凡與業主直接立有契約，訂明承包另一部份之工程者。

五　小包　小包係指與承包人立有契約，按照圖樣說明書承辦本工程內一部份之工作者，與業主無直接契約之關係。凡專供材料而不施工者不能稱爲小包。

六　函件通告　凡函件或通告無論面交，簽送，或掛號郵寄與對方負責人，均爲本契約內之附屬文件，對方如有異議，應於收到後五日內提出反對理由，否則卽作爲默認。

第二章　圖樣及說明書

七　圖樣與施工說明書　圖樣與施工說明書，意在互相說明工程上之一切構造法及材料等等。二者有同等之效力，凡有載明於此而未載明於彼者，均應遵照辦理。設遇二者有不符之處，則由建築師解釋之，得依任何一項爲標準。如有不甚明晰之處，應隨時向建築師詢明。如遇圖樣及施工說明書均未載明，而爲完成某部份工程所不可缺者，承包人亦應遵建築師之通知辦理，不得藉詞推諉及增加價格。

八　詳圖　圖樣上一切尺寸皆以註明之數碼爲準。未註有數碼之處應向建築師詢明，或依詳圖爲標準。凡工程之某部，見於各種縮尺不同之圖樣上者，皆以最詳細之分圖爲依歸。工程上應有詳細分圖之處，於工作進行時由建築師陸續繪就發給承包人照做。該項詳圖須以簽本契約時之施工總圖爲依據。大略相符。惟於必要時建築師有改良及變更原圖之權。如該項詳細分圖發出後，承包人認爲與原來總圖不相符合，將發生額外工作或材料時，得於五日內提出異議，聲明應加工料。否則該項分圖卽認爲與總圖相符，將來承包人不得要求加賬。

廠樣　九　承包人於各項詳細分圖需用時，應預先通知建築師早為預備。建築師接到是項通知後，應於相當期內發給承包人應用。

為工程上或分包人之需要起見，建築師得令承包人供給各該需要部份之足尺工廠大樣，由建築師核准或修正後再行進行工作。但該項工廠大樣如與原說明書及圖樣有不符之處，承包人應先行聲明之。否則雖經建築師之核准，仍應由承包人負其責任。

圖說著作權　十　建築師所發給之圖樣說明書及模型等專為各該工程之用。其所有權及著作權皆屬之建築師。一俟工程完竣除簽字之一份由各方保存外，其餘一切圖樣說明書及模型等建築師有全數收還之權。各該圖樣等未得建築師之許可，不得移用他處，更不得抄襲或翻印。

圖樣供給　十一　建築師供給承包人之圖樣，總圖以三份為限，詳圖視需要之多寡發給之。

第三章　業主之權益與責任

付款之責任　十二　工程至合同內訂定領款期限時，業主負照章付款之責任。

更改圖樣權　十三　工程進行時業主有通知建築師更改圖樣及說明書或變更施工步驟之權。如該項更改有涉及造價之增減時，悉依第二章第八條辦理之。

代辦材料權　十四　業主得建築師之同意，有代承包人採辦說明書內所指定之材料，供給承包人應用之權。該項材料之價格得於應付款項內直接扣除之。惟該項材料之數量應先得承包人之同意。其價格如契約內訂明材料單價者照該單價核算之。如未訂明單價者應得承包人之同意照市價核算之。

監工員　十五　業主得建築師之同意，得自聘監工員常駐工場督察工作之進行。

扣留款項權　十六　業主根據第七章第四十九條之規定，有扣留到期款項之權。

停止契約權　十七　業主根據第九章第五十六及五十七條之規定，有停止本契約而自行備料施工或另招他人繼續工程之權。

第四章　建築師之職權

建築師之地位　十八　本契約成立後，建築師即處於公正人之地位。其職務為根據本契約之範圍，盡力之所及，督促雙方履行本契約至工程完竣為止。處理一切事務，皆以公正不偏袒之態度出之。

供給詳圖　十九　建築師視工程進行之需要負及時供給各項詳細分圖及解釋圖樣上與說明書上各種疑問之責任。

督察工程　二十　建築師有督察工程之進行，核准各項材料之是否合用，審查各項工作之是否合法之責任。惟工程自身優劣之責任，仍由承包人負之，建築師不代負責。如業主以為有聘請常駐監工員之必要時，則此常駐監工員須受建築師之指揮，其薪金由業主付給之。

指揮工匠　二十一　建築師有支配工匠，指揮小包及工頭之權。對於工場內工人，無論其為承包人或其小包所雇用，均有直接指揮之權。如某工匠或工頭經建築師認為不能滿意時得令承包人或小包撤換之。

變更及代定材料　二十二　建築師有審核工程上所用一應材料之責任，及按第八章第五十條之規定，臨時變更說明書所指定材料之權。遇有承包人未能採辦或訂購說明書內所指定之材料時，建築師商得業主之同意，得代為訂購之，承包人仍應負一切責任。

付款證明　二十三　工程至領款期限時，建築師負證明該工程之是否到期，及簽發領款憑證之責任。（參閱第七章第四十八條）

解決爭執　二十四　建築師有解決及處理一切關於工程上之疑問與爭執及關於承包人與分包人間，或業主與承包人間一切糾紛之責任。建築師於解決該項疑問或爭執事件時應於最短時期內處理之。

各項疑問爭執，凡有關於設計或構造技術上之問題者，建築師之處理爲最後之裁決，無論何方不得再持異議。惟其他非屬於技術之各種爭執及糾紛，無論何方對於建築師之處理認爲不滿時，皆有照第十二章各條之規定提出仲裁之可能。

第五章　承包人之責任

二十五　承包人負完全責任

承包人對於本工程應負一切完全責任。在工程未交卸以前，一應已成未成之建築物及材料皆歸承包人負保管之責。不論何種原因而有損壞或遺失時，皆由其負責。工程上如有差誤或遺漏，無論其爲承包人或其小包或其工人之過失所致，皆由承包人負完全責任。

二十六　遵守法律及條例

承包人除應遵守本契約所載明之各項規定外，並應遵守工程所在地一切管理建築之規程，以及火警或衛生規則，警察條例，保險公司章例，與其他一切法律，並應照章向當地官廳呈報承包本工程事宜。如發現本契約之規定有與官廳條例相抵觸處應即書面通知建築師修正之。

二十七　各項執照費

凡因本工程而發生之各項稅捐執照等費用，如營造執照，築籬圍地執照，拆卸執照，接管執照等等皆由承包人負擔。

捐稅雜費水電裝費

凡工程上一應材料應繳之關稅雜捐，與應用器具之租費運費，以及電費水費電話費接管費接溝費等等，均由承包人負責處理。惟如水電等項之接費裝費等於工程完竣時業主有繼續使用之必要時，但轉移於業主，由業主償還之。該工程地基上之原有地租，糧稅，以及非在本工程地基內之他項費用，如築路費，土地受益費，人行道修造費等等，皆由業主自理之。

詳勘地形

二十八　承包人於簽訂合同前應至工程地詳細查勘一周，以期明瞭該地形勢。如於簽訂合同後發見該地有特殊情形而使工程上有額外費用時，不得藉口作加價之要求，惟於挖掘後發現地下有特殊情形使工程有所更改時，皆按第八章工程變更辦理之。

工程障礙物

二十九　本工程鄰近如有一切公家或私有之陰溝水管及電話電燈等線桿，凡足以阻礙本工程之進行者，應由承包人商准該管局所公司或私人設法暫時移置，完工後修復原狀並負擔一切費用。

保護工程

三十　承包人於工程進行時對於鄰近房屋或產業應加意防護，如因本工程而使其有損壞及圮坍時承包人應負修理及賠償之責。

預防危險

承包人並應備辦一切預防公衆危險之設備如籬笆路燈記號及急救藥品等，如仍發生大小危險事故均由承包人負責處理。

橋架

三十一　工程進行時承包人應備具穩妥之橋架竹笆等物，以便建築師業主及其監工員等隨時至各處察看工程之用。並應備一相當房屋置有應用器具爲建築師在工場辦公之用。必要時並應備一臥室爲業主所聘任之監工員住宿之用。在可能範圍之內應裝設電話一具。

模型及照相

三十二　工程之重要部份如建築師以爲有先製模型之必要時，承包人應依其指示及方法製成模型以憑核准。如有需要各項攝影以示工程全部或一部之進行者，亦由承包人負責辦理之。

負責代表

三十三　承包人如自身不能常駐工場時，應派富有工程經驗之代表，常川駐在工場管理工程進行，全權代表承包人應付建築師之指揮及囑付。該代表如建築師認爲不克勝任或不能滿意時，得令承包人撤換之。

穿鑿挖掘及包糊

三十四　承包人負襄助其他分包人各種工作之義務。倘有必須穿鑿挖掘以湊合其他分包人之各項工作或工程內各部之處，應得建築師同意之後立卽辦理。事後並應依建築師指示之方法修補之，承包人或各分包人之工作，如因有過分延遲或錯誤致發生不須有之穿鑿時，則所有該項穿鑿及修補之費用皆由致誤方面負擔。如有露出之管子等建築師認爲必須包糊者，皆由承包人照建築師之指示辦理之。

保持清潔　三十五　工程進行時承包人對於工場內一應材料及廢料雜物垃圾等之堆置，應保持整潔及衞生之態度，凡不再需要之物應隨時運離。完工之後應將一應餘賸雜物等完全出清，並將房屋內外一應門窗地板牆垣玻璃揩拭潔淨。

承包人之擔保　三十六　本工程簽訂契約之前如業主認爲必要時，得令承包人供給相當擔保以保證其誠意履行本契約內之一切責任，以及因本契約而發生之一切應付款項。該保證之格式或爲經業主認可之殷實商號或個人，或爲現金或有價證券，或產業契據。如係商號或個人擔保，應另立保證書，或在本契約內簽章證明。如係現金，證券或契據，應由業主與承包人雙方同意另訂辦法。

工程保證及竣工以後之修理　三十七　契約內所載歷期及末期造價款項之付給，不能爲業主對於該工作完全滿意之憑證。完工一年之內如房屋查有劣工窳料，及走動損壞，伸縮括拆，裂縫，剝落，滲漏等情事發生，經建築師認爲確係工作不良材料欠佳所致者，承包人及其保證人仍負修改及賠償之完全責任，如對於該問題發生爭執時仍適用本章程第十二章之規定。

約束工人　三十八　承包人負約束場內工人之責任。一切吸煙賭博等惡習皆絕對禁止。如發生大小違法事故及滋鬧械鬥等情，皆由承包人負責。

第六章　人工及材料

人工材料　三十九　除另有規定外，承包人應承辦本工程全部材料人工，以及爲完成本工程所需之一切物品工具。

所有材料除另行規定者外皆係新料。遇必要時建築師得令承包人證明各項材料之確實來源，品質，及價格。

凡各材料皆應先將樣品送呈建築師核准。將來工場上所用材料皆應與此樣品完全符合。

所有人工皆須上等熟練工人。遇有特殊工作時，應聘各該項之專門人才充任之。

工場內材料之堆放應遵建築師之指示或當地官廳之規定辦理，已完工程之任何部份不得過分使之載重以免危險。

劣工竊料

四十　本工程之無論某一部份如查有與圖樣或說明書不相符合處，無論其已否完竣均應拆卸重做。並將所有次料立即運離工場。如因該項拆卸而有損壞其他分包人之工作者，亦由承包人負賠償之責。

如承包人屢經警告而仍不實行拆卸或將次料運離，則業主得代為轉理，所有費用由承包人擔任。得在未造價中扣除之。

材料所有權

四十一　除本契約另有規定外，工場上所有材料，無論已否建造成物，無論何人不得擅自運離。一應多餘之各項材料，及工程進行上所需用之橋架頂撐等輔助材料，須至各該項工程完成後方得運離。

材料測驗

四十二　一應材料如對於其力量，成份，性質等有疑問經建築師認為有施行試驗之必要時，承包人應立即遵囑將該項材料送往指定或相當機關施行測驗，所有費用歸承包人負擔。

查驗工程

四十三　工程之任何部份，不論在預備時期或進行時期，如建築師或當地官廳以為須加以特別檢驗者，承包人應預備一切及予以種種便利以便該部份之檢驗。所有應行檢驗部份應俟檢驗手續完備方可繼續進行工作，否則如因此而發生拆卸等情皆歸承包人負責。如因特種理由或業主之要求，建築師得令承包人對某部份工程施行第二次檢驗，如查出該項工程確與本契約所規定者相符。則所有檢驗費用，及承包人之損失皆歸業主負擔。否則由承包人自理。

材料更改　四十四　本契約所規定之材料設因臨時市面缺貨不能購辦，承包人以爲有他種材料可以替代應用者，應卽書面通知建築師並附以該替代材料樣品，經建築師審查認爲可用，出有許可證方得代用。所有該項材料與原規定者價格如有差次皆照數核算扣除或加給之。

專利品　四十五　凡工程上所用各項材料如有屬於專利品者，則應繳之專利品費用由承包人照付。如因侵佔專利權而發生訴訟等事亦由承包人負責處理。

第七章　造價及付款

付款之意義　四十六　業主以契約內訂定之包價按規定之辦法分期付給承包人，至付足全部造價爲止。但業主逐期付給承包人之款項，不能視爲彼時工場內一應材料及已成建築物等之代價。

包價之固定　四十七　契約內規定之總包價包括完成全部建築所需之工料器具開支雜費及承包人之盈餘等等在內，一經簽訂卽爲定案。將來無論工資及材料之變動，金銀滙兌之漲落，國家稅則之更改，雙方均不得藉詞要求增減。

說明書內如有對於某部份工作註明須用款若干或單價若干者，祇包括該部工作之材料及人工而言，所有因該部工作而應有之器具開支雜費盈餘等皆應包括於總包價之內。如經證明所用之款不及註明之數則此項餘款應在總包價內扣除。

付款手續　四十八　每屆領款期限承包人須先具函向建築師報告請求領款，由建築師查核無誤，然得依下列辦法簽發領款憑證，由承包人憑此證向業主領取款項。

如契約規定領款數目以所做工程之價值爲比例者，承包人須於先期訂定本工程內各部份之數量與價值造具表册送呈建築師備案。此各項數量價值之總數，應與包價相符合。遇必要時建築師得要求承包人呈驗他項文件以證明此表册之無誤。每屆領款時承包人應於期前十日根據此表册之類別分析彙報，由建築師核發領款憑證。

如契約內規定領款期限以工程做至某種地步付款若干者，承包人應於屆期時攝備照相證明該步工程之確已完成，連同領款請求書呈建築師查核，由建築師核發領款憑證。

如契約規定僅將材料運至工場即可領款者，則於具呈請求書時建築師得令承包人呈驗購貨發單以憑核定。

建築師簽發領款憑證後業主應於工程合同規定之日期內按數付給承包人。如業主延遲付款，則承包人得要求業主按當地通常或法定利率償還之。

扣留付款

四十九　工程已屆領款期限如發現有下列各項情事之一者，則雖已簽發領款憑證，業主或建築師仍得扣留一部或全部之款項，至承包人將該事處理滿意爲止。

(甲)工程有不妥處經建築師通知更改而延不履行者。

(乙)建築師收到任何方面對於承包人因本工程之種種行爲而有所抗議者。

(丙)承包人虧欠各小包或材料款延不付清者。

(丁)承包人有應賠償其他分包人之損失而延未履行者。

(戊)對於未付之款預料其不足以完成全部工程者。

第八章　工程變更及造價增減

變更工程　加賬減賬

五十　本工程進行時，業主有增加，減少，及修改其中任何部份之權。所有一切添加之工程仍當按本章程及施工說明書之規定進行。凡一切工程之變更除由建築師出有修正圖樣者外，皆當以書面出之。凡因是項更改而使造價隨之有所增減時，皆當於該修改工程未進行前按下列各辦法由雙方同意議定，並由雙方簽訂工程更改證書證明之。

（甲）按契約內所載明之單價按數核算之。

（乙）由承包人將所修改之工程估一價額，經業主承認之。

（丙）按承包人對於該項更改工程之實支工料款加預定之餘利核算之。採用是項辦法時承包人應按指定之格式呈報工料款項以及一切有關之單據以憑核算。

如事先未經議有確數，承包人受業主之通知即行進行工作者，建築師得按上例三項辦法擇最適宜於當時情形者核算價格發給領款憑證，業主即當照付。

如工程進行中業主有臨時口頭囑咐承包人更改工程之任何部份，有業主之自僱監工員或建築師之證明者，亦得以修改工程論。

除上列之各種方式外，凡承包人未經任何方面之通知而自行更改，致有增加工料時，業主概不負責。

拆改工程

五十一　任何工程如已經照契約做就，而業主尚須拆除或更改，承包人應於未拆改前通知建築師，並估計損失開具價格由建築師核准。再由雙方簽訂工程更改證書，方可更改。

不能修改工程之減價

五十二　如有所做之工作發現與契約不符或不能使建築師滿意，而經建築師認為難能修改或補救者，業主可照原訂之價目內酌核扣減以償業主之損失，由建築師秉公核算，而於包價內扣除之。

付款

五十三　所有一切加賬減賬等糾紛皆應於末期付款前處理之。除三十七條之規定外雙方皆不得於付末期款後再行提出。

第九章　建築期限及契約中止

完工期限由契約訂定後，除本章第五十五條所規定之展期外，如承包人於期前或過期完工，皆依契約所訂明之賞金或賠償金按數付給或扣除之。

完工日期　五十四　完工日期應以按照本契約規定之全部工程經合法造竣，得建築師之證明爲準。在未完工前雖工程之全部或一部由業主預行使用亦不得以完工論。惟如因特殊情形使一部份之工作不得不延緩，而其原因非由於承包人之過失所致者，建築師得酌量情形，保留其延緩之部份而作完工之證明。

接收　業主接得工程完工之證明後應即擇定日期通知承包人及建築師會同到場接收工程。屆期由承包人將工程上一應鑰匙及保管責任點交業主執管，並將本章程第十章第六十條所規定之保險單移轉於業主。該項接收手續應於完工後三十日內行之。

如業主因故不能於三十日內接收工程，則可商得承包人之同意請其代爲保管，保管期內所有開支由業主償還之。

驗收　如業主對於本工程完工後以爲有舉行驗收手續之必要時，得於接收前或接收後通知承包人及建築師舉行之。

工程由業主接收以後如再發現不良工作或與本契約不相符合處，仍按第五章第三十七條規定辦理。

展期完工　五十五　工程進行時凡遇下列事故因而停工，則完工期限得酌量延長之，皆於事故發生後隨時由承包人具函向建築師報告停工日數及原因，經查核無誤於完工後一總核算之。

一切例假皆由承包人於事先預計包括於工程期限內，不另計算。

（甲）雨工——凡雨雪冰雹皆屬之，晨雨作一日，下午始雨作半日，夏季陣雨乍晴乍雨者不計，如有疑問以當地正式機關之天文報告作準。如合同內規定扣除以停工論，否則不計。

(乙) 冰凍——凡天氣嚴寒至華氏表三十度之下卽作爲停工論。惟如訂契約時註明施用禦寒建築法者不計。

(丙) 天災——凡地震，雷擊，颶風水災以及其他非人力所能抵禦之變故皆屬之。

(丁) 失火——凡失火延燒除照第十章第六十條之規定外所有完工日期應由業主及承包人雙方另行議定之。

(戊) 兵災——如戰事發生有使材料不能運輸時作停工論。

(己) 工潮——如屬於團體性之罷工風潮，罷運風潮等皆屬之。惟如因承包人自己之措施失當致激成工潮者不論。

(庚) 工程阻礙——如因業主所僱其他分包人之過失，或忽略差誤出於業主或建築師，或因等候公斷等原因致使工程停頓，皆由建築師酌量核定展期日數。

(辛) 工程更改——如受業主之囑咐工程有所變更或增減，按除第八章第五十條之規定增減價格外，並應預先訂定應行增減之日期，如當時未有是項訂明者，皆按價格增減之數目與原訂造價總數及建築期限酌量核算之。

業主之自己施工權

五十六　工程之任何部份如承包人不能切實按照本契約所規定者辦理，經業主或建築師正式警告後七日內仍不予更正，則業主可以自備工料施工或另招他人承包是項工程。所需款項卽在未付給承包人之款項內扣除之。惟此項行爲，及所扣款項之數目，皆應先得建築師之同意。

業主停止契約之權

五十七　如承包人於工程進行中不能招集足數歷練工人，及一切應用材料，致工程過份延緩，或不能按期付款於各項小包。或有意違背本契約之重要條文，或屢次違反當地法律。經建築師正式警告後七日內仍不能恢復工作及遵守契約與法律辦理；或承包人業已宣告破產；或承包人已將財產及管理權讓予第三者；或已由法院派定清算人清理債務；則業主可以不問承包人有無他項補救辦法，逕行函告承包人停止本契約效力。所有承包人未領款項亦即停止付給。所有未完工程及工程地所有一應材料工具皆由業主自行接替，並用種種方法使工程繼續進行，至完工時一併核算之。如業主用以完工之款及一切因此而發生之額外費用超出尚未付給承包人之分期造價之數，即向承包人或其保人於一個月內如數取償。如較少於未付之分期造價，則所餘之款應由業主於完工六個月後發給承包人。所有業主用以完工之一切款項應詳列簿冊由建築師證明之。

承包人停止契約之權

五十八　如非由於承包人之行爲或過失，當地官廳勒令停工至三個月以上者，或因業主之他項糾葛致工程不能進行者，或經建築師簽發領款憑證並已到合同規定付款日期而業主於二十日內尚不能照付者，承包人得正式通知業主及建築師。如再經七日內仍不能將該項問題解決，則承包人得自由停止工作，或逕行停止本契約效力。所有已做之工程得照所值向業主取償。所有一切因此而所受損失皆憑仲裁決定由業主賠償之。

契約權之讓予

五十九　業主及承包人無論何時何方，若未得對方之同意，不得將本契約全部或一部份權利讓予第三者。承包人非得業主及建築師之同意更不能將到期或未到期之分期造價抵押予他人。

第十章　災害及保險

火險

六　十　工程進行時，工場內一應材料及已做工程，應由承包人向殷實可靠之保險公司投保火險。數目視工程之進行逐漸增加如數保足。保單悉交建築師代爲執管，可以公開檢閱。如遇火災發生卽由業主及承包人同向保險公司領取賠款。並由雙方會同建築師核計雙方所受損失之多寡支配之。如承包人不願投保是項火險，則業主可以單獨投保其關於自身有關係部份之火險。保費由承包人負擔，權利歸業主享受。如雙方皆未保險而遇火災，則業主所受損失應由承包人賠償之。

工場如遇火災，本契約仍繼續有效，惟完工日期應另定之。

天災及兵災

六十一　工程在未交工以前，所做工程及場內一應材料如因颱風，地震，水火災及一應天災而受有損失，如證明確非因承包人保護不周有以致之，則所受損失皆由業主負擔。其損失之多寡由業主承包人雙方會同建築師估定計算，惟業主負擔之數至多以已付之分期造價為限。如所受損失超出已付造價時，超出之數由承包人負擔。如遇發生戰事恐慌，應由業主及承包人雙方估計所有之價值會同投保兵險。否則如受戰事損失，依照上項天災等一律辦理。如雙方不能同意，則任何方面可以單獨投保，其權利歸投保者單獨享受。

損害賠償保險

六十二　承包人應保有歸於第三者之損害賠償險，以資賠償因本工程而發生對於工人或公衆之一切受傷及死亡之損失。如當地有保護勞工條例則應查照該項條例辦理。保險單於必要時應交建築師保管。如承包人未保是項保險，則如有損害歸承包人負責。同時業主亦可投保是項損害賠償險，以資保障其自身之利益。

第十一章　分包人及小包

承包人與分包人之共同責任

六十三　如承包人有使分包人，或分包人有使承包人因本工程而受有損害時，即此項損害由致損者負責向受損者料理清楚。若業主因上項損害而被控訴，則一切訟事應由致害者代業主料理，如遇敗訴則一切損失歸致損者負擔。

小包

六十四　承包人如欲將本工程內某一大部份工作轉包於專門該項工作之小包，則應先將該小包之名號履歷及轉包工程價值於事先呈報建築師得其同意。建築師因充分理由對於該小包不滿時得拒絕之。

小包所做之工程及一切行爲，對於業主由承包人完全負責。

承包人與小包之關係

六十五　承包人對與小包無論簽有正式合同與否，應責令其遵守本工程契約之規定，如該部工作係本工程之重要部份則承包人與小包間之合同須先得建築師之同意，並酌量插入下列各條文。

(一)凡本章程及圖樣說明書之所規定，承包人對於業主應負之責任，小包對於承包人應同樣負責。

(二)小包如有向承包人要求加賬展期或賠償損失等事皆按本契約之規定辦理。

(三)凡契約上有規定業主對於承包之優待條件者，承包人應同樣待遇小包。

(四)業主每期付款時，承包人應將小包所做工程應得之數同時付給小包。總以小包已做工程及已領款項與承包人對於該項已做工程及已領款項有同等之比例，惟如小包已將其工程做好，而建築師非因該小包之過失而延不簽發領款證，則承包人仍應將該小包應得之款付給之，不得藉詞措諉。

(五)工場如遇火災，而承包人領有賠款者，則小包受有損失時應照公平辦法支配之。

(六)如遇仲裁時承包人應予小包以出席對質或呈驗證據之機會。如仲裁所爭執之點在小包工程範圍內者，則承包人所舉之仲裁員應得小包人同意。

以上各項雖爲本契約所規定然業主對小包不負任何責任，並無直接付款於小包及監視承包人付款於小包人義務。

第十二章　仲　裁

仲裁請求

六十六　凡業主與承包人間一切因本工程而發生之爭執，及糾紛事項，皆按本約之規定由建築師負秉公解決及調處之責，惟除對於建築技術上或力學上之問題以建築師之解釋爲最後之決定外，無論大小事件，如業主與承包人雙方或任何一方對於建築師之判斷不能同意時，或對於其他事件發生爭執時，皆有提出請求仲裁之可能。凡任何方面對於某一事件擬請求仲裁時，應於建築師解釋調處後，或事件發生後，七日內正式具函通知對方及建築師請求仲裁。

凡經雙方或一方提出仲裁請求後，建築師或對方皆當於三日內按下條之規定進行仲裁，絕對無拒絕仲裁之可能。

仲裁員　六十七

仲裁進行係由業主及承包人雙方公請仲裁員一人或三人對於該爭執事件施以裁決。如仲裁員爲一人時，則此人由雙方同意公請之。如爲三人則先由雙方各請一人，由此二人協定再公請一人，如此二人於十日內不能同意公請第三人時，則此第三人可函請當地主管機關或中國建築師學會指派之。如請求仲裁方面於十日內不能請到仲裁員則失其請求仲裁之權利，如對方於十日內不能請到仲裁員，則由請求仲裁方面呈請當地主管機關或中國建築師學會代派之。

裁決　六十八

仲裁進行時，雙方先將關於該事件之一切證據及文件等供給仲裁員參考以憑裁決。必要時仲裁員並得令雙方對質或至工程地實施查驗，如任何一方不能將所有證據及文件等供給仲裁員，或經仲裁員通知到場時避而不到，則仲裁員可不强求，能逕行裁決之。如仲裁員僅爲一人則其裁決卽生效力。如係三人則任何二人同意仲裁決卽生效力，仲裁員之裁決應以書面通知有關係方面，雙方一經接到此項裁決皆應絕對服從，並應免因此再生訴訟。如當地法律許可則此項裁決可呈請地方法庭備案以助執行。

如仲裁員以爲合於案情之需要，對於勝訴方面並得判予因仲裁而所受之損失，由敗

仲裁費		訴方面賠償之。
	六十九	仲裁員之公費由仲裁員自定之或於聘請仲裁員時約定之。並由仲裁員自行裁定由雙方分攤或由任何一方負擔之。
		第十三章　附　則
施行日期	七　十	本章程由中國建築師學會於民國廿四年十二月二十日年會議決通過公佈施行。章程內各條文如有未盡善處得由中國建築學會議決修改之。
附註	七十一	（各工程如因特殊情形有不適用本章程之任何條文，可由業主及承包人雙方同意後添註於本條文）

【例二】營造業管理規則

行政院62 9 27臺六十二內第八〇九二號函核定
內政部64 10 17臺內地字第五四八八四五號令發布
內政部68 4 19臺內營字第六二九六三二號令修正
內政部68 8 17(68)臺內營字第二二八六〇號令修正
內政部70 7 13(70)臺內營字第三〇七九四號令修正

第一章　總　則

第　一　條　本規則依建築法第十五條第二項之規定訂定之。

第　二　條　營造業之主管機關，在中央為內政部，省為建設廳，直轄市（以下簡稱市）為工務局，縣（市）（局）為工務局或建設局，未設工務局或建設局者為縣（市）（局）政府。

第　三　條　本規則所稱營造業，指經營建築與土木工程等之營造廠商。

第二章　營造業之申請登記

第四條　營造業非領有登記證書並加入營造業公會，不得營業。

前項入會之申請，營造業公會，不得拒絕。

第五條　營造業之登記，分甲、乙、丙三等。

第六條　凡為營造業者，應於開業前向中央主管機關申請登記。

前項登記，中央主管機關得委託省（市）主管機關辦理。

第七條　凡申請登記為丙等營造業者，應具左列條件：

一、資本額在四十萬元以上。

二、置有專任主任技師一人。

前項主任技師應為經濟部核准登記之土木、水利、橋樑、衞生工程或建築科之工業技師，並有一年以上建築或土木工程施工經驗而無重大業務過失者。

第八條　丙等營造業申請登記為乙等營造業者，應具左列條件：

一、資本額在一百萬元以上。

二、以丙等營造業登記證書連續五年承攬工程累計額達一千二百萬元以上。

三、置有專任主任技師一人。

前項主任技師應為經濟部核准登記之土木、水利、橋樑、衞生工程，或建築科之工業技師，並有二年以上建築或土木工程施工經驗而無重大業務過失者。

第九條　乙等營造業申請為甲等營造業者，應具左列條件：

一、資本額在三百萬元以上。
二、以乙等營造業登記證書連續五年承攬工程累計額達二千四百萬元以上。
三、置有專任主任技師一人。

前項主任技師應爲經濟部核准登記之土木、水利、橋樑、衞生工程或建築科工業技師，並有五年以上建築或土木工程施工經驗而無重大業務過失者。

第十條　凡具有左列條件者得逕行申請登記爲甲等營造業。
一、資本額在八百萬元以上。
二、置有專任技師三人以上，其中一人須爲土木、水利、橋樑或衞生工程科工業技師，一人須爲建築科工業技師，一人須爲原動機、自動車、輪機或電機科工業技師。

前項專任技師中，一人爲主任技師，主任技師應爲經濟部核准登記之土木、水利、橋樑、衞生工程或建築科工業技師，並有十年以上建築或土木工程施工及設計經驗，而無重大業務過失者；其餘均須具三年以上有關工作經驗而無重大業務過失者。

第十一條　第八條第一項第二款及第九條第一項第二款之承攬工程累計，其每件最高金額之計算，應受第十七條之限制。

在國外承攬工程，其工程額如係外幣，得折合計算之。

第十二條　各等營造業負責人，具有各該等主任技師之資格者，得自任主任技師。

第十三條　營造業之資本額，依左列規定計算之：
一、現金不得超過百分之三十。

二、施工機具設備不得少於百分之四十。

三、依法登記並為經營營造業所必需之不動產，不得超過百分之三十。

第十四條　營造業申請登記時，應備營造業登記申請書，並檢附左列證件：

一、依第十三條所定計算資本額之證明文件。

二、主任技師及第十條所規定之其他專任技師證件。

三、承攬工程手册。

四、與計算承攬工程累計額有關之起造人竣工驗收證明及繳納營業稅之證件。

依第七條及第十條規定申請登記者，免繳前項第三款及第四款規定之證件。

第十五條　營造業登記申請書應載明左列事項：

一、營造業名稱及其地址。

二、負責人姓名、年齡、籍貫、住址及履歷。

三、主任技師、專任技師之姓名、年齡、籍貫、住址及履歷。

四、內部組織。

五、資本分析。

六、業務範圍。

七、預定開業日期。

八、營造業及其負責人，與主任技師之印鑑。

第十六條　營造業主管機關核發營造業登記證書時，依左列規定收取證書費：

一、甲等營造業二百元。

二、乙等營造業一百元。

三、丙等營造業五十元。

前項證書費之收取及支用，應依預算程序辦理之。

第十七條　營造業應按其登記等級依左列規定承攬工程：

一、甲等營造業承攬一切大小工程。

二、乙等營造業承攬四百萬元以下之工程。

三、丙等營造業承攬一百四十萬元以下之工程。

第三章　營造業從業人員

第十八條　營造業之負責人不得為其他營造業之負責人、合夥人、董事、監察人、經理、主任技師或專任技師。

第十九條　營造業之主任技師或專任技師，不得以公務員或開業之建築師任之，並不得兼任其他營造業之職務。

第二十條　營造業之主任技師，應負施工技術之責；並應於開工、竣工報告單及申請查驗單上簽名蓋章。

第二十一條　營造業依本規則所置必須具有工業技師資格之主任技師或專任技師離職時，其負責人應於一個月另聘合於本規則規定資格者繼任。未依規定聘人繼任前，主管機關得令其停業。

第二十二條　營造業從業人員，執行業務違反本規則或其他建築法令者，營造業負責人應負其責任。其屬施工技術者由其主任技師及營造該工程之專任技師負連帶責任。

第四章　營造業之管理

第二十三條　營造業所承攬之工程，其主要部分應自行負責施工，不得轉包。但專業工程部分得分包有關之專業廠商承辦，並在施工前將分包合約副本送請起造人備查。

前項分包工程之包價，得計入第八條第二款、第九條第二款及第三十一條所定之承攬工程累計額。

第二十四條 營造業承攬工程時，起造人於招標、比價或議價前要求依照有關保險法規之規定投保者，該營造業不得拒絕。

第二十五條 起造人或監造人於營造業承攬工程後，發現營造業有違反法令情事或不如約施工時，得報請中央或省(市)主管機關處理之。中央或省(市)主管機關亦得隨時向起造人查詢營造業施工情形。

第二十六條 營造業於承攬工程時，應將該工程登記於承攬工程手冊，由起造人簽章證明；並於工程竣工後，檢同工程合約及竣工證件，承攬工程手册，送交工程所在地之直轄市或縣(市)主管機關予以登記，加蓋印章後發還。

前項竣工證件，應由起造人就其是否依照工程合約所載事項依約完成，加以證明。

依第二十三條規定承攬分包之營造業者準用前二項之規定。

第二十七條 承攬工程手册應包括左列各項：

一、營造業登記證書縮印本。

二、負責人照片及印鑑。

三、主任技師照片及印鑑。

四、工程記載表。

前項承攬工程手册之格式，由中央主管機關定之。

第二十八條 前條工程記載表應載明左列事項：

一、工程名稱，有建築執照者其執照字號。
二、工程地點。
三、起造人名稱（姓名）住址。
四、開工及預定竣工日期。
五、工程總價。
六、實際竣工日期。
七、獎懲事項。
八、起造人證明。

前項工程總價，得包括起造人供給材料之金額，由起造人出具證明與工程合約所訂造價併行列入工程記載表合計爲工程總價。

第二十九條　省（市）主管機關應定期通知營造業送驗承攬工程手册，每二年至少一次，營造業應依照限期送驗，其因特殊情形不能如期送驗者，應報請延期。主管機關檢驗營造業承攬手册應於十五日內驗章發還。

第五章　營造業登記之註銷、變更及登記證之補發

第三十條　營造業有左列情事之一者，由省（市）主管機關報請中央主管機關核准後，註銷其登記證書，並刊登公報：

一、申請登記不實者。
二、喪失經營業務能力者。
三、以登記證書借與他人使用，或冒用他人之營造業登記證書者。

四、擅自減省工料，因而發生危險者。

五、受停業處分，拒不將證册繳存，或受懲戒決定，拒不將手册送繳登記。經主管機關催繳三次仍不遵辦者。

六、受停業處分期間，仍參加投標或承包工程者。

七、有圍標情事者。

八、因可歸責於營造業之事由，致訂約後未依約完成工程者。

九、未經請准建築許可擅自施工者。

十、不遵規定期限繳驗承攬工程手册者。

十一、連續三年內違反本規則或其他建築法令之規定達三次以上者。

十二、違反本規則第十八條及第十九條者。

營造業經依前項註銷登記者，其負責人於五年內不得重行申請營造業登記。其可歸責於主任技師者，併應依技師法第十二條規定處罰其主任技師。

第三十一條　營造業連續三年承攬工程累計額未達其所屬等級最低資本額之三倍者，省（市）主管機關應報請中央主管機關將該營業原登記之等級降低一等，其屬丙等者註銷其登記證書。

第三十二條　營造業因故自行停業時，應將其登記證書及承攬工程手册送繳省（市）主管機關核存。於申請恢復營業時發還之。

前項自行停業之期限不得超過二年。逾期註銷其登記。

省（市）主管機關爲前二項之處理時應報請中央主管機關備查，並刊登公報。

第三十三條　營造業登記證書或承攬工程手册遺失時，營造業負責人應登報聲明作廢，申請補發。

營造業曾依本規則受獎懲者，省（市）主管機關應將其獎懲，記明於補發之承攬工程手册。

第三十四條　營造業有左列情形之一者，應依本規則第二章之規定，重新申請登記，其原領之登記證書應予繳銷：

一、變更組織。

二、改易名稱。

三、更換負責人。

前項第三款之規定於公司組織之營造業得按原登記之等級爲變更負責人之登記。

原領有登記證之獨資營造廠同等級二家以上合併爲一家公司，在換證期間不受第一項第一款第二款之限制。

第三十五條　非公司組織之營業依法爲公司之設立登記者，得按原登記之等級爲變更組織之登記。

非公司組織營造業之負責人死亡，其法定繼承人如具有主任技師或專任技師之資格，並曾從事營造業一年以上而能提出證明者，得按原登記之等級，爲更換負責人之登記。

第三十六條　營造業有左列情形之一時，應向省（市）主管機關申請核轉中央主管機關備查：

一、變更主任技師或專任技師者。

二、變更營造業之地址者。

第三十七條　營造業經註銷登記證書或停業之處分者，自處分送達日起，不得再行承攬工程。但已承攬而未完成之工程，得准其繼續施工，至完工爲止。

第六章　營造業之獎懲

第三十八條　營造業有左列情事之一者，由中央主管機關，或由省（市）主管機關報請中央主管機關予以獎勵。

一、其承攬之工程特別艱鉅，而能順利完成，對國家有重大貢獻者。
二、對施工方法有特別改進或發明，致對工程技術之發展有重大貢獻者。

第三十九條　營造業承攬工程不得有左列情事：
一、違反第二十三條第一項規定轉包者。
二、不依核定圖說施工者。
三、擅自減省工料者。
四、違反本規則或其他有關法規或主管機關基於本規則所發布之命令者。
五、擅自塗改承攬工程手册者。

第四十條　營造業有前條各款情事之一者，除依法處理外並視其情節輕重，依左列規定處理，並應記載於承攬工程手册。
一、警告。
二、依建築法令處罰。
三、勒令拆除，其抗不遵行者代爲拆除之，並勒令其償還一切費用。
四、三個月以上二年以下之停業。

第四十一條　營造業主任技師，就施工技術有違誤者，應視其情節之輕重，予以左列之處罰：
一、警告。
二、三個月以上二年以下停止受僱。
三、函請原登記機關撤銷其工業技師資格。

第七章 附則

第四十二條 省（市）主管機關處理營造業之登記、升降等級、註銷登記及獎懲事項，應設置營造業審議委員會。

前項營造業審議委員會之組織，由內政部定之。

第四十三條 本規則施行前領有各等級營造業登記證書者，應於本規則發布日起二年內，依本規則之規定，申請換發營造業登記證書，期滿未申請換證者，註銷其原領登記證書。

原領有登記證之獨資營造廠同等級二家以上合併爲一家公司，其換證期限延至六十五年六月卅日，但須於六十四年十月十七日以前會同向省（市）建築管理機關申請合併爲公司。

第四十四條 本規則自發布日施行。

【例三】臺北市市區道路管理規則

臺北市政府(69) 4、21府法三字第一四六三三號令修正

第一章 總則

第一條 本規則依市區道路條例第三十二條規定訂定之。

第二條 本規則所稱市區道路，係指臺北市（以下簡稱本市）行政區域內所有道路，並包括其附屬工程在內。

第三條 本市市區道路由臺北市政府（以下簡稱本府）按業務職掌授權所屬工務局、建設局、環境清潔處及警局管理，其主管業務劃分如左：

一、市區道路之修築、改善、養護及市區道路挖掘、公共設施使用道路、建築使用道路之管理爲工務局。

二、國民或公私事業機構申請興建收費道路或專用道路、公車事業機構營運路線及其沿線使用道路設置站

位、站牌、候車亭、售票亭之核定管理爲建設局。

三、市區道路之清潔維護爲環境清潔處。

四、交通標誌、標線、號誌之設置維護、停車場之管理、道路障礙之處理及其他使用道路之管理爲警察局。前項業務劃分涉及兩個以上單位之事項，由主管單位協調其他有關單位辦理。

第四條　本規則所用名詞，釋義如左：

一、路　基：指承受路面之土壤部份，其幅度包括路基有效寬度，及爲使路基穩定所形成挖、填土之邊坡。

二、路　面：指承受車輛、行人行走部分，在路基以上以各種材料鋪築之承受層。

三、路　肩：指路基有效寬度減除路面寬，所餘兩側之路基面。

四、路　拱：指道路橫向坡度曲線。

五、人行道：指騎樓、走廊、及劃設供人行走之地面、道路與人行陸橋、人行地下道。

六、交通島：指在道路路幅內，爲區分車道或導引行車及行人，所設高於路面之設施。

七、專用道路：指各公私事業機構所興建，專供所營事業本身運輸之道路。

第二章　道路修築維護

第一節　道路修築

第五條　市區道路應依人車分道原則、道路使用性質及交通量等因素規劃適當之路型。

第六條　市區道路主管機關應就市區重要道路，參照左列原則實施道路使用現況調查：

一、依市區道路等級不同，定期實施交通量調查，並加分析及預測。

二、現況調查項目包括幾何設計、路面狀況、行車速率及延誤因素。

三、調查完畢應評定各路段之服務水準，據以作爲規劃及改善之參考。

第七條　市區道路修築或改善，需將各管線及電桿遷移時，道路主管機關應儘早通知該設施物之主管機關籌措所需經費，密切配合辦理。

第八條　各公共設施事業機構埋設於道路之地下管線，應依照市區道路主管機關協調指定之位置，其人孔、水閥盒等附屬設備之頂面應與路面齊平。

第九條　既成道路上原設桿線，因兩側房屋依都市計畫退縮或違建拆除而致妨礙交通市容時，應通知該桿線主管機構限期自行拆遷改善。

第十條　市區道路範圍內施築各項工程，施工地段應設置安全設施，其設置標準另定之。道路狹窄或交通量頻繁之街道，應以夜間施工爲原則。

第十一條　市區道路修築、改善或養護期間，應維護工地四周環境整潔並儘量維持通車，如有管制交通或禁止通行必要，應協調警察局預爲策劃，將管制範圍、繞道路線及期限公告通知，並應設置必要標誌。

第十二條　市區道路主管機關得依公布之路線系統，核定路線及附屬工程，獎勵國民或公私事業機構投資興建，並得向通行或停放之車輛收取費用經營之；其收費標準應經市議會通過。

公私事業機構得擬定路線，申請核定興建專用道路，其管理事宜依專用公路管理規則之規定辦理。

第十三條　國民或公私事業機構自行興建道路，應向市區道路主管機關申請核准並依建築法及有關法令之規定。

前項道路興建完成後之保養維護，得依協議定之。

第十四條　既成道路，土地所有人不得違反供公衆通行之目的而爲使用，道路主管機關並得爲必要之改善或養護。

第十五條　既成道路或都市計畫道路用地，在不妨礙其原有使用及安全之原則下，主管機關埋設地下設施物時，得不徵購其用地，但損壞地上物應予補償。

第十六條　市區道路修築或改善，土地所有人願無償提供土地者，應將該土地地價扣除後核算工程受益費。如該道路使用土地全部由土地所有無償提供者，免徵工程受益費。

第十七條　市區道路主管機關對轄區道路，應負責經常養護以保持各項設施之完整，遇有災害或意外毀損，應迅速檢修，以維暢通。

第二節　道路養護

第十八條　中央分配本市之汽車燃料使用費，除必需之交通安全、教育宣傳費用外，應悉數撥充道路養護經費；如有不足時，並由本府核定經費編列預算辦理。

第十九條　道路養護工程應以自辦爲原則，如確因工程數量較大，設備不足，或必須爭取時效者，得僱工或招商辦理。

第二十條　跨越本市與臺灣省界之橋樑、隧道，其養護責任按東橋（隧道）西管、南橋（隧道）北管之原則予以區分，並由雙方協議之。

第二十一條　爲養護道路，對左列情事得予限制或禁止：

一、路基邊坡墾殖。

二、在高級路面行駛鐵輪車輛。

三、在橋樑上下游一五〇公尺以內河川用地採掘砂石。

四、總重超過道路設計承載力車輛之行駛。

第三節　路基、路肩、路面

第二十二條　改善或翻修路基、路肩、路面時，應分段或分邊施工，儘量維持通行，其維持行車部分之車道，應設明顯標示，並注意相鄰處之安全。

第二十三條　原有道路加鋪新路面時，應注意路拱及側溝進水口排水情形。埋設於道路之地下管線、人孔、水閥盒等附屬設施，施工單位應通知原敷設單位同時配合改善，使其頂面與路面齊平；必要時得由施工單位代辦施工，所需費用由敷設單位負擔。

第四節　排水設施

第二十四條　修築或改善道路時，其兩側現有排水溝渠，應儘量納入道路排水系統宣洩。

第二十五條　市區道路範圍內私有溝圳，道路主管機關基於公共交通或環境衛生等需要，得加以改善，但以不妨礙其效能為限。

第二十六條　道路排水系統，主管機關應隨時派員檢視，其有被占用、阻塞、堆置雜物或設置有礙疏濬之物者，應取締之。

第五節　橋樑、涵洞、隧道、地下道

第二十七條　橋樑、涵洞、隧道、地下道各部結構及功能，主管機關應隨時作必要之維護與改善，每年至少應作安全檢查一次。

第二十八條　市區內新建橋樑、涵洞、隧道、地下道時，應事先通知各有關公共設施事業機構，提出需要預留之設施位置或加設必要之結構計畫，並協商辦理；因此所增加之費用，由各該事業機構負擔。

第二十九條　公共設施需要通過隧道者，應以地下通過為原則，但經道路主管機關認為不影響隧道安全、換氣、照明、淨空及觀瞻者，得准其附設於隧道壁面。

第三十條　市區交通頻繁地區，得視需要設置人行陸橋或人行地下道。

人行陸橋或人行地下道得視需要與相鄰之建築物接通，但應符合建築法及建築技術規則等有關規定；人行地下道應有通風、照明及排水設備。

第六節　人　行　道

第三十一條　道路兩側人行道應緊靠建築線修建平整。

第三十二條　騎樓及無遮簷人行道應予打通或整平，不得擅自圍堵使用。

第七節　道路之綠地、行道樹

第三十三條　道路之綠地、路肩及人行道內，得視需要栽植樹木、花卉或草皮，其周圍並得設置適當護欄。

第三十四條　同一路段應栽植同一樹種行道樹，如路段過長，得分段栽植不同樹種，均以整齊美觀爲原則。

新植之行道樹，得設置堅實護欄或樹架加以保護。

第三十五條　道路之綠地、行道樹設施，應經常派員巡視，如發現損害、枯萎或成長不佳者，應加修護或補植完整；並應注意修剪，不得妨礙行車視線。修剪之樹枝葉雜草，應隨時清運。

第三十六條　騎樓、人行道之行道樹，其臨街住戶或公私事業機構，應協助保養。

前項保養包括灑水、施肥、除草、傾倒扶正及將損毀案件報警或通知主管單位處理等。

第三十七條　市區道路兩旁得由臨街住戶或公私事業機構種植樹木花卉，並負責保養；其種植位置、樹種及形態等應由主管機關會同勘定。

第三十八條　道路之綠地、行道樹設施，不得任意毀損、遷移、擅自使用、踐踏通行或堆置砂石、垃圾等雜物。

第八節　路　燈

第三十九條　路燈設施應依屋外供電線路裝置規則及其他有關法令規定辦理。

第四十條　裝設路燈之燈種，以白熱燈、日光燈、水銀燈、鈉光燈爲原則。

第四十一條　新設之路燈，每一路段應裝設同一燈種、燈桿、燈具及高度，並得視路段發展情形分段裝設。

第四十二條　裝設及維護路燈現場作業人員，應經電匠考驗合格者，始得擔任。

第四十三條　照明設施之玻璃燈罩等，在一般情形下每年應清洗兩次；在工廠集中地區或陸橋下、地下道內，應按實際需要增加清洗次數。

第四十四條　燈具、管制機具，應經常巡視檢查，燈泡損壞或照明度不足時，應隨時換新。

第九節　附　屬　物

第四十五條　市區道路之擋土牆，應由道路主管機關經常派員巡視，妥加維護；其他道路邊緣之擋土牆屬於私有者，應由業主維護。

第四十六條　新闢道路，主辦工程單位應視發展需要，事先通知公車事業機構，申請預留公車站位置。

第四十七條　既成道路，公車事業機構新設或增設公車站時，應事先將計畫設置地點及位置平面圖樣，送經建設局會同警察局勘定後設置之。

前項公車站應由有關公車事業機構維護，不得妨礙市容觀瞻。

第四十八條　人行道與慢車道間之側溝緣石，不得任意破壞；亦不得爲車輛之出入擅行設置各種設施。

第三章　交通工程設施與管理

第一節　標線、標誌、號誌

第四十九條　市區道路交通標誌、標線、號誌之設置，應依道路交通標誌標線號誌設置規則之規定。

第五十條　既成市區道路之交通標誌、標線、號誌，應由警察局負責設置與維護，新闢及拓寬道路之號誌應由主辦工程單位將所需經費撥由警察局辦理。

第二節　交通島

第五十一條　交通島之配置，應以導引行車路線自然與方便為原則。設有交通島之交叉路口，其長度以便駕駛人逐漸改變其行車速率為準。

第三節　護欄

第五十二條　市區道路得視需要設置永久性或臨時性之行人護欄或行車護欄。

第五十三條　行人護欄應設於左列地點：

一、行人跨越易生危險之路口。

二、設有人行地下道或陸橋之處。

三、需限制行人來往以加速交通流暢之處。

四、其他易使行人發生危險或需防止行人跨越之處。

第五十四條　行人護欄應設於人行道邊緣緣石之內側，或交通島之上。

第五十五條　護欄由工務局負責隨時整修、擦洗、油漆，以保持完整。

第五十六條　護欄不得擅自使用或損毀，並禁止跨越。

第四節　停車場、招呼站

第五十七條　市區道路範圍內，得設置收費停車場。

第五十八條　路邊公共停車場，由警察局負責規劃管理。

第五十九條　計程車招呼站，由警察局會同有關單位視實際需要設置。

第四章　道路之使用與管理

第一節　道路挖掘

第六十條　市區既成道路或已列入都市計畫但未完成之道路，不得變更現況佔用或破壞；如因管線新設、拆遷、換修或其他使用，或挖掘路面時，應先向工務局申請許可。

第六十一條　各管線機構因管線新設、拆遷或換修申請使用道路時，應將該機構在該路段之所有桿線一併計畫埋設地下。

第六十二條　申請挖掘道路，應繳納路面修復工程費；經准許自行修復者，應負責保固一年。

第六十三條　市區道路新建、拓寬完成三年內，或翻修、改善完成六個月內，除情形特殊經核准者外，不得申請在各該道路內挖掘使用。

前項經核准挖掘使用者，得視實際情形由挖掘使用人負擔挖掘地段路面整修費用。

第六十四條　本市道路挖掘埋設管線管理辦法另定之。

第二節　建築使用道路

第六十五條　建築工程使用市區道路，應依建築法及其他有關法令規定。但道路主管機關與辦公共設施時，應即無條件回復原狀停止使用。

第六十六條　建築工程施工，應維護附近路面、溝渠、人行道紅磚、路燈、行道樹及護欄等公共設施之完整，並負損壞修復之責任，其損壞情形嚴重，有礙公共安全或環境整潔者，應即由起造人或承造人向各該主管機關繳費代爲修復，工程完工時並應通知各該主管機關勘驗。

第三節　公共設施使用道路

第六十七條　各種公私事業機構設施物，非經申請許可，不得佔用道路。

第六十八條　凡使用道路設置左列各種地上地下設施時，應向主管機關申請許可：

一、電力（信）桿（塔）、變電櫃，以及類似之公共設施。

二、自來水管、雨水管、污水管、煤氣管、電力管、電信管、電視電纜管、油管、共同管溝、人行地下道、地下商場、地下室、地下停車場等設施。

三、高架道路下之辦公室、店舖、倉庫、停車場等設施。

四、鐵路及其附屬設施。

第六十九條　申請使用道路，應填具申請書，載明左列事項：

一、使用道路之目的、期限暨使用地點、範圍及計畫圖說。

二、設施之構造。

三、工程施工方法。

四、施工期限。

五、修復道路方法。

前項申請書所載事項，如有變更時，應向主管機關提出變更申請。

第七十條　使用道路之設施，如在路面或其上空，應依左列規定：

一、應儘量靠路邊或人行道，但對交通及景觀無顯著妨礙時，得設置於交通島、圓環及其他類似之位置上。

二、懸空設施之下端，與路面拱頂之淨空不得少於四・六公尺。

三、不得設置於道路交叉口、接續點或轉彎處地面。

第七十一條　市區道路地下埋設物之頂面，距市區道路計畫人行道或路面之深度，規定如左：

一、在人行道下時，不得少於五〇公分。

二、在巷道下時，不得少於七〇公分。

三、在快、慢車道下時，不得少於一二〇公分。

前項地下埋設物，因情形特殊，且結構計算事先經主管機關同意者，其埋設深度得不受第三款之限制。

第七十二條　前條埋設深度應考慮使地下埋設物具有足夠之外壓强度，以承受道路施工中之壓路機重量與完工後車輛之輪重。

第七十三條　在尚未開闢之都市計畫道路線或於都市計畫道路開闢前已有之暨成道路，埋設地上、地下公共設施時，應事先與主管機關協商決定其位置及深度。

第四節　道路障礙及清理

第七十四條　道路旁水溝之清理孔及陰井蓋，不得私自掩蓋或堵塞妨礙清掃。

第七十五條　載運建築材料或廢土之車輛離開工地時，應將附著於車輛之泥土除淨，或在裝車之工地行車處舖以鐵、木板，其有沿路遺落者，應負責清理乾淨。

第七十六條　其他有關道路障礙之處理及道路清潔等事項，應依道路交通安全規則、廢棄物清理法及廢棄物清理法臺北市施行細則等規定辦理。

第五章　罰　則

第七十七條　違反本規則有關規定者，依市區道路條例、建築法、道路交通管理處罰條例、違警罰法及其他有關法令處罰之。

第六章　附　則

第七十八條　本規則所需書表格式，除另有規定外，由主管機關定之。

第七十九條　本規則自發布日施行。

【例四】臺北市政府　工程處施工說明書總則

臺北市政府（71）25府工三字第〇四七七〇號修正函

一、本施工說明書，及其所附之施工細則，補充施工說明書，均爲本工程合約之一部分，但補充說明書之效力優於一般說明。

二、標單係包括詳細表，及單價分析表，但單價分析表之工料分析數量及金額，僅作參考之用，施工時仍應依照圖樣，說明書，及工程司之指示辦理。

三、圖樣係包括合約所附之設計圖，及一切隨後陸續所發給之各項施工詳圖。

四、其他承造人，係指本合約承造人以外之其他廠商，與本處訂有合約，承辦與本工程有關之另一部分工程，或臨時裝置者。

五、小包係指與承造人訂有契約，或有口頭約定，按照圖樣說明書，承包本工程之一部分工作，但與本處無直接契約關係，凡專供材料，而不負責施工者，不稱爲小包。

六、凡本處所發有關本工程之函件，無論簽送掛號郵寄，或用其他方法遞送，承造人均應切實遵照辦理。如有異議，應於規定期限內用書面提出理由，倘無期限者，應於文到七日內用書面提出理由，否則卽認爲已予同意。

七、本工程施工說明書，合約條款，圖樣，與標單等，如遇不符，或有疑問之處，應卽詢問，並遵照監督工程司（以下簡稱工程司）之解釋辦理。工程項目及數量以標單中之詳細表圖說爲準，工程結算方式，分爲左列二種，按合約規定辦理。

㈠實做數量結算：本工程屬於永久性之工程項目及數量如有增加減少或漏列，得按實做數量計算。但爲工程習慣上不可缺者，承造人應依照工程司之指示辦理，不得藉詞推諉或要求加價。

㈡合約總價結算：本工程之項目及數量，如有增減或漏列，依合約總價估算者，均不得調整。但變更設計者，其變更部分之工程費，得依合約第六條規定辦理。

八、工程司視工程進行之需要，得隨時發給各項施工詳圖，承造人應卽照做。

九、圖樣如有不明晰之處，應以工程司之解釋爲準。圖樣上之尺寸，除特別註明者外，均爲公制，並以註明之數字爲準。未註明數字之處，不得以比例尺估量施工。如因草率從事，致與設計原意有不符時，承造人須負責將不符部分拆除重做。

十、凡工程之某部，見於各種縮尺不同之圖樣上者，皆以本處或工務所發給之最詳細之圖樣爲準。

十一、爲工程上之需要，工程司得着承造人供給各該需要部分之足尺大樣，由工程司核准後再進行工作。但該項大樣如與施工說明書，及圖樣有不符之處，承造人應先聲明，否則雖經工程司核准，仍應由承造人負其責任。

十二、工程司有督察工程之進行，核准各項材料是否合用，審察各項工作是否合格之責任，惟工程自身優劣之責任，仍由承造人負之。

十三、承造人於開工時，應塡具開工報告，以後並應塡具工作報表。其內容包括工人動態，工程進度，材料機具進場使用及運離等情況，依照工程司規定之時間及格式，塡送工程司查核。

十四、本工程之施工步驟、施工方法、工地佈置、設備等，均須事先徵得工程司同意辦理，如有中途變更，亦應得其同意。

十五、本工程如因收購土地、申請水權、拆遷建築物、遷移墳墓、電力、電訊，或給水設備等障碍物，或因變更設計，或因本處供給及外購材料機具遲延運到，或其他原因，影響部分或整個工程之進行時，得按實際情形，核定免計工作天數，或核定展延工作天數。惟承造人仍應於該原因消失後，全力趕辦，不得因此提出賠償損失，或停工結算等要求。

十六、承造人於開工前，應相度地形，開挖水溝，排洩雨水，或其他原因所積存之水，以免影響施工，及損毀材料機具。

十七、本工程應儘量接裝臨時水電，以供工程上之應用，所有一切裝設手續及費用，均由承造人負責。如工程地點附近，無水電幹線，經工程司之查驗核准，方得使用其他動力或用水。

十八、爲維持工地安全，防止盜竊，或依照地方主管機關之規定，承造人應在路邊及鄰地界，或經工程司指定之地點，圍築臨時圍牆，按工期之長短，及環境情況，依照指示，做鋼板圍籬、鐵絲圍牆、竹圍牆或木板圍牆，但如在特殊情形下經工程司同意免做者，不在此限。

十九、在建築基地範圍內，所有地面妨碍施工之損毀及廢棄物，如籬柵、樹幹、樹根、亂草、垃圾、石塊等，承造人必須將其清除出場，但不妨碍建築物或道路之樹木，不得隨意砍伐，工程進行期中，承造人應照工程司之指示，隨時派工清理工地，保持清潔。

二十、承造人應依主管機關規定，視工程之規模，搭建穩妥及足數應用之鷹架及跳板，以便施工及察看工程之用。搭建鷹架，除事先許可者外，均不得依靠牆壁或模板。凡可能影響行人安全或其他需要時，鷹架外面，應照規定，以安全圍籬圍住。鷹架護網用二十號鍍鋅鐵絲搭造，並應經常派員巡查，以昭鄭重。如發生意外事件，由承造人負其全責，如發生國家賠償法事件時，甲方仍得依法向承造人求償。鷹架之樓梯，必須用木樑，並應將踏板，防滑小木條，及兩側扶手裝設齊全。

二十一、在本工程進行期中，承造人對於鄰近房屋或其他產業應善加保護，如因本工程之進行，致發生損壞或坍塌等情事時，承造人應負修理及賠償之責。如發生國家賠償法事件時，甲方仍得依法向承造人求償。承造人應依道路交通標誌、標線、號誌設置規則及本府規定，設置一切足以預防公衆危險之設備，如仍發生危險事故，均由承造人負完全責任。

二十二、承造人負有襄助其他承造人各種工作之義務，倘有必須穿鑿挖掘，以配合其他承造人各項工作之處，應得工程司同意後，立即辦理，事後並應依工程司指示之方法修補之。承造人或其他承造人之工作，如因延遲或錯誤，致發生不必要之措施時，則所有該項穿鑿挖掘及修補之費用，皆由延誤方面負擔。

二十三、凡工程完成後，在外面不易察看之工作，於其施工時，應有工程司在場監督辦理。

二十四、本工程於進行至某一階段，如地基放樣、基槽挖掘、模板支架、鋼筋紮放、及模板拆除等，承造人均須報請工程司查驗，經認可後，始准繼續進行次一步工作，如按規定須報請當地工務機關查驗者，應由承造人負責隨時前往申請辦理。

二十五、本工程如包括拆除或挖掘屬於本處或有關機關之建築物或設備時，承造人應事先與本處商妥施工程序。拆下之物料，應依照規定辦理，或全數繳還本處，如有損壞遺失，應負賠償之責。

二十六、如因便利施工而有應暫時遷移或改道地上或地下物時，應由承造人設法暫時改道或移置，完工後恢復原狀。其費用概由乙方負責。

二十七、施工期間，如發現埋藏物品，除依國有財產申請掘發打撈辦法規定處理外，承造人須立即報告工程司，並照其指示辦理，不得任意處置。

二十八、本合約除另有規定外，承造人應承辦本合約全部人工、材料、以及爲完成本工程所需之一切物品機具。

二十九、承造人所雇人工皆須上等熟練工人。遇有特殊工作時，應聘請各該項工作之專門人才充任之。

三　十、承造人所招請之工人，如技術低劣，不聽指揮，或工作遲緩，經工程司通知撤換，承造人應即照辦。

三十一、工程開工時，應由承造人先行搭蓋材料庫、工作棚等，以便工人住宿及堆放材料機具之用，其地點及構造，應先徵得工程司之同意。

三十二、所有材料除另有規定外，皆須新料，遇必要時，工程司得令承造人提出各項材料之確實來源、品質、及價格之證件。

三十三、各項材料，皆應先將樣品送請工程司核准，並暫予保管。將來工程上所用材料，皆須與核准之樣品完全符合。

三十四、規定由本處供給之各項材料，均按合約規定數量、指定地點或倉庫發給。承造人一經具領，不得請求更換，即須負責妥爲保管，謹愼使用。如因保管欠週，使用失愼等原因，致有數量短少，或如搬運中損壞遺失，或中途變換等情事，應由承造人負責賠償補足，不得要求補發或退換。材料遷入工地後，須經工程司之點驗。嗣後逐日使用，須列表報告工程司，並隨時接受其查核。各項供給材料如有賸餘，承造人應負責完好交還本處指定地點。（工地附近）如有不足，除因變更設計或合約另有規定外，應由承造人負責補足之，本處不另補發。供給材料之包裝用具，水泥紙袋、柏油桶、防剎劑鐵桶、木箱等，承造人應於使用材料後交還本處。如有不按規定開啓，因而損壞或遺失者，承造人應照價賠償。本處供給材料應按本處通知之時間適時具領保管，承造人不得拒領，材料儲存之場地應由承造人自行準備，並經工程司之同意後辦理。供給鋼筋剪裁賸餘之廢料，應全部繳回本處，其繳回數量，最少不得低於總供應量百分之三，不足百分之三者，其不足量應按本處最近標售之廢短鋼筋單價折價補足。

三十五、材料存放，必須整齊有序，不得妨碍任何工程之進行。所有應保持乾燥，或避免日晒，或其他重要之材料，無論本處或承造人自備者，均應遵照工程司之指示，搭蓋合適之倉庫儲存。危險物品，應另行擇地建庫存放。

三十六、工地上所有材料、鷹架、支撐、及機具等，非經工程司之許可，不得擅自運離。不合格之材料，須立即運出工地。如經屢催不辦時，本處得代爲運離，如有散失，本處概不負責，所有費用由承造人負擔，並得在未付款內扣除之。

三十七、各項材料之强度、成分、性質等，工程司認爲有施行試驗之必要時，承造人應將各該材料送往指定機關試驗，所有費用歸承造人負擔。

三十八、承造人應適時備妥各種機具，配合施工。必要時承造人須依照本處規定之機具表，配備齊全，並隨時接受工程司之查驗。

三十九、規定由本處撥借之機具，由承造人按規定數量及規格，向本處倉庫具領，自行運至工地安裝使用，此項機具，無論使用前之修理，及使用時之修理養護等，其費用概歸於承造人負擔。使用完畢後，並應完好歸還，負責送至指定倉庫。上項撥借之機具，如有損失、或損壞無法修復時，承造人應卽照原物，或經本處核定同等品質之機具賠償。

四十、承造人對於本工程應負一切安全責任。在工程未經驗收接管以前，所有已成或未成之建築物、附屬設備，以及供給之材料，租用之機具等，皆歸承造人負責保管。工程上如有差誤或遺漏，無論其爲承造人或其小包或其工人之過失所致，皆由承造人負完全責任。

四十一、工程進行時，工場內一應材料及已做工程，應由承造人向殷實可靠之保險公司投保火險，其數目視工程之進行逐漸增加，如數保足。保單悉交由工程司代爲執管，如承造人不願投保是項火險，則如遇火警，遭受損失，不論工程完成至何種程度，或估驗計價之多寡，均應由承造人負責賠償或修復。

四十二、如承造人所僱之員工或第三者，因失愼或故意，致發生死傷或損壞已做工程或進場材料時，概由承造人負責撫卹或賠償，與本處無涉。

四十三、如承造人有使其他承造人，或其他承造人有使承造人，因本工程而受損害時，此項損害，應由行爲人自行負責向受損害人料理清楚。若本處因上項損害而被控訴，肇致損害之行爲人應代表本處進行訴訟，一旦敗訴，其一切損失概由行爲人負擔。

四十四、承造人除應遵守本工程合約所載明之各項規定外，並應遵守本工程所在地之一切管理建築之法規、公共衞生、社會治安，及其他有關之法令規定。

四十五、工程司有解決及處理一切關於工程上之疑問與爭執，及關於承造人與其他承造人間一切糾紛之責任，並須於最短時間內處理之。

四十六、合約訂定之總價，除合約規定之供給材料或撥借之機具外，應包括全部工程所需之工料機具（包括規定由本處租借之機具之一切費用）開支、雜費、稅捐、保險及承造人之利潤等在內，一經簽訂，將來無論滙兌之漲落，稅則之更改等，對於標單詳細表所定各項單價，雙方均不得藉詞要求增減。惟如施工期間物價發生鉅額波動時，得按本合約書第四條規定辦理。

四十七、凡因辦理本工程致發生之各項稅捐，及應用機具之租費、水費、電費及電話費等，均應由承造人負擔。

四十八、下列各項費用，除特別規定者外，均由本處負擔：

㈠因本工程施工而挖掘原有完好之道路時，修復該項被挖掘部分路面之費用。

㈡妨礙本工程施工之地上物，地下管線及暗渠拆遷及修復費用。

㈢因完成本工程所必需之電力線路補助費、接戶費、及自來水管線費及接管費等。但如因工棚、施工機械所需之上列費用，仍由承造人負擔。

四十九、本處依合約內訂定造價，依照規定方式，分期付給承造人，至付足全部造價爲止。但本處逐期估驗付給承造人之款項，不能視爲該期已成建築物等之代價，亦不能視爲已成建築物，已經檢驗滿意。

五　十、每屆合約規定估驗計價日期，工程司應依照規定，接受承造人之申請，將該日期以前完成之工程，估驗計價。惟承造人應於屆期攝備照片（三吋以上）各四張⑴施工前⑵施工中，每種工程至少一次⑶完成後，附入計價單內，證明該部工程之確已完成。

五十一、工程已屆估驗計價日期，如發現有左列情事之一者，得予暫停發估驗款，或扣留一部分款項，至承造人將該事故處理至工程司滿意爲止。

㈠工程或材料有不妥之處，經工程司通知更改或掉換，而延不履行者。

㈡承造人派駐工地之負責人，未能稱職，以致工地秩序紛亂，施工草率，漫無計畫，經通知更換，而承造人延不履行者。

㈢工作遲緩，不能依照預定進行，經通知改進，延無績效者。

㈣保證人中途失其保證能力，或自行申請退保後，承造人未能覓保更換者。

㈤工程司囑辦本總則十三、三十、三十二、三十七、五十三各項規定，或其他重要事項，承造人延不履行者。

五十二、工程完工後，承造人須將工地剩餘材料、廢土、垃圾等運離工地並整平，同時應將工作棚、材料房等拆除，修復損壞之公共設施。如屬建築工程，並應將其內外窗玻璃、水溝、水池等，清掃洗拭乾淨。

五十三、本工程已完成之工作，工程司認爲其性質或成分有疑問時，得施行檢驗。承造人應卽在工程司之監督下，做各種有關之試驗，或截取樣品，送經指定試驗機關試驗，所有費用，由承造人負擔。

五十四、工程驗收時，如驗收人員認爲有開挖或拆除一部分工作，以作檢驗之必要時，承造人不得推諉，並應於事後負責免費修復，如發現與圖樣或施工說明書有不符之處，其可修理改善部分，限期修理，其無法修理改善部分，限期拆除重做。倘承造人不如限辦理，本處除按逾期之日數，每日按合約總價罰款千分之二外，並得代爲辦理，其費用概由承造人負擔。

五十五、工程完工結算後，如須辦理退料者，承造人應在一週內依規定辦妥退料手續，倘承造人不如限辦理，本處得由工程尾款扣除，如倘有不足，得追由保證人負責繳償，並報請主管機關懲處。

五十六、承造人如欲將本工程內某一部分工作，轉包與專門承做該項工作之小包，應先將該小包之名號、履歷及轉包工程價值，於事先陳報工程司，得其同意。工程司因充分理由，對於該小包不能滿意時，得拒絕之。

五十七、小包所做之工程，及一切行爲，由承造人對本處完全負責。

五十八、承造人對小包，無論簽有正式合同與否，應責令其遵守本工程合約之規定，但本處對小包不負任何責任，亦無直接付款與小包，及監督承造人付款與小包之義務。

五十九、承造人應遵照勞工安全衞生法及其施行細則暨營造安全衞生設施標準等有關法令規定切實辦理。

六　十、本說明如有未盡事宜，得由工程司視工程之性質，以書面或口頭，通知承造人辦理之。

【例五】工程受益費徵收條例施行細則

行政院62 7 11臺六十二內五八九七號函核定
六十二年十一月十七日
內政部、財政部、經濟部、交通部會同公布

第一章　總　則

第一條　本細則依工程受益費徵收條例（以下簡稱本條例）第十九條之規定訂定之。

第二條　本條例所稱直接受益之土地及其改良物，係指土地及定着於該土地之建築改良物。

第三條　本條例第二條所稱道路，係指公路、市區道路及其必要之附屬設施。

第四條　本條例第二條所稱橋樑，係指市區道路及公路之橋樑、市區之高架道路及聯接公路之橋樑。

第五條　本條例第二條所稱溝渠，係指下水道系統之溝渠及其必要之附屬設施。

第六條　本條例第二條所稱港口、碼頭，係指供客貨運輸船隻及漁船使用之商港及漁港等工程設施。

第七條　本條例第二條所稱疏濬水道，係指疏濬可通航之河道或疏濬專供排水之水道。

第八條　本條例第二條所稱其他水陸等工程，係指因推行都市建設，提高土地使用，便利交通或防止天然災害，而於本條例第二條未列舉而有實際需要之工程。

第九條　本條例第三條所稱工程興建費，係指土地地價補償費、土地改良物補償費及工作費以外之工程規畫、設計、施工等一切有關費用。

第十條　本條例第三條所稱工程用地徵購費及公地地價，係包括公私有土地地價補償費、土地改良物補償費及工作費。

第十一條　本條例第三條所稱地上物拆遷補償費，係包括各種建築改良物、管、線、桿、地下埋設物之拆遷補償費及工作費。

第十二條　本條例第十三條所稱同性質之工程，係指本條例第二條所列工程種類之同類工程。

第二章　徵收辦法

第十三條　各級地方政府徵收工程受益費，其徵收辦法應與工程計畫經費預算同時送請各該民意機關審議。但以車輛船舶為徵收辦法得與工程計畫經費預算分別辦理。

第十四條　前條徵收辦法，應包括左列事項：

一、工程名稱及概況。

二、受益範圍與受益等級之劃分。

三、徵收標的。

四、徵收標準、徵收費率及數額。

五、徵收期限。

六、徵收方式。

七、受益費之處理。

八、其他特殊狀況記載與說明。

前項第二款於以車輛、船舶為徵收標的者，不適用之。

第十五條　工程受益費以車輛、船舶為徵收標的者，各級政府為調節交通流量或增建其他有關設施之目的，經各該民意機關審議後，得調整工程受益費之費率或徵收之時間。

第三章　市區道路工程

第十六條　本細則所稱市區道路，係指依市區道路條例規定之道路。

第十七條　市區道路之附屬橋樑及市區道路內之溝渠、下水道等工程得併入市區道路工程，計徵市區道路工程受益費。

第十八條　市區道路工程之工程計畫，應包括左列事項：

一、工程位置、起迄點、長度、寬度及面積。

二、工程標準。

三、工程期限。

四、工程估價。

五、工程規劃圖說。

六、其他。

第十九條　各級政府辦理新築或改善市區道路工程，應向該道路兩旁直接受益之公私有土地及其他改良物徵收工程受益費。

第二十條　市區道路之陸橋及人行地下道工程得不徵收工程受益費。但在市區道路系統中為疏導交通而專設之高架或地下之長程道路，得向通行該等道路設施之車輛徵收工程受益費，其工程受益費之徵收準用第四章有關之規定辦理。

第二十一條　市區道路新築或改善工程，其受益範圍之認定，依左列之規定：

一、沿道路之境界線或道路部分之端線為受益線。

二、市區道路新築（包括新闢、拓寬、打通等）工程，其受益範圍，在路寬四十公尺以下者，為沿道路境界線，自該線起垂直深入至等於該道路寬度五倍以內所包括之地區。其路寬在四十公尺以上者，仍以路寬四十公尺之標準計算其受益地區。

三、市區道路改善工程，其受益範圍爲沿道路境界線，自該線起垂直深入四十公尺以內所包括之地區。

四、在市區道路之終始端，其受益範圍，爲以道路中心線與端線之交點爲圓心，以垂直深入之長度與半徑所作之半圓地區。（詳附圖）前項第二款至第四款之受益地區稱爲受益面。

第二十二條　市區道路新築工程受益線與受益面，負擔工程受益費總額之比例規定如左：

一、受益線負擔總額百分之二十。各土地依其臨接受益線之長度分擔受益線之受益費。

二、受益面之負擔分爲左列三區：

(一)第一區：沿道路境界線自該線起垂直深入至等於路寬之地區，負擔百分之四十。

(二)第二區：沿第一區邊線，自該線起垂直深入至等於路寬兩倍以內之地區，負擔百分之二十五。

(三)第三區：沿第二區邊線，自該線起垂直深入至等於路寬兩倍以內之地區，負擔百分之十五。

(四)市區道路之終始端地區受益面負擔比例，比照第一、二、三區辦理。

前項第二款各區內之土地分別依其所有土地之面積，分擔各區之受益費。

第二十三條　市區道路改善工程徵收工程受益費，其受益面不分受益等級區，其工程受益費總額之負擔比例，爲受益線與受益面各爲百分之五十。

第二十四條　臨近道路距離過小而同時辦理之工程，致受益面發生重疊時，就其重疊部分之中線劃定等分線，各就其等分線之間所包括之土地面積，計算其受益面。

第二十五條　市區道路工程因路線過長時，得依左列情況將道路劃分，分段計徵工程受益費：

一、依工程施工標準之不同（如新築、拓寬、打通、翻修等）之分界線爲分段線。

二、依道路寬度不同爲分段線。

三、因河川、大排水明溝、鐵路、橋樑等爲分段線。

四、依地價有顯著差異之分界線爲分段線。

第四章 公路及橋樑工程

第二十六條 本細則所稱公路，係指國道、省道、縣道及鄉道。

第二十七條 各級政府興建或改善之公路、橋樑，合於左列條件之一者，得向使用該項工程設施之車輛徵收工程受益費：

一、因財力不足而以貸款方式籌措者。

二、接受贈款或貸款附有收費條件者。

三、在同一起訖地點間，另闢新線，可使通行車輛受益者。

四、屬於同一交通系統，與既成收費之公路、橋樑並行者。

第二十八條 公路工程之徵收受益費者，其間之橋樑不得另行收費。

第二十九條 公路及橋樑工程之工程計畫，應包括左列事項：

一、工程位置、起迄點、長度、寬度及面積。

二、工程標準。

三、工程期限。

四、工程估價。

五、工程規劃圖說。

六、交通量之預測及其可能發展之趨勢。

七、通行車輛之受益情形。

第三十條　公路及橋樑工程受益費之徵收費率，應按使用該項公路、橋樑之車輛種類及其受益情形等分別計算。但每次徵收費額不得大於通行車輛之受益額，車輛種類不同而其受益程度相同者，得按同一標準收費。

第三十一條　公路及橋樑工程之收費年限，應依左列因素計算：

一、各類車輛收費標準。

二、每日交通量及未來之成長率。

三、工程費總投資額。

四、工程費利息及利潤之估計。

五、養護費及管理費之估計。

前項收費年限已屆，未能收足應收同之費用時，得請求延長之。

第三十二條　公路橋樑工程受益費之徵收，應設置收費站辦理，其中公路部分並得視其長度分段設站辦理。

第三十三條　徵收工程受益費之公路或橋樑，在收費期間養護及管理所需費用，在所收工程受益費項下開支。

第五章　溝渠工程

第三十四條　溝渠工程之工程計畫，應包括左列事項：

一、工程位置、地區、面積及管線長度。

二、工程標準。

三、工程期限。

四、工程估價。

五、工程圖說。

六、工程排水效益。

七、其他。

第三十五條 溝渠工程之受益範圍，以該溝渠工程規劃之區域為範圍，向區內之土地及其改良物徵收工程受益費。

第三十六條 溝渠工程受益範圍內之土地，各依其所有土地之面積與受益範圍總面積之比率，計算其應分擔之工程受益費。

第三十七條 溝渠幹線工程，其非屬地區性之受益者，得免徵工程受益費。

前項所稱幹線，依工程規劃功能認定之。

第三十八條 依工程規劃其同一區域面積內之溝渠，分期施工時，得擬具整體計畫配合工程之實施，分期徵收工程受益費。

第六章 漁港工程

第三十九條 本細則所稱「漁港工程」係指漁港港口、碼頭及其必要之附屬設施之興建、改善、浚渫等工程。

第四十條 漁港工程之工程計畫，應包括左列事項：

一、工程位置、範圍、項目。

二、工程標準。

三、工程期限。

四、工程估價。

五、工程規劃圖說。

六、工程計畫效益。

七、其他。

第四十一條　漁港工程受益費向使用該港之本籍或寄籍動力漁船及交通船徵收，其徵收標準由縣（市）政府定之。

第七章　水庫工程

第四十二條　水庫工程之工程計畫，應包括左列各項：

一、工程位置、水壩、高度、蓄水量及工程目標。

二、工程標準。

三、工程期限。

四、工程估價及本益分析。

五、工程規劃圖說。

六、水庫供水分配營運準則。

七、工程各目標之效益比例及其受益範圍。

八、其他。

第四十三條　水庫工程之灌溉目標受益部分或灌溉專用水庫，其工程受益費之徵收，以受益範圍內之土地爲對象，向該土地所有權人、典權人或公地承領人徵收之。

第四十四條　水庫工程之防洪目標受益部分或防洪專用水庫，其工程受益費之徵收，準用第八章堤防工程有關之規定辦理。

第四十五條　水庫工程之受益範圍及各工程目標，負擔工程受益費總額之比例，依工程規劃功能定之。

第四十六條　水庫工程因其經營運準則變更時，得依本條例第六條第一項之規定重行公告其受益範圍及分擔受益費額。

第八章　堤防工程

第四十七條　堤防工程之工程計畫，應包括左列事項：

一、工程位置、起迄點、長度及橫斷面。

二、工程標準。

三、工程期限。

四、工程估價。

五、工程規劃圖說。

六、工程效益及受益範圍。

七、其他。

第四十八條　堤防工程之受益範圍，係指經核定之堤防工程計畫保護之區域。

第四十九條　堤防工程受益費，以工程受益範圍內直接受益之土地及其改良物為徵收對象向土地及其改良物所有權人、典權人或公地承領人徵收。

第五十條　堤防工程依該工程計畫預期發生之效益及以往洪水災害情形劃分等級，按各級效益差別程度，訂定其應分擔受益費總額之比例，各級中各依其所有土地面積與該級總面積之比率計算其應分擔之工程受益費。

第五十一條　前條所稱以往洪水災害，係指受益區域之土地及其改良物所受浸水深度、頻率及時間，無洪水災害紀錄可查者，得依工程計畫洪水量及所在地位地形推算或不分等級平均收費。

第九章　疏濬水道工程

第五十二條　疏濬水道之工程計畫，應包括左列事項：
一、工程位置、工程數量。
二、工程目標。
三、工程標準。
四、工程期限。
五、工程估價。
六、工程規劃圖說。
七、工程效益。
八、其他。

第五十三條　多目標之疏濬水道工程徵收工程受益費，其徵收對象及負擔比率依工程計畫目標及功能分別訂定。

第五十四條　疏濬水道工程以航運爲主要目的者，其工程受益費向船舶徵收；以排水爲主要目的者，向該水道計畫區域原浸水區域之土地及其改良物徵收。
前項以土地及其改良物爲徵收對象者，準用本細則第八章堤防工程有關之規定辦理；以船舶爲徵收對象者，其徵收標準由縣（市）政府定之。

第十章　徵收程序

第一節　工程受益費以土地及其改良物徵收標的之查定、經徵作業程序

第五十五條　徵收工程受益費，應依據工程計畫，繪製受益平面圖，其順序如左：
一、套圖：以都市計畫圖或工程計畫圖與地籍圖套繪受益平面圖。

二、校圖：將受益範圍圖與地政機關之地籍圖校對，其土地如有合併分割者，就圖修正之。

三、標示受益範圍：將校正後之受益範圍圖依實際需要晒製，就圖描繪受益區線及範圍並註明年月日。

第五十六條　工程受益費以土地及其改良物爲徵收標的者，其徵收費率之訂定，應衡酌左列因素：

一、工程實際所需費用。

二、受益程度。

三、土地價格。

該地受區益（繳納義務）人普遍之負擔能力。

第五十七條　工程受益費以土地及其改良物爲徵收標的者，應先經查定程序，其順序如左：

一、勾抄地號：每項工程，根據受益範圍圖，依次將受益區內之地號勾抄於查徵底册草册上，每一地號編爲一個底册號碼。

二、查抄土地及建築物所有權人：根據土地登記總簿，將受益範圍內之土地，依地號逐筆查抄所有權人姓名、住址及面積。其地上建築物非地主所有者，並應查抄建築物所有權人姓名、住址及面積。土地爲二人以上共有者，應分別抄錄各共有人之姓名、住址及持分比例，放領公地或設有典權之土地，應分別抄錄公地承領人或典權人之姓名、住址及面積。

三、量圖核計受益面積：產權及面積查竣後，除整筆土地位於一個受益區內者，將其面積記載於該區之欄外，其土地有跨區（一、二、三區）或跨於區外者，依受益圖（或現場）分別量計，對位於各區之面積，分別紀錄於各區欄內。

四、計算受益費單價：受益區範圍內，除都市計畫道路不列爲受益區外，依本條例規定免徵之土地面積攤而不徵，應徵之受益費，按受益線及受益區之分配額，分別除以線之長度及各區查定徵、免之土地面積，爲受益費之徵收單價，據以核算受益費額。

五、核計受益費額：根據各受益人所有土地之受益線長度及各區受益面面積，乘以受益線及各區受益面單價，分別將受益線費額及各區應負擔之費額填註，並統計其應徵收費額；其依本條例第十二條規定重複受益而減免者，各區、線填其負擔費額，合計欄填其減免後之應徵收費額，並將減免費額於備註欄內註明。

六、重疊徵收之扣除：按前後開徵受益費該筆土地負擔之徵收單價計算，受益線重疊者亦同。但一工程有受益線，另一工程無受益線者，重疊時，受益線不在減免之列。

七、統計造册：各區按各區分別統計，線按線統計；應徵之費額、件數、減免之費額、件數，均應分別統計，記載於册後總計欄。繕訂成册，並複製查徵底册六份。

八、分送底册：主辦工程機關除以一册存查，一册公告外，應分送財政、地政機關各一册備查，分送稅捐稽徵機關兩册，作爲開徵、複查及銷號之用。

第五十八條　查定作業完成後，主辦工程機關應依本條例第六條第一項之規定辦理公告，公告副本於當日送達稅捐稽徵機關、地政及財政機關，並將工程受益費額分別通知册列所有權人。

第五十九條　受益範圍內之土地及其改良物不屬同一人者，其工程受益費由土地所有權人及改良物所有權人按土地及其改良物之完稅價值比例分擔爲原則。

第六十條　稅捐稽徵機關於收到徵收工程受益費之公告副本後，應即擬定徵期，編印並繕妥繳納通知單，於開徵前送達各繳納義務人。

前項工程受益費之繳納期限爲一個月，其起訖日期由稅捐稽徵機關公告之。

第六十一條　稅捐稽徵機關辦理工程受益費經徵業務之事項如左：

一、繕發繳納通知單及催繳。

二、送達回證之查核及保管。

三、無法送達案件之處理或簽會有關單位辦理。

四、申請更正案件之受理。

五、徵績查核及報表。

六、滯納清册之填送及欠費案件之移送法院強制執行。

第六十二條　工程受益費繳納義務人收到繳納通知單後，如有左列事項申請更正者，免予先行繳納本條例第十六條規定之二分之一款項。

一、單價與面積乘積，與應納費額不符者。

二、繳納義務人姓名錯誤者。

三、徵收標的，已於公告徵收前出售，並已辦妥登記有案者。

四、產權共有，未依持分徵收或土地與其改良物不屬同一人所有而未分別計徵者。

五、徵收標的，確非繳納通知單所列之義務人所有者。

第六十三條　稅捐稽徵機關接到前條更正申請，應即查對徵收底册辦理。其申請事項係屬原徵收底册有誤者應即移送原查定機關查明更正，原查定機關應編造更正清册送稅捐稽徵機關辦理。

第六十四條　繳納義務人對應繳納之工程受益費有異議申請複查者，應於規定期限內照繳納通知單所列數額先行繳納二分之一款項後，向稅捐稽徵機關申請複查。

前項複查申請案件，稅捐稽徵機關應即移送原查定機關辦理複查，原查定機關應核復申請人，並以副本送稅捐稽徵機關。其原查定數額有變動時，應編造更正清册送稅捐稽徵機關辦理。

第六十五條　工程受益費之繳納義務人依本第六十二條、六十四條之規定申請更正或複查，應於接到繳納通知單後於開徵前十五日內爲之。

第六十六條　有本條例第十二條規定之重複受益情事者，應就其重複受益面積或受益線徵收單價之比較，定其應予補徵差額或免徵。但重複受益時間超過五年者，不予減免。

第六十七條　地方政府之地政機關於本條例第六條第一項規定辦理公告之日起，辦理受益區範圍內土地或改良物之移轉或設定典權或公地放領者，應通知移轉人提供工程受益費全部繳納完清之收據，其有未到期之工程受益費，並應提供買受人、典權人、或公地承領人依本條例第六條第二項規定所出具之承諾書。

第六十八條　稅捐稽徵機關於前條所述公告之日起，辦理房屋稅籍移轉登記時，應查明原業主有無欠繳工程受益費，其有欠繳者，應由原業主繳清或由新業主補繳。工程受益費之徵收，經公告而未開徵時，除原業主已先行清繳者外，應由新業主出具願繳未到期工程受益費之承諾書。

第二節　工程受益費以車輛爲徵收標的之徵收作業程序

第六十九條　工程受益費以車輛爲徵收標的者，應依公路（橋樑）分類按左列程序辦理：

一、國道由交通部報請行政院核定。

二、省道或指定由省（市）公路主管機關主辦之公路由處（局）報請省（市）政府核定，完成法定程序。

三、縣鄉道由縣政府完成法定程序並報省政府核准。

第七十條　經徵機關應在收費站將左列事項公告，方得收費：

一、奉准收費文號及內容摘要。

二、各類車輛收費額。

三、免費車輛種類。

四、其他有關事項。

第三節　工程受益費以船舶爲徵收標的之徵收作業程序

第七十一條　漁港工程受益費之徵收，應依左列程序辦理：

一、省屬漁港，由漁港所在地之縣（市）政府完成法定程序，並報省政府核准。

二、直轄市所屬漁港，由市政府完成法定程序並報行政院核准。

第七十二條　經徵機關應在收費處所將左列事項公告，方得收費：

一、奉准收費文號及內容摘要。

二、各種噸位船舶之收費額。

三、免費船舶種類。

四、其他有關事項。

第七十三條　疏濬水道工程以船舶爲徵收標的者，其徵收程序準用前兩條之規定。

第十一章　徵收權責及其監督與考核

第七十四條　各級政府徵收工程受益費，以土地及其改良物爲徵收標的者，其應辦事項除依本條例第五條規定之程序辦理外，其主辦、協辦機關規定如左：

一、工程計畫由工程主管單位主辦，地政主管單位協辦。

二、徵收辦法由工程主管機關會同財政、地政主管機關擬訂。

三、工程受益費之管理與經徵由財政、稅捐主管機關辦理。

四、建設（工務）、財政、地政機關其會同作業之連繫辦法由省（市）自行訂定。

五、有關申請複查案件，除經指定機關辦理外，由各級政府辦理。

第七十五條　各級政府徵收工程受益費以車輛爲徵收標的者，其應辦事項除依本條例第五條規定程序辦理外，其主辦機關規定如左：

一、國道由交通部指定之機關爲之。

二、省道或指定由省公路主管機關主辦之縣鄉道，由省公路局爲之。

三、市區道路系統中爲疏導交通而專設之高架或地下之長程道路，由該管交通主管機關爲之。

四、縣鄉道由縣（市）政府爲之。

第七十六條　各級政府徵收工程受益費以船舶爲徵收標的者，其主辦機關規定如左：

一、中央由經濟部或交通部辦理。

二、省由農林或交通主管機關辦理，直轄市由建設或交通主管機關辦理。

三、縣（市）由縣（市）政府辦理。

第七十七條　工程跨越二省（市）或二縣（市、局）以上行政區域，並由該省（市）或各該縣（市、局）之主辦工程機關共同辦理者，其徵收機關得由各該機關之共同上級機關裁定由一方徵收或由各該機關共同徵收。

第七十八條　中央機關主辦之工程，其有關工程受益費徵收事項之擬訂，由該主辦工程機關會同有關機關辦理，報請行政院核備。

第七十九條　各級政府徵收工程受益費，有關業務之監督與考核，由各主辦機關之上級主管機關爲之。

前項之監督與考核辦法由各該主管機關擬訂，報經其上級主管機關核定後實施。

第八十條　縣（市、局）政府應於每半年將工程受益費徵收情形與成果列表彙報省或直轄市政府核備。

第八十一條　省或直轄市政府應於每一年度終了，將工程受益費徵收情形與成果列表彙報行政院備查。

第十二章　免徵範圍

第八十二條　本條例第十四條所稱非營業性之公共設施用地及其改良物，係指左列各項：

道路、鐵路基地、公園、綠地、機關用地、廣場、停車場所、體育場、集會場、警所、消防及防空設施、公立學校、汚水處理廠、公墓、墳場、河道、上下水道、灌溉渠道，完成財團法人登記之私立學校孤兒院、救濟院、養老院，登記有案其地目爲「道」之私設巷道及其他報經內政部核定之公共設施。

前項各種公共設施用地及其改良物，應以自有並供公衆使用者爲限。

第八十三條　本條例第十四條所稱依都市計畫法規定保留之公共設施用地及其改良物，係指當地地方政府依法報經核定公布實施之都市計畫所訂定保留之公共設施用地及其改良物。

第八十四條　本條例第十四條所稱駐軍兵營等，係指各軍種部隊駐在場所，且產權係屬公有並由國防部依有關法令編定者爲準。

第八十五條　本條例第十四條所稱軍用船舶、戰備及訓練車輛，以裝備軍誌者爲限。

第八十六條　爲避免緊急危難或於公務上、業務上有特別義務而通行之車輛、船舶得免徵工程受益費。

第十三章 附則

第八十七條　禁建區內之工程受益費得申請緩徵，於禁建解除後補徵之。但自該項工程受益費開徵之日起，滿五年仍未解除禁建者，不得再行補徵，該項工程受益費應予註銷。

第八十八條　市區道路工程之受益費及受益區爲都市計畫農業區者，得申請緩徵工程受益費，於都市計畫分區使用變更後補徵之。但自該項工程受益費開徵之日起，滿五年仍未變更爲其他使用分區者，不得再行補徵，該項工程受益費應予註銷。

第八十九條　土地被政府徵收致剩餘面積依建築法規定不能單獨建築使用時，得申請暫緩徵收，俟與鄰地合併使用時補徵之。

第 九 十 條　受益土地遇有嚴重災害，致賦稅減免時，當期之工程受益費得申請按比例核減，其未核減部分，自次年起分三期攤繳，如再有災害時，工程受益費應予免除。

第九十一條　土地及其改良物於公告徵收工程受益費一年內，因其用途變更者，其原攤免徵費額應予補徵。

第九十二條　徵收工程受益費之公路或橋樑，遇有空襲警報時，自警報發布起至解除警報後三十分鐘內，一律停止收費。

第九十三條　汽車行駛於應繳工程受益費之公路、橋樑，不依規定繳費者，依照道路交通管理處罰條例之規定處罰之。

第九十四條　本細則自公布日施行。

【例六】各機關營繕工程招標辦法

行政院臺六十內字第一一四一四號令公布
行政院民國六十年十一月廿五日修正公布

第 一 條　各機關營繕工程之招標，除法律有規定外，悉依本辦法之規定。

第二條　主辦工程機關於招標時，應備各種工程圖說（包括位置圖、工程圖樣施工說明、契約草稿、空白標單、具結書、押標金額、廠商資格、能力、投標須知等）由廠商備價領取，除廠商有本辦法第八條、第十二條、第十四條、第十六條之情事者外，不得拒絕其參加投標。

主辦工程機關於發圖之日起，迄開標之日期除緊急工程外不得少於七天。

第三條　軍事機關有特殊性質及機密工程，得由主辦工程機關呈經國防部或各軍總部核准，並徵得審計機關同意後，不受必須公開招標之限制，其他非軍事機關，遇有特殊性質及機密工程，得由主辦工程機關報請各該所隸之主管部會或省市政府核准，並徵得審計機關同意後，不受必須公開招標之限制。

第四條　工地說明以書面說明及工地豎立標誌代替之，但如舉辦軍事或其他特殊工程，在軍事基地以內，或偏僻山岳地區者，如不實地領勘，不能使廠商明瞭實況時，主辦工程機關得舉行現場說明。

第五條　各機關營繕工程投標，應採用通訊投標爲原則。參加投標之廠商對標單所列各款不得附有任何條件，違反取消其投標資格。

第六條　投標之廠商，於開標前，應繳驗營造業登記證，承包工程呈報手册，營利事業登記證，納稅證明卡及公會會員證等，並依規定向代理公庫之銀行繳納押標金。當地無代理公庫之銀行，向郵局繳納。不於規定期間繳納押標金，或繳驗合格證件者，除所投之標作爲無效外，並通知主管營造業機關予以警告處分。

水電工程，比照前項規定辦理。

第七條　主辦工程機關舉辦特殊或鉅大工程，非一般營造廠所能擔任，必須具有特殊工程經驗暨具有特殊機器設備之廠商始能擔任者，主辦工程機關，得規定特殊投標資格並規定投標廠商檢具必要之機器設備證明文件。

第八條　主辦工程機關，對某一廠商所承辦該機關工程，其進度如有延誤情事，或尙有糾葛未清者，得暫時拒絕其參加投標，並通知主管營造業機關予以登記。

第九條　投標之廠商，應於投標前具結不得有違反本辦法情事，倘有違反願受懲罰，並放棄先訴抗辯權。

第十條　開標應定期公開舉行，在開標前投標時間不受限制，惟通訊投標函件應在規定開標時間前寄達，逾時無效。

第十一條　開標或比價時應以在底價以內之最低報價爲得標原則，並以所報之總價爲準如得標人因計算錯誤，其各種項目相乘相加之總和與其總價有出入時應以其較低之總價爲決標總價。

第十二條　廠商如得標後，不爲承包者，由主辦工程機關沒入押標金及通知主管營造業機關，以違反建築法令一次論處，並於其承包工程呈報手册上予以登記。

第十三條　主辦工程機關對於廠商以備料包工不預付款項爲原則，如工料同時發包，廠商能提供擔保品或殷實舖保兩家以上者，得由主辦工程機關視實際需要情形，自行斟酌決定。

第十四條　舉辦工程機關應於訂約及驗收時，向承包商索取承包工程呈報手册，分別詳實登記，廠商如拒交塡寫，由主辦工程機關通知主管營造業機關，以違反建築法令一次論處。

第十五條　工程底價應切實照市價合理估計，並由主辦工程機關指定專人負責，附具主要項目單價分析表，密送監辦機關查核，如有洩漏，應追查其來源，並依有關法令論處。

第十六條　投標之廠商，有圍標情事者，一律吊銷其登記證，營造業同業公會人員有包庇或參與圍標情事者，依有關法令論處。

第十七條　審計機關及上級機關派員參加監標時，發現主辦工程機關有違反本辦法情事者，應卽予糾正，其有違法情事者，並應予檢舉。

第十八條　本辦法自行公布日施行。

【例七】臺北市政府各機關學校工程投標須知

臺北市政府(71)25府工三字第〇四七七〇號函修正

一、招標依據：凡本（　）工程招標之投標程序，除遵照各機關營繕工程招標辦法及其他相關法令，暨本（　）新聞公告或本（　）公告欄招標公告之規定外，悉依本須知辦理。

二、領取圖說：凡欲參加本（　）投標之廠商應於招標公告規定期限內向本（　）公告指定之地點以無記名方式洽購（或郵購）工程圖說（包括施工圖、施工說明書、標函、標單、單價分析表、詳細表、合約草稿、投標須知及補充說明、切結書）並應繳納圖說工本費。其金額詳本（　）公告，不論得標與否，概不退還。

三、現場勘查：投標廠商應於投標前詳細審慎研閱本（　）所發售之全部圖說文件，並應自行赴施工地點詳實勘查，俾以明瞭本工程一切有關事項，本（　）不另派員前往工地說明，惟如有疑問或不明瞭處，投標前得向本（　）主辦單位請求解釋，投標後不得提出任何要求。

四、資格審查：

㈠一般證件之審查（不包括納稅證明卡及經歷證件）採取預為審查登記制度，凡第一次參加投標廠商應於開標之前（不含開標日）辦公時間內，由負責人或主任技師携帶有關證件及印鑑前來本（　）登記審驗合格後方可投寄標單，爾後在當年內或各項證件有效期間內均可參加投標，但各項證件內容經主管機關核准變更，或有效期屆滿經主管機關核准延長時，仍應在上述之規定期限內向本（　）申請複驗合格後始得參加投標。

㈡開標前審查：開標前，投標廠商應檢送納稅卡、及機器設備證件（公告欄內未有規定者免）持交本（　）審驗合格後，其所投寄之標函始准參加開標。雖其證件齊全，而其內容變更或有效期屆滿未在規定時間內辦理複驗者，除開標時當場宣佈該標無效，退還押標金外，並通知主管機關予以處分。

㈢本案規定審驗之證件詳如左表：

業種	一般預為審查登記之證件	開標前審查證件
營造廠	1.營利事業登記證 2.承包工程呈報手册 3.營造業登記證 4.公會會員證	1.納稅證明卡 2.營造承包機器設備證件（限公告所有規定者）
水管承裝業	1.自來水水管承裝商登記證 2.業務手册 3.營利事業登記證 4.公會會員證	納稅證明卡
電氣承裝業	1.電器承裝業登記證 2.營利事業登記證。 3.公會會員證 4.工程手册（臺電契約）	納稅證明卡。
種苗業	1.營利事業登記證（營業範圍列有花卉園藝業者） 2.公會會員證	納稅證明卡

五、押標金：押標金金額詳招標公告：

㈠繳納：投標廠商應在投寄標函前逕向臺北市銀行或各分行繳納，押標金收據第一聯連同投標文件併入標函內寄送本（　）。

㈡處理：

1.得標廠商之押標金——得標廠商應將銀行收據第一聯送交本（　　）出納人員換取正式收據，俟本工程合約簽訂妥當後無息發還或依本須知第九條之規定辦理。

2.未得標廠商之押標金——開標後即由本（　　）在收據聯上加蓋印鑑後，由廠商自行持送繳款銀行無息發還。

3.本工程開標結果，如本（　　）認爲必要保留決標時，其保留之廠商所繳之押標金，俟保留原因消失後，無息發還。

4.押標金收據聯，投標廠商應妥爲保管，如有遺失被人冒領時，本（　　）不負任何責任。

㈢罰則：投標廠商已繳納押標金並投寄標函，除因天災人禍等人力不可抗拒情事，經本（　　）認可者外，如有左列情形之一者其押標金予以沒入外並通知主管機關予以處分。

1.未辦廠商一般預爲登記之投標廠商。

2.已辦妥預爲審查登記之投標廠商，未於開標前繳驗納稅證明卡及其他開標公告中所規定之證件者。

3.開標前已繳納押標金而未在規定時間辦理資格審查或投寄標函者。

4.已繳納押標金而其所投寄標函時間在開標時間以後者（以郵戳爲憑）。

六、投標：

㈠參加投標之廠商應使用本（　　）所發之標單、詳細表、單價分析表，以墨筆、原子筆或鋼筆（不得使用鉛筆）按表列項目逐項塡寫清楚。加蓋廠商及負責人印鑑連同押標金收據聯、切結書（加蓋廠名及負責人印鑑）裝入本（　　）所發之標封內，再予密封加蓋騎縫章，並在本（　　）標封上正面書寫齊全，以掛號郵寄本（　　），投標廠商應自行估計在規定開標之時間前郵寄本（　　），如有延誤，本（　　）不負責任。不用掛號郵寄者無效。同一廠商僅能投寄一份標函，否則其所投標函俱屬無效，所繳押標金均不予發還。一經付郵之標函，投標廠商不得以任何理由請求發還、更改或作廢。

㈡如有左列情形之一者，不得參加投標：

1.與本（　）有法律糾紛，其訴訟案尚未了結者。

2.正承攬本（　）工程，其施工進展較規定預定進度落後百分之二十以上，受本（　）警告有案者。

3.受主管機關停業處分或經本（　）依法公告停止其投標權利者。

4.承包本（　）工程之廠商於保固期限內未履行保固責任，經本（　）警告有案者。

5.不依規定圖說施工或擅自減省工料，經通知限期更換或改善，而仍未改善者。

七、開標：

㈠本（　）會同有關單位按公告所定之時間及地點當衆開標，並以本（　）名義決標。

㈡投標廠商得自動按照公告之時間攜帶登記之印鑑由法定代理人或主任技師前往開標之地點參加開標，如不能參加開標，而喪失減價或重行比價之權益時，不得提出任何異議。

㈢投標廠商投寄之標函於開標時發現有左列情形之一者，作為無效：

1.未經辦理資格審查或審查不合格者。

2.已投出標函而未繳納押標金者。

3.標函未經郵局投遞或到達本（　）時已超過規定之開標時間者。

4.未用本（　）所發之標封或未予密封加蓋騎縫章者。

5.標單及詳細表不依規定式樣塡寫，變更標單及詳細表式樣，塗改原標單及詳細表印就之字句或附有任何條件者。

6.標單總價未用中文大寫及標單、詳細表等所塡寫字跡模糊不清難以辨認，或塗改而未蓋印鑑，或有印鑑而不能辨認者。

7.標單、詳細表及供給材料表破損不完整者。

8.標單未加蓋印鑑或所蓋印鑑與登記之印鑑不符者。

9.標函未按本須知第六條規定辦理者。

10.標函內未附切結書或切結書未蓋章者。

11.標單上所列工程名稱與標函不符者。

12.押標金收據聯所塡列工程名稱（或金額）與所投標單之工程名稱（或規定金額）不符者，或繳納押標金之廠商或經理名稱與標封或標單上之名稱不符者。

㈣參加投標廠商未達法定家數或另有其他原因，本（　）得停止開標，其所投標函由投標廠商出據領回，並發回其押標金，投標廠商不得異議。

八、決標：

㈠標價以總價爲憑，並以總價決標，經開標後以核定底價百分之八十以上之最低標價爲得標對象，如最低標價（報價）超過底價時，本（　）得與最低標議減，惟優先減價以一次爲限，如仍超過底價時，得當場由投標廠商塡單比價一（以數字表明），其標價降至底價以內時得決標之。如經比價後，其最低標價仍超過核定底價百分之二十以上時，本（　）得視當時情況宣佈廢標，再另行訂期招標。

㈡凡投標廠商之最低標價未達核定底價百分之八十時，本（　）不予採用。

（三）本（　）得視開標結果，如最低標價未超過核定底價百分之二十時，若係緊急或重大工程，主辦單位得斟酌實際情形於各標中取其最低之標價當場予以保留，依有關法令規定，經報奉上級機關核准及審計處同意決標時，即通知該投標廠商來（　）辦理訂約事宜，如不予決標，即通知發還押標金，投標廠商不得提出異議。

（四）投標廠商於決標後未依規定期限來本（　）辦理承包工程合約簽訂手續、或以任何理由放棄承辦責任者，除取消該標之承包權外，其押標金予以沒入。並通知主管機關以違反有關法令論處，且於其承包工程陳報手册內予以登記。另停止其參加本（　）各項工程之投標權一年，同時另與次低標廠商按最低標價訂約，或另行訂期招標，原得標廠商不得異議。

（五）得標廠商如因計算錯誤，其各種項目相乘相加之總和與總價有出入時，應以標單上較低之總價爲決標總價。

（六）採用之最低價額如有兩家以上之標價相同者，得抽籤決定之，廠商不得異議。

九、保證金：

（一）得標總價低於本（　）核定底價百分之九十以下高於核定底價百分之八十五以上時，其押標金暫不發還，於訂立承包合約後充作保證金。

（二）得標總價未達核定底價百分之八十五時，應繳納該得標總價與本（　）核定底價相差金額保證金，除以押標金抵充外，不敷之數限於決標後五日內繳足，再憑訂立承包合約。

（三）上項保證金或差額保證金，俟全部工程完成百分之五十時，無息發還半數，全部完工經本（　）初驗合格後，無息發還餘額。如承包商無力完成工程時，除依合約規定辦理外，本（　）得隨時逕行動用該項保證金或差額保證金，維持工程進行，承包商及其保證人均不得提出異議。

(四)規定繳納之保證金或差額保證金得以現金票據或不記名之政府公債，逕向臺北市銀行或分行繳納，並取其收據聯交本（　　），或記名之政府公債、臺北市區各行庫信用合作社、農會信用部之定期存款單，經本（　　）辦理質權設定者可抵繳。

(五)各主辦工程單位視工程性質或特殊情形，得於其投標補先說明中個案酌情規定，按決標金額百分之五至二十，另行繳納保證金或由金融、保險機構出具履約保證。

十、訂約：

(一)得標廠商應於本工程決標後十日內，來本（　　）簽訂工程合約（含合約保證書、領款印鑑、投標須知及補充說明、招標比價紀錄表、標單、詳細表、單價分析表、施工說明書、及圖說等）並覓妥殷實舖保二家按照本（　　）所規定之格式由負責人携帶登記相符之印章來本（　　）簽訂合約，如逾期五日（即決標日後十五日），尚未與本（　　）簽訂合約者，本（　　）得按本須知第八條第四款規定辦理。

(二)簽訂合約時標單之單價，應按本（　　）原列預算單價，以得標總價與預算總價比例調整之，得標廠商不得提出異議，如某項單價認爲不合理時，本（　　）於訂約時有調整權。

(三)簽訂合約時得標廠商提供之保證人舖保二家以上，其中一家應具有與得標廠商承包本工程同等以上資格之同業，其資本額累計金額不得小於決標總價金額之百分之十，本（　　）對得標廠商提供之保證人有核定抉擇之權，如認爲不合格者，得標廠商應即另行覓保。其以公司爲保證人者，除依公司法第十六條第一項所定依其他法律或公司章程規定以保證爲業務者外，公司不得爲保證人。

(四)工程合約一經簽訂後，如因不能歸責於得標廠商之理由未能開工，或開工後無法繼續施工而停工，其時間如超過一年時，得標廠商得申請解除合約或終止合約。

㈤工程合約經簽訂後，得標廠商應在十五天內提出預定進度表，送請本（　）審定，經審定後作爲合約附件之一，施工期間，如因物價波動，其合約內單價於估驗計價時，應按物價指數調整工程費計算方式調整之。

十一、施工規定：有關施工期限付款方式、供給材料、保固保用等規定，詳閱合約書有關條款。

十二、遵守法令：

㈠投標廠商應於投標前具結，不得有圍標情事之不軌行爲，如經發現或經人檢舉投標廠商有互相作弊、壟斷標價、圖謀圍標情事，經查明屬實者，除所投標單作廢外，並依法懲處。

㈡得標廠商在工程進行期間，應切實遵守建築、水電、安全等法令規定。如造成對人民或政府權益損害時應依法賠償，不得異議。

十三、投標限制：凡借牌承攬經查屬實者，除報請營造主管機關依營造業管理規則第三十條規定註銷其登記證外，甲方所受之損失概由借牌廠商負責賠償。

十四、附註：

㈠本（　）所發之圖說請投標廠商詳爲檢閱點清，如有遺漏得憑圖說費收據於開標前洽本（　）補領，惟以一次爲限，該等圖說文件均爲合約之附件。

㈡本投標須知必要時得以修正說明方式酌予修正，其效力優於本須知，並作爲合約附件之一。

㈢本工程之補充施工說明書，其效力優於一般之施工說明書。

㈣有關工地安全措施之各項費用應詳列，有關標誌應依照道路交通標誌、標線、號誌設置規則及本府有關規定辦理。

㈤本須知字句如有疑義時，其解釋權僅屬於本（　）。得標廠商除遵照合約內各項施工規定說明書及工程設計圖等各項規定外，並應遵守本須知規定。（　）。

按物價指數增減率調整工程費計算方式：

臺北市政府今後發包土木、建築、水利、衛生、水電、綠化等工程遵照規定按物價指數調整工程費計價方式：

一、臺北市政府（以下簡稱本府）為避免已發包在進行中之工程受物價波動影響，並確保工程之順利特依據本府68年7月13日68府工三字第二五八一一號及69 10 6府工三字第四二一四〇號函規定，按物價指數增減率調整工程費。

二、上項物價指數除另有特殊說明外，係指本府主計處所公布之「臺北市物價統計月報」資料中之臺北市房屋建築費用指數之總指數（以下簡稱物價指數）為指數，核算調整工程費。

三、工程估驗計價，由承商會同本處人員辦理，其辦理計價次數及估驗日期如左：

㈠土木建築、水利、衛生工程：每月二次以每月十五日及月底為之。

㈡水電、空調工程：每月以一次為原則，以每月月底為之。

四、按物價指數調整工程費之計算辦法如左：

㈠基準月：以工程開標月為基準月。

㈡不予調整部分：凡物價指數之增減率在五%以下者（含五%），不予調整。

㈢應予調整部分：增減率之計算，以決標月之物價指數為分母，估驗計價月份指數為分子，所得商（百分率）減去一百後之餘額即為增減率。物價指數之增減率超過五%以上時，以該增減率減去五%後所得差額即為調整率。

㈣調整工程費：以實際完成當月當期工程費乘以調整率所得積。

五、按物價指數調整之工程費，每月辦理一次（每月二次者合併計）各工程估驗計價人員於某一月份之物價指數公布後，即據以核算該月應予調整之工程款，併於最近一期工程計價款增減。

六、工程如有新增項目須議定單價者，其議定月份即爲該新增單價之基本月份，嗣後估驗計價即以該月份之物價指數爲調整之基準月。

七、凡工程未能按照合約規定限期完工者，其超過工期部分，如物價指數上漲時，不予調整，物價指數下跌超過五%時，按合約規定調整扣帳；如因主辦工程機關准予延期完工者，其工程費之調整，准按合約規定辦理。

八、㈠水電、土木、建築、水利、衛生、綠化、空調等工程物價指數增減率，應按臺北市房屋建築費用總指數辦理。

㈡機械安裝費應依據臺灣區躉售物價指數之相關指數爲指標核算之。

九、在調整計算時，其物價指數之比率算至小數點第二位，第三位按四捨五入計，調整至元爲止。

十、工程結算時仍按合約規定方式辦理結算，並於結算詳細表內最後一項加列「累計調整金額」併入結算總價，並應檢附各次調整計算經過情形等有關資料，報經主管機關核定後，再依「機關營繕工程及購置定製變賣財物稽察條例第二十條之規定，函送審計機關查核。

十一、各項工程每月辦理估驗計價調整工程費時，應依照會計法等有關法令規定，加强內部審核及參照計部臺北市審計處59 6 29北審建三字第九五二三號函臺北市政府「工程費（含補償費）送審辦法」之規定，由各主辦工程單位首長核定給付廠商。

【例八】臺灣省各機關營繕工程投標須知

中華民國六十八年五月七日六八府建四字第三五六五〇號函
中華民國六十九年十月十八日府建四字第八二〇七號函修訂

一、本省各機關營繕工程招標，其投標手續除法令及招標公告等另有規定外，悉照本須知辦理。

二、各項工程招標時，應具備投標須知、契約草稿、標封、空白標單（包括估價單及單價分析表）、切結書、押標金繳退要點、退押標金申請單、施工說明書（包括施工規範及補充說明書）等招標文件，及位置圖、設計圖各一份，陳列於主辦工程單位指定處所供閱覽。

凡合於工程招標公告所規定之廠商，均得於公告規定時間用通訊方式（以郵戳日期爲準）或親自向公告指定處所依左列規定購領投標文件，主辦工程單位工程圖說及標函縱已售盡，不得以任何理由拒絕，並應於次日予以寄發：

㈠購領招標文件及押圖或購圖，由主辦工程單位自行決定，得按下列方式擇一辦理，均以購借一份爲限：

1. 按公告規定時間及地點繳納招標文件費及購押圖費（不領圖者免繳）後領取。
2. 依照「臺灣省各機關營繕工程招標文件郵購處理要點」（附件一）辦理。

㈡投標廠商繳納招標文件費領取招標文件後，不論投標或得標與否概不退還；但工程延期開標或停辦時廠商得於公告日起七日內（末日爲例假日得順延一日）如數繳還所購之招標文件，退還文件費，逾期不予受理。

㈢廠商依照公告規定時間向指定處所繳納押圖費後，借用工程設計圖、所借之工程設計圖應保持清潔、完整，不得遺失、汚損、塗寫，並應於開標後五日內（末日爲例假日得順延一日）繳還主辦工程單位，以憑退還押圖費，逾期或圖說塗寫、汚損或不全者，沒入其所繳之押圖費。

㈣廠商應詳細閱覽招標文件及工程圖說，如有疑問，得於投標前向公告指定之主辦單位查詢。

三、各項工程招標除情形特殊在招標公告內另有規定外，不舉行工地說明，投標廠商應參照工程位置圖自行前往勘查，如有疑問，得在投標前要求主辦單位說明。

四、參加投標廠商，應將各該業登記證、公會會員證、承攬工程手册、營利事業登記證。開標當日有效納稅證明卡等影印本各一份，廠商及負責人印章印模單一份連同押標金、切結書、退還押標金申請單裝入證件封內，連同標單封同裝在標封內。開標時當場審查證件，合格後開啓標單封。經常辦理工程之單位可辦理廠商登記，凡經登記之廠商，投標時除納稅卡外，可不必檢附其他證件。

工程一經決標或保留，廠商應於接獲通知日起二日內將各項證件送主辦單位查驗，如影印本與正本不符，查係變造或僞造使用者沒收其押標金，並取消得標權。投標廠商所繳之證件影印本，得標及違規廠商所繳證件影印本應保留存檔備查，未得標者得在開標之日起五日內，向主辦工程單位領回，逾期未領者則予銷燬。

營造業、水管承裝業、電氣承裝業及鑿井業，應依左列規定繳驗證件，其餘廠商應繳驗之證件，在補充說明內規定之：

(一)營造業：

1. 營造業登記證。
2. 承攬工程手册。
3. 營利事業登記證（或商業登記證及營業登記證）。
4. 納稅證明卡。
5. 公會會員證。

(二)水管承裝商：

1. 水管承裝商登記證。
2. 業務手册。
3. 營利事業登記證（或商業登記證及營業登記證）。
4. 納稅證明卡。
5. 公會會員證。

㈢電器承裝商：
1. 電器承裝商登記證。
2. 營利事業登記證（或商業登記證及營業登記證）。
3. 納稅證明卡。
4. 公會會員證。

㈣鑿井商：
1. 鑿井承裝商登記證。
2. 承辦工程手册。
3. 營利事業登記證（或商業登記證及營業登記證）。
4. 納稅證明卡。
5. 公會會員證。

五、參加投標廠商繳納及領回押標金，應依照「臺灣省各機關營繕工程押標金繳退要點」（附件二）辦理，決標後未得標廠商，其押標金於三日內（末日爲例假日得順延一日）無息退還；得標廠商如無本須知第十六條之情形，於辦妥契約後次日即無息退還押標金。

六、投標廠商應用主辦工程單位發給之標單（包括工程估價單、單價分析表），依式用毛筆、鋼筆或原子筆清晰填寫裝入標單封內，連同證件封，封入發給之標封內。標單封及證件封除得密封外，標封封口應加蓋與手册及登記卡印鑑相符之廠商或負責人印章。

七、標封應以「掛號」郵件在廠商所在地（縣、市境內）郵局投寄，於招標公告規定開標時間前寄達指定專用郵政信箱（如無法租用專用信箱者得在主辦工程單位設置專用標封箱），由主辦工程單位負責開箱取標。投標廠商應自行估計寄達時間，逾時主辦工程單位不負任何責任。凡經寄出之標單，不得以任何理由申請更改、作廢或退還。

八、工程開標，投標廠商是否出席參加，可自行決定。

九、開標時以在底價以內之最低標價得標爲原則，如有兩家以上同爲最低標價，應以比價方式決定之，標單上應由投標廠商以中文大寫填明總價，如得標廠商因計算錯誤，其各種項目相乘相加之總和與其總價不符時，或總價有二個以上不同數字等情形，不論其所書寫爲何種數目字，應以其較低總價爲決標總價，但屬筆誤或有顯著錯誤，經主辦單位認爲顯不合理有降低品質之虞時得採取次低標。得標後契約單價應按決標總價與發包預算總價之比例調整之，得標廠商不得異議。

十、開標結果各廠商所投標價超過底價時，得宣布廢標，或請最低標減價，如最低標未到場參加開標，或不願減價或減價一次後仍超過底價時，由全體參加投標廠商當場填單重新比減價格（未在場或未帶與登記印鑑相符之印章者以棄權論），如仍超過底價時；依左列規定辦理：

㈠最低標價超過底價百分之二十以上者廢標。

(二)最低標價超過底價而未達百分之二十者，得宣布廢標或請最低標減價，如最低標未到場參加開標或不願減價或減價二次後仍超過底價時，由全體參加投標廠商當場塡單比價，比價結果如仍超過底價，請最低者減價二次後，仍超過底價時，得宣布保留或廢標。

前項保留標，俟報奉核准後通知被保留廠商得標承辦。保留期限自開標之日起三十日內並應於接獲通知日起七日內前來主辦工程單位辦理簽約手續，否則依照本須知第十四條規定辦理。如逾越保留期限，始通知保留廠商承辦者，保留廠商得予拒絕，並得請求退還押標金。

十一、開標時發現投標廠商有串通圍標之嫌疑者，除當場宣布廢標外，若查有確證，通知主管機關註銷其登記證；決標後經檢舉查明屬實者亦同，投標廠商應於投標前具結，不得違反有關法令情事。

十二、投標廠商投寄標封後，有下列情形之一者，其所投之標單無效，但得退還已繳押標金：

(一)投標廠商未附全部證件影印本或經審查未合者。

(二)標封未密封及未蓋廠商或負責人印章或標封未自廠商所在地（縣、市境內）寄出者或未以掛號郵寄者。

(三)標封內未附標單封（包括估價單、單價分析表）及證件封或標單未依規定塡齊者。

(四)標單及標封上未塡寫廠商名稱、負責人姓名、廠址者或工程名稱不符。

(五)標單未蓋與登記印鑑相符之印章者。

(六)標封及押標金逾越規定開標時間寄達者。

(七)標單未加蓋工程主辦單位印章者。

(八)不用規定標封、證件封、標單封及未按第四條規定裝封者。

(九)變更標單式樣或塗改字句。

㈩投標廠商或負責人名稱與登記執照不符者。

(十一)押標金不足或以現金及票據混用充數者。

(十二)未附切結書或切結書未經蓋章者。

(十三)不依式塡寫，字跡模糊或塗改後未蓋印章或不能辨認者。

(十四)標封標單內另附條件者。

(十五)標單與繳納押標金分開郵寄者。

(十六)同一廠商投遞同一工程有效標封二封以上者。

(十七)標單未以中文大寫塡寫總價者。

(十八)受停業處分或被停止投標權尚未屆滿或撤銷者。

十三、投標廠商未滿三家或另有原因時，主辦工程單位得停止開標，並將押標金發還，投標廠商不得異議。

十四、得標廠商須於決標日起七日內（末日爲例假日得順延一日）攜帶與登記印鑑相符之印章辦理簽訂契約手續；逾期無故不辦理簽約者，主辦工程單位卽視爲不承攬，沒入押標金，並通知主管機關予以處分，並於其承攬工程呈報手册上登記。

十五、得標廠商至少應覓妥主辦工程單位認可舖保二家，一家爲同業廠商（公司以營業項目有保證業務者爲限），其等級不低於可承攬該工程廠商者，另一家爲其他殷實商店，但該二家舖保登記資本金額合計不得少於決標金額之三分之一爲原則（較大工程得在補充說明內另行訂定之），如遇特殊情形得臨時規定增加舖保，得標廠商不得拒絕。

十六、決標總價在底價百分之八十以上，而在百分之九十以下者，其押標金留作保證金不予發還，得標總價不足底價百分之八十者，應繳納底價百分之九十與標價相差之差額保證金除以押標金充抵外，不敷之數限於決標之日起五日內繳足，再訂立契約，逾期應依第十四條之規定辦理，但得標廠商得以政府發行之無記名短期公債換抵爲保證金。

十七、前條保證金得按工程進度分四期（每完成百分之二十五爲一期）按比例無息發還。但如承攬廠商無力完成本工程或有違反契約之任何規定時，主辦工程單位得動用該項保證金維持工程進行，如保證金尙不足支應，承攬廠商及其保證人均仍應依照契約規定負責賠償。

十八、參加投標廠商如已投遞標單（在規定開標時間前寄達者）而未附繳納押標金，除所投之標單無效外，主辦工程單位應函請主管機關依法論處。

十九、投標廠商有下列情形之一者，主辦工程單位得拒絕其參加投標，但原因消滅後，得准其參加投標：

㈠與主辦工程單位有法律糾紛，其訴訟案件尙未了結者。

㈡曾承攬主辦工程單位之工程，因其員工不聽監督工程司指揮，而釀成糾紛，情節重大者。

㈢現正承攬主辦工程單位之其他工程，有不依約開工或較規定總進度落後百分之三十以上者。

㈣開標前三個月內參加主辦工程單位之投標，不按規定手續辦理達兩次以上者。

㈤開標前一年內有左列情事之一者：

1. 連續三個月內繳納押標金而未投標達二次以上者。
2. 因能力薄弱而經主辦工程單位僱工代辦或監督付款者。
3. 逾期不開工者。
4. 逾完工期限百分之十以上者。

5.驗收時或保固期間經通知改修而遲延辦理者。

㈥開標前三年內曾有僞造、變造押標金票據者。

二十、開標前主辦工程單位對工程招標，如有變更事項另公告之。

二十一、在工程補充說明規定承攬廠商應投營造保險時，不得拒絕，該保險費用已包括在決標總價內，施工期中發生一切災害，主辦工程單位不予補助，其保單正本應交主辦工程單位保管，保險契約副本二份，送主辦工程單位存查。

二十二、本須知爲契約條件之一，其效力視同契約，招標文件內之「補充說明」事項有優先於本須知之效力。

二十三、工程投標單標價總額未達底價百分之八十者不予採用。

附件一　臺灣省各機關營繕工程招標文件郵購處理要點

一、投標廠商向各機關郵購營繕工程之招標文件時，應依照各機關招標公告內容規定，將招標文件費用滙交主辦工程單位，並書明招標工程名稱，附回件信封（信封上預先書妥收件人姓名、地址，並貼足限時掛號回信郵資），一併以限時掛號於公告領取招標文件期限截止前（以投信郵戳爲憑），寄交指定領取招標文件處所，主辦工程單位收到郵購函後最遲於次日（末日爲例假日得順延一日）將招標文件寄回郵購人。

二、郵購招標文件，如需押借工程設計圖，應將押圖費以行庫或郵局滙票附在郵購招標文件信內加註需押圖，並加附回信郵資。

三、郵購招標文件每一郵購函以購買一份爲限。

四、所寄招標文件費或押圖費如數額不足，不予受理，原滙票退還郵購人。

五、廠商有左列情事之一，致招標文件延誤寄達時，主辦工程單位不負任何責任，不退還招標文件費（押圖費退還）：

㈠寫錯收款單位，致未收到滙款時。

㈡來信未附回件信封或寫錯回件信封收件人姓名、地址時。

㈢回件信封郵資不足，致改用其他郵類寄回時。

㈣來信未寫明或寫誤工程名稱，因而誤寄給招標文件時。

㈤未向郵局查明郵遞需要時間致延誤遞達時。

六、廠商查詢郵購招標文件事項，應於開標後一個月內爲之，逾期不予受理。

附件二　臺灣省各機關營繕工程投標押標金繳退要點

一、參加各機關營繕工程投標押標金之繳退，除另有規定外，悉依本要點辦理。

二、押標金之繳納，應以各行庫、局、信用合作社開具或保付在主辦工程單位所在地，經主辦工程單位指定之各行、庫、局、信用合作社直接或交換兌款之滙票、臺銀本票、臺銀同業支票或保付支票爲限，其他票據或由廠商逕行滙存主辦工程單位存款戶者均不予採納。

三、前條臺銀本票、臺銀同業支票或保付支票適用於廠商廠址設在主辦工程單位所在地無法取得滙票做爲押標金者，非主辦工程單位所在地之投標廠商，一律限以滙票繳納，爲預防票據郵遞遺失，投標廠商認爲必要時，得由發票人在票據上加註主辦工程單位抬頭、劃線及禁止背書轉讓（惟依票據法第一三八條之規定，保付支票遺失時，不得掛失止付，投標廠商應審慎採用）。

四、投標廠商應將押標金裝入證件封內，連同標單封一同裝入標封內交郵投寄，直接送繳主辦工程單位，或於開標時當場繳納者，不予受理。主辦工程單位所收押標金應全部繳存代理公庫銀行代收。

五、押標金滙票、臺銀本票、臺銀同業支票或保付支票申請用紙，各行庫格式不一，應由投標廠商自行向各行、庫、局、信用合作社取用。

六、開標後廠商所繳押標金，依照投標須知之規定辦理。

七、押標金退還方式，應由投標廠商自行選擇，於繳納押標金時，填具退還押標金申請單（格式爲附件一）併裝入證件封內。主辦工程單位開標時認其所選擇退還方式不適宜時得通知改正，投標廠商不得異議。

八、押標金退還時，依法定會計程序，以保管款科目編製傳票，簽開退還押標金支票，並按廠商所填退還押標金申請書內選定之方式，依左列於決標日起三日內無息退還，如遇假日得順延之：

(一)申請以支票方式退還者，由主辦工程單位開具以投標廠商抬頭、劃線、禁止背書轉讓退還押標金支票交投標廠商按本要點第九條前段之規定備據貼用印花稅票領回。

(二)申請以代存方式退還者，由主辦工程單位開具退還押標金支票，代爲存入投標廠商本身存款帳戶。

(三)申請以滙還方式退還者，由主辦工程單位開具退還押標金支票，以入戶信滙滙入廠商本身存款帳戶，如廠商請求以電話滙款方式滙還者，電滙費由廠商負擔。

前項第二款以代存方式退還之押標金者，應以廠商本身存款帳戶，在主辦工程單位所在地各行、庫、局、信用合作社爲限。

九、投標廠商，向主辦工程單位領回退回押標金支票時，應備具蓋用與標單相同之印章，並貼足印花稅票之收據，始得退還，如由主辦工程單位以代存或入戶信滙方式退還時，以行、庫、局、信用合作社蓋章之送款憑單回單或支票送存單或入戶信滙同條作爲退還原始憑證，投標廠商則不必另立收據，免貼印花稅票。

十、投標廠商所申請以代存或入戶信滙方式退還押標金時，其帳號、戶名塡寫錯誤，致退還之押標金誤入他人帳戶，應由投標廠商自行處理，主辦工程單位不負任何責任。

十一、投標廠商所繳之押標金票據如係僞造、變造，主辦工程單位除依法處理外，並取銷其投標權或得標資格。

十二、本要點如有未盡事宜，應依投標須知之規定辦理。

第五章　會議文書

第一節　會議文書的意義

會議的定義就是：「三人以上，循一定規則，研究事理，達成決議，解決問題，以收羣策羣力之效者」的意思。　國父在民權初步第一節中說：「凡研究事理而爲之解決，一人謂之獨思；二人謂之對話；三人以上而循有一定規則者，則謂之會議，無論其爲國會立法，鄉黨修睦，學社講文，工商籌業，與夫一切臨時聚衆，徵求羣策，糾合羣力，以應付非常之事者，皆其類也」。

從以上所引述的，可知會議對於我們的重要性。我們撇開一般會議不談，從廣義解釋，「三人以上，循一定之規則，研究事理，達成決議，解決問題，以收羣策羣力之效者，謂之會議」，則工程的開標、底價的議訂等舉措，似屬類同，於是將它併爲敍介。因此會議應備那些文書？它的程序怎樣？如何寫法？自然成爲我們研究的重要部分了。

第二節　會議文書的種類

會議文書，就是關於會議所應用的文書。大而言之，會議文書，可包括：㈠開會通知；㈡議事日程；㈢開會秩序；㈣會議紀錄；㈤提案；㈥選舉票等六種。本節祇就與工程有關者加以敍介，至於議事日程、提案，以及選舉票，在一般應用文中均有闡述，茲予從略。

一、**開會通知**——會議至少有三人以上的集議，所以會議的進行，在事前必須經過召集，即使是定期性的例會，為免出席人員臨時忘記，也須在開會前予以通知，這種召集會議的通知，就叫開會通知。

二、**會議程序**——會議程序是在開會前，根據該次會議的實際需要，由會議秘書人員預為擬定的會議進行程序，簡稱為議程。工程會議比較注重實際需要，不太講究形式，其進行的程序比較簡單，也不需像一般開會秩序一樣用大幅的紙繕寫，張貼於會場，以及請司儀高呼開會秩序的必要，但在開標的場合，唱標及記標的人員是不可缺少的。

三、**會議紀錄**——會議紀錄也稱議事紀錄，是由紀錄人員將會議經過情形，予以筆錄的文書。會議中的討論，以及決定事項，不但須一一付諸執行，而且對於會衆具有拘束力，所以會議紀錄，是會議中的重要文書。

第三節　會議文書的結構與作法

與工程有關的會議，經常涉及法律責任和技術性問題，如開標時主席臨時宣佈的補充規定事項，常作為雙方合意的契約附件；由於工程開標，自核驗廠商證件、押標金、議訂底價、開標，以迄於審標、決標為止，過程較為複雜，而投標廠商有時多達數十家，其所投報價及檢送之附件繁多，在短促時間內不容許慢慢處理，為簡化起見，多採表格化，將須記錄之重要事項，均予綱列，以爭時效，而便查閱。

工地會報，即為技術人員互相就有關技術性或事務性方面交換意見，據以執行的一項會議，所以前項用詞，必須嚴謹明確，而後項記錄，必須適法可行。玆將會議文書的作法內容再分述如次：

一、開會通知的內容——會議通知依照「會議規範」第三條第二項規定：「召集人應根據距離遠近及交通情形，於充裕之時間前，將開會日期、地點或議程，以書面通知各出席人或公告之。由此可知，通知可採兩種方式：一爲個別的書面通知，即分送各出席人的開會通知；一爲開會公告，即以揭示方式，或刊登於新聞紙，以便出席人員周知的通知。兩者的方式雖有不同，而其主要內容，則屬一致，都應包括：①開會日期；②開會地點；③議事日程（不附議程者，敍明開會的宗旨及中心議題）。

開會日期，除須根據距離遠近及交通情形，計算充裕時間外，對工程會議時間的安排，更須考慮作業時間及遵守法令的規定。如開標時間必須注意估價所需時間，或向國外詢價的時間。此在「財物稽察條例」及「各機關營繕工程招標辦法」等有關法令中均有明文規定，自應參照辦理。

二、會議程序的內容——依照「會議規範」第八條規定，議事日程應包括下列項目：①報告出席人數，並宣佈開會；②報告事項；③討論事項；④選擧；⑤散會。報告事項包括：①宣讀上次會議記錄；②報告上次會議決議案執行情形；③委員會及委員報告；其他報告。至於討論事項包括：①上次會議遺漏的事項；②本次會議預定討論的事項；③臨時動議。由於各種會議的性質不同，會議的程序，自然也無法求其一致，必須斟酌實情，擧一反三，以符實際應用。

報告事項，如爲第一次會議，或雖非第一次會議而上次會議無決議者可予免列；如有其他各種報告，應將報告之事項或報告人，一一開列，無則從略。

所謂上次會議遺漏的事項之討論，指上次會議尙有未完的事項，或指定的事項，須於本次會議討論者，應將其案由及案號一一列入，如無此種事項可免列。至於本次會議預定討論的事項，應將各預定討論事項之案由及案號一一列舉。並應將提案連同議程一併印發各出席人。

工程開標時，通常並無討論事項，因參予投標的廠商，並不能代表未參予廠商的意見，因此此項程序多予免列。如投標前已規定工期爲一五〇工作天，如在開標時經討論協議改爲一八〇工作天，雖爲雙方的合意，但可能損及未參加投標廠商的權益，因爲它不參加投標的原因，可能就是由於工期不夠的緣故，所以很多機關都不願接受投標廠商臨時動議付諸討論，以免涉嫌圖利他人，影響合法廠商的權益。

三、會議紀錄的內容——依照「會議規範」第十一條規定：會議應備置會議紀錄，其主要項目爲：①會議名稱及會次；②會議時間；③會議地點；④出席人姓名及人數；⑤列席人姓名；⑥請假人姓名；⑦主席姓名；⑧紀錄姓名；⑨報告事項；⑩選舉事項；（無此項者從略）⑪討論事項；⑫其他重要事項。會議紀錄並須由主席及紀錄分別簽署。

政府機關的工程開標，除由主辦機關指定人員擔任主持人外，其在一定金額以上的標案，並須由各該上級主管機關及審計機關代表蒞席監視。而紀錄的重點均偏注於主席宣佈，與廠商承諾事項，以及廠商的報價與開標結果。

第四節　作法舉例

【例一】開會通知

審計部○○市審計處開會通知單

受文者	○○市政府工務局等四單位
副本收受者	本處第一、二、三科及總務科（請準備會場）
發文日期	
發文字號	字第　號
附件	研討項目詳細表乙份。
開會時間	○○年○月○日（星期○）上午　時　分
開會地點	本處會議室
會議主持人	○處長
主辦單位聯絡人	第○○科 ○○○
電話號碼	
出(列)席單位	○○市政府工務局　新建工程處　養護工程處 ○○市政府主計處（列席）
案由	研討「○○市道路工程路面之規劃、施工、養護、修復及損壞原因」等有關事項。
備註	請就所附送之研討項目提出詳細資料及改進意見。
發文單位	審計部○○市審計處

【例二】研商有關建築管理業務疑義會議紀錄

時　間：〇〇年〇月〇日（星期〇）上午〇時〇分

地　點：第〇會議室

出席單位：行政院秘書處

司法行政部　〇〇〇

經濟部

審計部　〇〇〇

行政院主計處

財　政　部

臺灣省政府

臺灣省政府建設廳　〇〇〇

臺北市政府

臺北市政府工務局　〇〇〇　〇〇〇　〇〇〇

臺灣省建築師公會　〇〇〇

臺北市建築師公會　〇〇〇　〇　〇

本　部　〇〇〇　〇〇〇　〇〇〇

主　席：〇司長〇〇　紀錄：〇〇〇

討論及決議案：

第一案：五層以上建築物或供公衆使用建築物之地基調查均須由登記有案之鑽探業應用地基鑽探方法調查等疑義一案。

決議：1.承辦專案鑽探業務者，應向省建設廳申請公司登記，並向開業當地縣（市）政府辦理營利事業登記。

2.由內政部建議經濟部儘速制訂鑽探業管理規則。

第二案：屏東縣、高雄市等油漆商業同業公會陳情爲營繕工程有關油漆部份應另行公開招標，以節公帑而維油漆業權益一案。

決議：營繕工程油漆部份仍以併入整個工程發包爲宜，惟當油漆工程可獨立作業時，可由工程主管單位衡酌情形另行發包。

第三案：林海連君建議改變政府工程付款業務一案。

決議：由各工程發包機關按照事實需要自行辦理。

第四案：臺北市工務局函：建築師、營造業負責人及主任技師與專任技師其戶籍謄本職業欄爲「自耕農」者，是否需要更正一案。

決議：由內政部營建司協調戶政司決定後另案處理。

第五案：臺灣省建設廳函以林再旺建築師出國期間其業務可否由范文禮建築師代理執行其業務一案。

決議：出國六個月以上者應報停業，六個月以內者可請其他建築師代理。

第六案：建築師受委託辦理建築物之設計並代辦建築執照代覓營造廠商代爲蓋章，實際上由起造人自行購料僱工建造應如何議處一案。

決議：依照有關法令規定處理。

第七案：營造業因欠稅不繳納，可否吊銷營造業登記證一案。
決議：現行營造業管理法令中尙乏明文規定，請財政部就稅法研究加强防止。
第八案：建築師事務所所冠名稱疑義案。
決議：原則上以本人名稱爲建築師事務所名稱如有名稱重複者得改用其他名稱同時應獨立執行業務不得附設於其他機構之下，不合規定者，應於本（六十四）年底以前更改。

【例三】〇〇市政府〇〇〇〇處工程（器材）開標紀錄表　　工程編號：×××××
第×次

工程名稱	〇〇國民中學校舍工程	開標地點	本處會議室	辦理方式	招　標
工程地點	本市〇〇路	開標時間	民國××年×月××日×午××時		

號數	廠商名稱	標	價	
1	〇〇營造廠	$××××××××	××	
2	〇〇建設公司	××××××××	××	
3	〇〇〇營造廠	××××××××	××	
4	〇〇工程公司	××××××××	××	（最低）
5	〇〇〇營造廠	××××××××	××	

開標結果以〇〇工程公司報價最低，合於投標須知規定，並在底價以內，經主持人當場宣佈決標。

監標者	〇〇市審計處〇〇〇簽名 〇〇市政府〇〇〇 本處主計計室〇〇〇
開標主持人	〇〇〇
紀錄	〇〇〇

開標結果		決標總價 保留標價	
得標廠商	〇〇工程公司（簽章）	$×××××××	××
候補標(1)	〇〇營造廠	×××××××	××
候補標(2)	〇〇〇營造廠	×××××××	××

列席	〇〇國民中學〇〇〇

【例四】○○市政府○○○○處工程開標底價單

工程編號××××××
日期××年×月××日

工程 器材　名稱	○○國民中學校舍工程
本處預估底價	新臺幣　×佰×拾×萬×仟×佰元整
○○市政府核價	新臺幣　×佰×拾×萬×仟×佰元整
○○市審計處查核意見	照預估底價核減新臺幣×××萬元整
核定底價新臺幣零億零仟×佰×拾×萬×仟×佰零拾元	

審計處　○○○（簽名）

○○市政府　○○○○（簽名）

○○處　○○○○（簽名）

【例五】分項決標用底價表

○○市政府○○○○處
電化器材招標（比價）底價表

××年×月××日

器材名稱	本處預估	市府建議	審計處意見	核定底價
○○彩色電視機	$×××××	$×××××		$×××××
○○○錄影機	×××××	×××××		×××××
○○○錄音機	×××××	×××××		×××××
○○○放映機	×××××	×××××		×××××

核定底價新臺幣零億零仟×佰×拾×萬×仟×佰×拾元

審計處	○○○（簽名）	市政府	○○○○○○（簽名）	○○○○處	○○○○○○（簽名）

【例六】議訂單項底價表

○○市政府○○○○處

○○工程新增項目單價底價表

××年×月××日

工程項目	單位	本處單價		市府建議		審計處意見		核定單價	
3,000P.S.I. 預拌混凝土	M^3	$×××	××	$×××	××			×××	××
花崗石	M^2	×××	××	×××	××			×××	××

審計處 ○○○（簽名）　○○市政府 ○○○○○（簽名）　○○處 ○○○○○○○（簽名）

第六章　廣告啓事

第一節　廣告啓事的意義

所謂啓事，就是對某人、某一部分人，或向某一特定對象，甚至社會大衆，就一定的事項，有所聲明或要求的一種文書。啓事方式，可概分爲書函啓事和廣告啓事兩種。書函啓事，是將文書分送各受文者，例如邀約廠商參加投標文書或開會通知等。廣告啓事，則將啓事文書刊載於報紙、雜誌，或張貼於顯明處所，例如在公告欄張貼比價公告等。

廣告啓事，是一種公開表達的啓事，和書函啓事之祇限於特定受文者知照不同。例如一項具有機密性的工程，邀請曾經經過安全調查的廠商參加比價，這種書函，對被邀請以外的廠商而言，顯然是無法知道的。廣告啓事，有時雖也有其特定的對象，但其作用，比較公開而廣泛，例如修正標單或改期開標等公告，其對象顯以準備參加投標的廠商爲限，但是既經登載於報紙、雜誌，或張貼於顯明處所，自然人人都能看到。所以廣告啓事，通常須具有下列動機之一時，始有其需要，否則，祇須用書函通知即可。

一、完成法律上的程序——例如政府機關辦理營繕工程、採購或變賣財物時，爲完成機關營繕工程及購置定製變賣財物稽察條例第十條：「招標應在主辦機關門首公告五日以上，並在當地報紙廣告二日以上，……」所規定的程序必須公告及廣告。

二、不明受文者的住所或居所，無法將啓事送達——例如採用通訊投標方式，廠商領取標單、圖說時，都是不記名的，因此如須修正標單改期開標，祇有廣告一途。其他如遷葬無主墳墓等，也是採用廣告方式。

三、公諸社會，以期大衆的瞭解——例如徵收工程受益費等。

四、向社會大衆徵求，以期達到特定目的——例如徵求設計圖樣、徵求土地合建等。

第二節　廣告啓事的法律關係

所謂廣告啓事的法律關係，是指啓事人的法律責任和啓事的法律效力兩者而言。民法第九十四條：「對話人爲意思表示者，其意思表示，以相對了解時，發生效力。」；同法第九十五條：「非對話人而爲意思表示者，其意思表示，以通知達相對人時，發生效力。」由於廣告啓事，當事人並不一定能夠看到，所以在法律上並沒有絕對的效力了。因此須用掛號郵寄，或由法院公證送達爲宜。如通知廠商參加比價，爲表明邀請函確已按照名單發出，得以掛號方式證明之，否則若有疏失，或經辦人從中舞弊，勢將導致後患。

第三節　廣告啓事的作法

廣告啓事的內容，應以簡明爲主，因爲刊登廣告需要付廣告費，即使自印招貼，爲了節省廣告位置，增加廣告效果，文字亦不宜太長，所以寫作啓事時，應特別注意下列三點：

一、內容簡明謹嚴——廣告文字應力求簡明謹嚴，否則辭不達意，顯不能達到啓事的目的，尤其是招標公告等，往往與法律問題發生關係，稍有不愼，會導致糾葛，所以應處處謹愼，一字一句都不能隨便。

二、文字淺易扼要——啓事的目的，無非要使大家知曉，因此以用語體文爲宜，可是語體文往往過於冗長，刊費較多，所以不妨採用淺易的文言文。所謂扼要，就是針對事實，語無虛發的意思，用最少的字句，表達事實的全部，既可省錢，又可使人一目瞭然。公告的款式，概可分爲條列式（如例四）、標題式（如例一）與段落式（如例五）。

三、注意一定用詞——有的啓事，其用詞也有一定的規律，這些規律，雖然並未明定於法律，但由於習慣使然，如稽察限額，是指機關營繕工程及購置定製變賣財物稽察條例中所稱的一定金額而言，但在會計、審計法規中，使用「一定金額」的地方很多，並不全是指的「稽察限額」，切不可將之含混錯亂。

第四節　作法舉例與改正

廣告啓事種類繁多，玆就工程方面所常用者，舉例如次，以供參考：

【例一】工程招標(一)

○○縣政府工程招標公告

字第○○號

中華民國○年○月○日

一、主旨：本縣文化中心圖書館建築及演講廳設備工程發包。

二、依據：本府暨所屬機關學校營繕工程及購置定製變賣財物稽察辦法。

三、公告事項：

工程名稱	施工地點	包商等級	領圖說日期	標單函及圖說成本費（新臺幣）	押標金（新臺幣）	開標日期	開標地點	備註
○○縣文化中心圖書館建築及演講廳設備工程	○○市○○路	①甲級營造廠 ②詳閱廠商資格	○月○日以前	①標函成本費○元 ②押圖費○元	○○○元	○○年○○月○日上午○時	本府建設局（新址）	第一、二、三、四次標函圖說作廢。
廠商資格：在○年內曾承包地上○層樓以上高層建築工程其工程費有一年（一——十二月）累計達到新臺幣○○○元以上，並持有完工驗收證明或合約書。								

四、說明：①標單函及圖說成本費繳存郵政劃撥○○○○○○號本府帳戶並於存款單背面通信欄內註明工程名稱（符合規定廠商均以購借乙份為限）。並請持劃撥收據逕向本府土木課領取有關資料。②押標金依照本府營繕工程押標金繳納要點辦理。③餘詳投標須知及補充說明。

縣長　○　○　○

【註釋】①本例係採標題款式。

②由於看公告的人，並不重視有無依據，故登報時如為節省經費，得予免列。反之：如一定須寫明依據，在本案例中，宜改為：機關營繕工程及購置定製變賣財物稽察條例。

③本工程係第五次招標，故在備註欄內有：「第一、二、三、四次標函圖說作廢。」的規定，俾免混淆。

【例二】工程招標(二)

○○市政府工程招標（比價）公告

中華民國○○○年○月○○日　○○字第　號

工程名稱	投標廠商資格	圖說文件領取日期地點	押標金新臺幣	文件工本費	開標時間地點	備註
本市雨水下水道（北排水幹線A段）工程	甲級以上營造廠	自○○年○月○日起至○○月○○日止向各行庫繳納劃入臺灣銀行○○分行○○號帳戶滙購收據聯及同業公會會員證影本郵寄○○市政府庶務股（郵戳為憑）或親自領取。	○○○○○元	○○元	○○年○○月○○日上午○○時在發包小組公開舉行。	郵購回郵○元工作天○○○天

說明：一、郵購招標文件，每一郵購函以一份為限，寫明工程名稱並自備回件信封書妥收件人姓名、地址貼足掛號郵資。二、押標金請依各機關營繕工程投標押標金繳退要點辦理。（本府指定臺灣銀行○○分行）。三、本工程承包商於訂約開工後得向銀行、信託公司辦妥履約保證書持向本府申請決標總額百分之五十預付款（爾後不得以任何理由要求貼補）。四、餘詳投標須知。

【註釋】①本例合乎例一註釋②的簡化原則。

②一般登報，均以招標為主，惟恐參加廠商不踴躍，屆時不足三家而流標，故在括弧內加註「比價」二字，表示：如僅二家參加投標時，將依法改為比價方式辦理。

【例三】工程招標㈢

〇〇市立〇〇女子國中活動中心及游泳池新建工程暨教學播音系統招標公告

工程名稱	廠商資格	領圖日期及地點	圖說費	押圖費	押標金	開標日期	附註
㈠新建活動中心及游泳池水電等工程「全部統一辦理」	㈠甲級以上營造廠商證照齊全並於最近〇年內一次完成〇〇元以上工程有驗收證件並無不良紀錄者	〇〇年〇月〇〇、〇〇、〇〇三天辦公時間內向〇〇市〇〇街〇〇號本校事務處洽領	〇〇〇元正	〇〇元正不得標者退還圖說費	〇〇〇〇元正	〇〇年〇〇月〇〇日上午〇時在本校會議室	餘詳投標須知
㈡教學對講播音系統工程	㈡甲等電子廠商資本額〇〇〇元以上並在最近一年內安裝該種工程二處以上者	同右	免	免	〇〇元正	〇〇年〇〇月〇〇日上午〇時在本校會議室	同右

【註釋】①本例係採表格式，乃為條列式的一種變化形態，顯較前面所列舉者，更為簡化。

②廣告中雖未附說明，但一般擬參加者，均可自投標須知中知悉。

【例四】工程招標㈣

○○鐵路管理局工務處工程招標公告

○年○月○日○○字○○號

㈠工程名稱：平交道改善方案板橋舘前路立體交叉工程（地下道及引道部份）規格標。

㈡廠商資格：甲等營造業自認具有特殊工程施工能力與特殊機器設備，並能依照設計及施工規定事項在限期內提出工程規劃資料者。

㈢招標文件：①領取期限：○○年○月○日至○月○○日○○時○分止。②工本費：新臺幣○○元。③繳納工本費郵局、劃撥戶名及帳號：本局工務處○○○○號。④發售地址：本局工務處。⑤押圖（含鑽探報告）費：新臺幣○○○元以滙票或現金交本局工務處收。

㈣標單寄達地點及截止受理時間：請於○○年○月○日○時○分前寄達○○市郵政○○○○信箱逾時不再收件。

㈤開規格標及審查證件日期地點：○○年○月○日上午○時在本局工務處。

㈥說　明：①本工程招標分兩階段開標，先開規格標，再開價格標，未參加規格標及參加規格標而所提規劃報告被審查不合格之廠商均不得參加投價格標，規格標決標辦法見招標文件。②開價格標時不再登報公告由本局專函通知參加規格標並經審查合格廠商參加，通知函內附送投價格標辦法價格標之招標文件另購。③郵購文件檢附郵局收據，註明工程名稱附繕妥收件地址信封，信封上貼足郵票○元寄至發售地點購領，持郵局收據面領招標文件須在本局辦公時間截止前○分鐘辦理，每人限購一份。④餘詳臺灣省各機關營繕工程投標須知，招標文件郵購處理要點工程押標金繳退要點及有關補充說明。

【註釋】①本例係採條列款式。

②本案例係採兩段方式，先開規格標，再開價格標，一般計畫型設備的採購，也多採用此種方式，以利決標。

【例五】工程招標(五)

○○省住宅及都市發展局工程招標公告

現有○○市新興國宅社區第一期新建工程第一標等○項工程招標，請詳閱○月○日本報第○版原公告。

【註釋】①本例係採段落款式。

②為節省廣告費支出，除第一天刊載全文內容外，其餘均如本例予以扼要刊出。本例如稍作修改，亦可作為重行招標之用。

③預料案情簡單，而文字又少的公告，自不必一定要套以「主旨、依據、公告事項」等。否則，不但擬稿不易，反使閱者難懂，因而費時、費力雙方都不討好。

【例六】標售房屋

○○市政府國民住宅處標售○○國宅社區一樓店鋪公告

中華民國○○○年○月○日○字第○號

一、主旨：公告公開標售本市○○街○○號，○○路○段○○巷5、13、15、19、21、23、25、27、29、33、35、45、47、49、51、61號一樓新建店鋪及其持分土地。

二、依據：機關營繕工程及購置定製變賣財物稽察條例、國民住宅條例施行細則。

三、公告事項：①標售標的：

標售編號	建物 地址	層數	構造	自用面積(M²)	公共面積(M²)	總面積(M²)	土地 標示	公頃持分	面積(M²)	標售底價(元)	押標金(元)	備註
第18號	○○市○○街四四號1樓	12	鋼筋混凝土	51.09	14.27	65.36	○○市○○區○○段一小段七四地號	20/31555	14.59	二、○二○、○○○	一四一、○○○	公共面積係公共使用不辦理登記
第23號	○○市○○路二段五○四巷五號1樓	〃	〃	68.07	18.87	86.94	〃	26/31555	18.97	一、五二一、四五○	一○七、○○○	〃
第24號	○○市○○路二段五○四巷七號1樓	〃	〃	51.96	14.29	66.25	〃	20/31555	14.59	一、七一八、○○○	一二○、○○○	〃
第25號	○○市○○路二段五○四巷九號1樓	〃	〃	51.96	14.29	66.25	〃	〃	〃	一、七一八、○○○	一二○、○○○	〃
第26號	○○市○○路二段五○四巷五一號1樓	〃	〃	68.07	18.87	86.94	〃	26/31555	16.97	一、五二一、四五○	一○七、○○○	〃
第31號	○○市○○路二段五○四巷六一號1樓	〃	〃	68.07	18.87	86.94	〃	〃	〃	一、六一○、○○○	一一三、○○○	〃

（以下寫法類同，不贅）

②投標資格：凡依法在中華民國領土內有購買不動產權利之公私法人及自然人均可參加投標。
③投標手續：以郵遞方式投標，自公告之日起至〇〇年〇月〇〇日止（辦公時間），投標申請人逕向本市〇〇路〇段〇號（三樓）〇〇市政府國民住宅處第〇科洽購投標書表，或以滙票（另附同郵〇〇元）郵購，（投標書表每份〇〇元）。
④投標方式：參加投標人得同時投寄兩標以上，至多不得超過〇標，但僅能得一標為限，詳見投標須知。
⑤開標日期及地點：民國〇〇年〇月〇〇日上午〇時在本處二樓會議室當衆開標。
⑥繳款期限：得標人應自開標之日起算卅天內（自〇〇年〇月〇〇日起至〇〇年〇月〇〇日止一次繳清標的物全部價款。
⑦其他事項詳見投標須知。

【註釋】①本例為政府機關所採用的格式，用詞比較謹嚴。一般建設公司出售房屋的廣告講究噱頭，花樣百出，非本書所能盡賅，故予省略。

【例七】更正招標內容

〇〇省農工企業公司基隆粉料廠營繕工程招標更正啓事

本廠新建散裝倉庫工程。於〇年〇月〇日刋登中央日報第四版公告招標，廠商資格一欄，應更正為「凡經臺灣省政府建設廳暨臺北市、高雄市工務局登記有案之甲級營造廠，無不良紀錄，並具備㈠營造業登記證。㈡公會會員證。㈢承攬工程手册。㈣營利事業登記證，開標當日有效納稅證明卡」。二、已購領招標文件者，其投標須知第四條，同時修正如上。

【註釋】①本例係採段落款式。

②本案原規定營造廠商資格爲：近三年內一次完成千萬元以上工程並無不良紀錄之甲級營造商。更正啓事中已將此項限制刪除。因爲根據營造業管理辦法第十七條：「甲等營造廠承攬一切大小工程。」以及各機關營繕工程招標辦法第七條：「主辦工程機關舉辦特殊或鉅大工程，非一般營造廠商所能擔任，必須具有特殊工程經驗暨具有特殊機器設備之廠商，始能擔任者，主辦工程機關，得規定特殊投標資格，並規定投標廠商檢具必要之機器設備證明文件。」等規定，所以一般工程之發包，自不得對甲等營造廠商再作資格的限制。

【例八】修正標單

○○信託局購料處修正標單公告

年　月　日　字第　號

案號	修正要點及說明
GF3-693059	標購萬用計時器及信號合成產生器案，不足法定家數，延至十月廿三日下午三時開標

△更正：十月十一日刊9267號公告國外採購GF3-684425-1案案號應更正爲FL4-684415-1。

【例九】遷葬墳墓

○○縣政府公告

○○年○月○日○字第○○號

主旨：公告遷葬本縣〇〇鄉〇〇段〇〇小段193-1、198-2、198-7、214-2等地號土地內墳墓二〇八座。

依據：一、公墓暫行條例。二、行政院臺五十二內字第一四八九號令。三、省公路局〇〇工程處〇〇年〇月〇〇日號函。

公告事項：一、墳墓地點：〇〇縣〇〇鄉〇〇段〇〇小段193-1、198-2、198-7、214-2等地號土地。二、遷墓原因：拓寬〇〇橋連接道路一〇三線工程。三、遷墓日期：自民國〇〇年〇月〇〇日起至〇月〇〇日止一個月期間。四、墳墓所有人、關係人、管理人，希於遷葬日期內，逕向該地鄉公所認領，並辦理補償及遷葬事項，逾期未遷者由申請人會同該地鄉公所代爲遷葬於附近公墓內或寄放納骨堂塔，並在遷葬之處，豎立標誌，以供查考。

【例十】通知領回工程保固金

某國營工廠通知廠商領取工程保固金公告

玆有〇〇建設工程公司、〇〇股份有限公司、〇〇土木包工業（二筆）、〇〇營造廠（二筆）、〇〇工程公司（二筆）、〇〇工程公司，〇〇營造股份有限公司、〇〇水電工程公司、〇〇水電材料工程行（二筆）承包本廠營繕、水電工程所繳工程保固金，業已到期，請各廠商見報後於〇〇年〇月〇日以前携帶收據前來〇〇市〇〇街〇〇號本廠辦理退保，逾期卽報繳國庫。

【註釋】①本例係採段落款式。

②關於公告中末段所稱：「逾期卽報繳國庫」一語，並非充公或沒收。如廠商於期限後提出申請發還，仍須照辦。

【例十一】徵收工程受益費

○○市政府公告

○○年○月○日○○字第○○號

主　旨：公告○○ SR76 計畫道路第二期（自中十一路至八米計畫道路段）拓寬工程開工日期、施工範圍、經費預算、及該項工程受益費、徵收費率、數額及開徵日期。

依　據：工程受益費徵收條例及施行細則，及完成程序之費率表。

公告事項：一、本工程訂於○○年○月○日開工。其內容要點如左：

㈠施工範圍：本工程起點爲中十一路終點爲八米計畫道路路寬十公尺，全長一八五公尺。

㈡經費預算、徵收費率及數額：本工程使用總工程費○、○○○、○○○．○○元按百分之四十費率徵收工程受益費新臺幣○、○○○、○○○．○○元（本工程係單面徵收）。

㈢受益範圍分爲三區（如所附受益範圍圖，張貼公告欄）其負擔受益費比例如左：

1.第一區：自道路邊（建築）線起，向兩旁深入各十公尺，該區房地連同受益線負擔受益費總額百分之六十。

2.第二區：自第一區邊線起，再向兩旁深入各二十公尺，該區房地負擔受益費總額百分之二十五。

3.第三區：自第二區邊線起，再向兩旁深入各二十公尺，該區房地負擔受益費百分之十五。

4.沿道路邊（建築）線爲受益線，計其長度不計面積，在第一區百分之六十受益費總額內，受益線負擔三分之一，受益面負擔三分之二，線、面分別計算，併入臨接道路之土地合併計課。

二、本工程應負擔受益費地段、地號經本府以都市計畫地籍圖、繪製本工程受益範圍圖，隨同本公告，張貼於本府公告欄三十天。在該受益範圍內土地房屋，於本公告之日起發生買賣，典權行爲，應依工程受益費徵收條例第六條之規定，先行向經徵之稅捐分處查明負擔費額繳清未到期之工程受益費，買受人或典權人，亦應依上開規定向稅捐稽徵機關查明該筆土地或房屋應繳而未繳之工程受益費額，在買（典）價內扣除負責代繳，不依此項規定辦理者，其應繳納之受益費由買受人或典權人負責清繳。

三、本項工程預定完工日期爲〇〇年〇月〇日，其工程受益費訂於〇〇年〇月〇日開徵，分兩期繳納，第一期限繳日期至〇〇年〇月〇日截止，第二期限繳日期至〇〇年〇月〇日截止。如果本工程較預定完工日期落後一個月以上者，其工程受益費開徵日期隨之順延，但提前完工者開徵日期仍以上開日期爲準。

【例十二】變更都市計劃

〇〇市政府公告

〇〇〇年〇月〇日〇〇字第〇〇號

主旨：公告本市都市計畫「變更〇〇區第十四號市場部份保留地爲肉品批發市場用地案」自民國〇〇〇年〇月〇日起在本府及士林區公所公告欄發布實施。

依據：都市計畫法第廿一條。

【例十三】徵求設計

〇〇省政府教育廳公告

〇〇〇年〇月〇日〇〇字第〇〇號

主　旨：公告○○省立美術館新建工程設計圖樣徵選須知。

公告事項：本須知要點如下：

㈠工程名稱：○○省立美術館新建工程。

㈡應徵者資格：領有開業證書之甲等建築師。

㈢登記日期及審查證件：應徵者請於○○年○月○○日上午○時止（○○、○○兩日上午○時至○○時，下午○時至○時、○○日上午八時至十時）攜帶建築師開業證書正本及影印本一份暨業務手册、公會會員證、印鑑等到○○市○○路省立○○圖書館二樓第二會議室辦理登記。經審查合格後索取基地平面圖及徵選須知等。如需查勘現場者，請登記時陳明。通訊方式登記者。恕不受理。

㈣應徵圖說須附建築模型、繳件日期及地點等請詳見徵選須知辦理。

【例十四】合建大樓

○○日報南社址現改建大樓徵求合建啓事

一、大厦名稱：○○報業廣場大厦

二、地點：座落○○市○○路○號，總面積○○○坪。○○市都市主要計畫列爲商業區。

三、合建對象資格：

㈠經濟部登記合格，領有公司執照及縣市政府發給之營利事業登記證，資本額在○○萬元以上，業績良好之企業機構。

㈡經濟部登記合格，領有甲級以上營建廠商執照及縣市政府發給之營利事業登記證，於最近二年在省市完成十層以上大廈工程獲有完工驗收證明，且業績良好之營建廠商（最近完稅證明爲憑）。

四、合建方式：由本報提供土地，合建人出資共同興建大廈。

五、符合第三項所列資格之一並有意投資合建者。請於即日起至本（〇〇）年〇月〇日止，携帶有關證件，向〇〇市〇〇路〇號本報南社總務組或〇〇市〇〇路〇〇號本社秘書室登記購取合建資料並繳送證件影本。登記合格者始得參加投標。

六、投標細節另詳投標須知。

【例十五】誠購用地

某機關誠購倉庫用地啓事

①地點：楊梅以北至林口止，距高速公路交流道十公里以內，附近無化學工廠，且有道路可供拖車通行爲原則。

②面積：約二萬坪（旱地或林地）。

③有意者，請於〇月底前將詳細資料、地籍圖、位置圖，及擬出售價格寄臺北市郵政〇〇〇〇信箱。

【例十六】徵收土地

〇〇〇政府公告

〇〇年〇月〇日〇〇〇字第〇〇〇〇〇號

一、主旨：公告拓築○○三號道路工程，徵收○○區後山坡段七○七——一一地號等土地計十六筆，面積○．二六一一公頃。

二、依據：㈠援行政院令：「准予徵收，並特許先行使用。」

㈡土地法第二百二十七條第二百二十八條和土地法施行法第五十五條。

三、公告事項：

㈠需用土地人：○○政府。

㈡興辦事業類別：交通。

㈢徵收土地的詳細區域和應補償費額：見土地補償清册和土地範圍圖。

㈣公告期間：三十日（自○○○年七月二十日起至同年八月十九日止）。

㈤土地權利人或利害關係人對公告事項有異議時，應在公告期間內，檢附證件，以書面向本府提出，過期不受理。

㈥如有他項權利還未辦完登記，應在公告期滿前辦理完畢，向本府申請依法補償，過期不受理。

市長　○○○

【例十七】審查合格

經濟部公告

中華民國五十九年三月十二日
經（五九）農第○九七○八號

主旨：公告50% Topsin W. P.列入五十九年度新推廣農藥。

公告事項：上項農藥，經本部植物保護技術審議委員會專案審查，可用於防治香蕉葉斑病，並可推廣，自即日起受理登記。

部長　○○○

臺灣省政府建設廳公告

中華民國○年○月○日
○○字第○○○號

【例十八】釋示(一)

一、主旨：公告土木包工業申請越區核轉登記手續。

二、依據：(一)○○縣政府函請解釋。(二)內政部代電核准照辦。

三、公告事項：

土木包工業管理辦法第六條對申請越區核轉登記手續，規定不夠明確，現經商得結論如次：

(一)申請核轉登記手續，須由申請人塡具申請書二份（格式與申請土木包工業登記格式同）戶籍謄本一份，並覓具與被保人同額以上資本的商號一家爲保證，由原發證縣市政府核符後抽存申請書一份備查，餘應註明審核情形，加蓋戳記退還申請人，由申請人檢同原發土木包工業手册與核符申請書件送往越區營業的縣市政府申請核轉登記。

(二)受理核轉登記的縣市政府，應根據原發證縣市政府的批註加以審核相符後，於手册上註明「經依照規定辦妥核轉登記手續，可在○○縣市營業」。

廳長　○○○

【例十九】釋示(二)

經濟部公告

中華民國五十八年二月五日
經臺(五八)礦字第〇四五五四號

主旨：公告指定石灰石和蛇紋石為礦業法第二條規定的礦種。

依據：一、礦業法第二條。二、行政院令。

公告事項：

一、石灰石和蛇紋石原來是「土石類」，按土石採取規則處理。現已指定為「礦」。應按下列原則處理：

(一)所有申請採取石灰石和蛇紋石的新案，一律暫停受理。

(二)已申請的也暫停處理。

(三)原已核定採取的，維持現狀，仍可開採。

二、以上處理原則中(二)(三)兩項的最後處理方式，請候另行通知。

部長　〇〇〇

【例二十】公示送達

〇〇市政府
國民住宅處　公示送達

年　月　日
字第　號

主旨：台端等因違建拆除登記申請優先承購國宅，因按原報地址，函請辦理抽籤分配事項，無法投遞，特予公示送達。

說明：

一、台端等因公益需要房屋拆除，已辦妥登記優先承購國宅，經本處多次按原登記地址（如附名冊）投郵，通知參加國宅分配抽籤事項，並經於69 10 6 以○市宅三字第一三一九七號函再次通知，均經郵局以「查無此人」或「遷移新址不明」等情節退還。

二、玆限於本公示送達刊登市府公報之翌日起十五天內，請 台端等携帶身分證及主辦拆遷單位核發之優先承購國宅通知單，逕向本處第三科（○○市濟南路一段七號）辦理登記，如逾期仍未辦理，即視同自願放棄優先承購權，將原登記案件註銷。

處長 ○○○

專案拆除戶申購國宅通訊地址無法投郵人員名冊

姓名	種類	拆遷地點	通訊地址	退郵原因	備註
林○○	甲	啓聰學校工程	○市廸化街×段××號	無此人	
洪○○	甲	四號國宅基地	○市克難街×××巷×之×號	遷移	
李○○	甲	晴光公園預定地	○市民生東路×××號×樓	〃	
吳○○	乙	建國北路工程	○市建國北路×巷×號	〃	
王○○	乙	大橋國小工程	○市虎林街×××巷×號×樓	無此人	
蕭○○	丁	十四號國宅基地	○市大理街×××號	招領逾期	

王〇〇 丁	十二號國宅基地	〇市中華路×段×××號	無此人
詹〇〇 丁	環河北街工程	〇市哈密街××巷××弄×號	〃
張〇〇 丁	六〇號公園闢建工程	〇市齊東街××號×樓	招領逾期
合計 九人			

二、改正作法

甲、原用公告：

〇〇市政府公告

年　月　日
字第　　號

主旨：公告公開展覽「擬訂木柵區老泉里恆光橋北端引導計劃案」之計劃圖說。

依據：一、本市都市計劃委員會六十二年一月十九、廿六日第四十九次委員會議續會審決「修正通過」。

二、都市計劃法第十五條。

公告事項：一、計劃圖說在本府及有關區公所所在地公開展覽卅天。

二、公告期間任何公民或團體得以書面載明姓名或名稱及地址向內政部提出意見作為核定本案之參考。

三、計劃情形詳見公告之計劃圖說（張貼公告欄）。

市長　〇〇

乙、改正作法：

○○市政府公告

蓋印

年　月　日
字第　　號

主旨：公開展覽本市木柵區老泉里恆光橋北端引導計畫圖說。

依據：一、都市計畫法第十五條。

二、本市都市計畫委員會第四十九次委員會議審查決議：「修正通過」。

公告事項：

一、展覽時間：三十天。

二、展覽地點：（應明確列出展覽的地點）。

三、公告期間任何公民或團體如有意見，歡迎以書面（註明姓名、地址、名稱）向內政部提出，作為核定本案的參考。

市長　○○○

丙、改正說明：

一、改正後文字較為簡明。

二、張貼公告應空出蓋印地位。

第七章　書信•其他應用文

第一節　書信的意義

所謂書信，是個人間，通信、問候、述事、論道等一切用文書寫，而有特定對象收閱的書信的概稱。書信，雖是用文字來表達意思的一種工具，但文筆的優劣、用語的分寸、與乎適人適分的稱呼，卻是決定書信效能的重要關鍵，即使你的意思，已從書信中表露，要是稱謂不符、規格不合、語氣、語句、語意有欠妥當的地方，將會大損這封信的效力。

第二節　書信的種類

書信雖祇限於個人間所應用，其內容卻並不一定限於私務，即使洽談公務，也可用書信來溝通意見，解決問題。因此，就機關團體或其主管個人來說，都像公文一樣的可以分爲：

一、對上的——上級機關或長官。

二、平行的——平行機關或其主管。

三、下行的——下行機關或其主管。

以上劃分的三種——上行、平行、下行，當然是指公務兼用私信而言。若從純粹個人的私誼來說，所謂上行，指的是長輩，平行指的是平輩，下行便是指的晚輩了。

書信若以事的性質爲準，可分爲：

一、應酬性的：如祝壽、賀婚、生子、畢業、開張、遷移、升官、及弔喪、問病、恤災等。

二、應用性的：如借貸、捐募、採購、推介、謀求等。

三、議論性的：如論學、論事、論做人處世等。

四、聯絡性的：如問候、仰慕等。

以上所謂對人、對事劃分爲兩大類的方法，事實上不容易嚴格分清，因爲事是附着於人的，自然不能截然分類。從原則上來說，書信的種類，仍應依事來劃分比較合宜，不過在人的方面，也不可不兼顧。

書函，在「行政機關公文處理手册」中，被列爲其他公文之一，其用法爲：

一、於公務未決階段需要磋商、陳述及徵詢意見、協調或通報時使用。

二、代替過去的便函、備忘錄及下級機關首長對上級機關首長的簽呈。

本章在分類時曾經述及：「書信雖祇限於個人間所應用，其內容卻並不一定限於私務」。所以書函亦併入本章敍介。書信本有一件事情，一個目的，本書的範圍，顧名思義，應該以工程方面的應用書信爲界限，其餘的恕不贅述。

第三節　書信的作法

一封書信，普通可分三段：首段，是例行的寒喧語，亦卽所謂問候語。現在雖然有漸漸省去此種客套話的趨向，尤其是工程方面的書信，比較直截了當，不必冗敍寒喧，但一般寫信的，仍多如此爲之。次段，便是正文，也就是這封信的主旨。末段，是結束的慣用語。

一封信，亦有將它剖析爲九個部分，形式就更複雜了，但這些並不是我們今天要研習的對象。工程用書信，可以參照「書函」寫法：

一、書函的文字用語比照（公）「函」的規定。

二、書函的首行一律標明「受文者」字樣，受文者的職銜姓名緊接書寫。

三、書函的結構採三段式或條列式，由各機關自行規定。

四、書函的發文者在正文之後具名蓋章。

第四節　其他應用文

其他應用文，係指未經列入前面各章節的工程上應用的申請書、通知書、公務電話紀錄、簽，以及應用書表等。撰寫時，多以簡便實用爲原則，不須客套，且除簽外，也可採填充方式，以提高行文的時效。

第五節 作法舉例

【例一】書函(一)(用機關名義發文、蓋條戳)

行政院秘書處書函

年 月 日
字第 號

受文者：○○○先生等。

一、台端等○○年○月間陳情書，請轉行迅速完成斗六鎮育英北街鐵路平交道工程一案，已轉臺灣省政府核辦。

二、現臺灣省政府交通處已通知鐵路局墊款施工，並函請雲林縣政府速籌配合款辦理。

(行政院秘書處條戳)

【例二】書函(二)(替代以往下級機關首長對上級機關首長的簽呈)

○○部書函

年 月 日
字第 號

受文者：行政院○院長。

主旨：請准延聘工程專家以顧問或研究員名義研究國內外重大工程問題，並撥所需經費。

說明：一、擬延聘績譽卓著之工程專家○人，以顧問或研究員名義專職研究國內外重大工程問題，提供解決問題達成目標之可行方案與建議，以供採擇施行。

二、估計本年度○至○月○個月約需經費○○○元，下年度以後每年估計約需經費○○○元。

請求：本部本年度及下年度原編預算未曾計列上項費用，請准專案撥款，以利進行。

部長 〇〇〇

【例三】書函(三)（用單位主管名義發文、蓋私章）

經濟部工業局書函

年 月 日
字第 號

受文者：〇〇區陶瓷工業同業公會〇理事長〇〇

一、行政院秘書處函送台端於工商界人士座談會中所提書面提案敬悉。

二、關於金門磁土及北投土原料減價供應一節，業經本局分別函請金門縣政府及臺北市政府參考辦理。

三、至請指定銀行專責輔導陶瓷工業簡化貸款手續，財政部已指定彰化銀行對陶瓷業作為授信輔導之重點目標。

韋〇〇 私章

【例四】申請書

〇〇市政府〇〇〇〇處供給材料申請書

申請日期： 年 月 日

工地名稱：

申請單位：　科長：　審核股長：　監工主任：　監工員：

工程名稱		標別		承包廠商		合約編號		實際進度	

材料名稱及規格	單位	合約總數	申領累計數	進場累計數	本次申請數	未申請數	本次實發數

批示	審核	主辦單位（○科）

註：一、本請示單應附領料單一式五聯及使用材料計算表一式陳核。

二、本請示單由申請單位主管核章後送總收文掛號簽辦。

【例五】通知(一)

決標通知

年　月　日
字第　號

受文者：

副本收受者：

主　旨：○○○○○工程以新臺幣×××元整決標交由　貴公司承辦，請查照。

說　明：請按規定於收悉本決標通知之日起十五日內提交履約保證金與支付保證金辦理簽約手續，並請在簽約前先行提出本標工程施工佈署計畫、說明施工程序、某項專業工作擬予分包以及施工使用之機具數量及調配情形等以供查核。

【註釋】①營繕工程或採購財物如項目單純，應以當場決標爲原則；但較爲複雜者，通常須經由審標程序。

【例六】通知(二)

開工通知

年　月　日
字第　號

受文者：

副本收受者：

主　旨：○○○○○工程開工日期訂爲○月○○日（起算工期），請在該日起三十天內正式開工。

依據：中華民國○○年○月○○日　貴公司與本○簽訂之契約（契約編號：××××）。

通知事項：本標工程自○○年○月○○日起開工至民國○○年○月○○日全部完工。逾期應依約支付違約償付金。

【註釋】①開工通知爲計算工期的重要依據，本例說明內：「請在該日起三十天內正式開工」之規定，如工程簡單，得酌予縮短之。

【例七】通知(三)

○○○○工程變更設計會勘通知書

年　月　日
字第　號

一、茲訂於○○年○月○日上午○時○分在○○○○工地勘查該工程之變更設計，屆時請派員參加。

二、變更設計項目、內容、詳如下表：

項目	變更設計內容	原因及說明	約需增減金額	經費來源
一、灌溉管道變更	增設φ700CM混凝土管×××公尺	一、原設計φ1500CM混凝土管埋設位置因地下纜線過多，無法開挖埋設。	一、(增)×××元	○○○○工程預算
二、增設鋼板樁	增設××公尺	二、因鐵路局代辦部分未施工，增設鋼板樁，以保行車安全。	二、(增)×××元	
三、本工程因變更減價	減做φ1500CM混凝土管××公尺	三、因前項工程變更減做。	三、(減)×××元	
增減合計金額		(增加)	×××元	

此致

審計部○○市審計處

○○市政府工務局養護工程處(條戳)

【例八】通知㈣

工程改善通知

年　月　日
字第　號

受文者：

主　旨：貴公司／貴廠 所承建○○○工程查有應行改善事項如說明一、請依照合約規定辦理並惠復

說　明：

一、請改善事項：

二、本通知書一式叁聯，第一聯送承包商、第二聯送本處第二科、第三聯存根。

工務所

簽收人：　　　　（簽章）

【例九】公務電話紀錄㈠

協調事項	發話受話人通話內容	發話人單位級職姓名	受話人單位級職姓名	通話時間	備註
查詢派員監標情形。	發：請問今天下午三時○○工程開標，貴處派那一位前來監標。 受：今天我們不派員，請你們自辦，並請將辦理結果函告。已經有正式公文答覆，文號是○○字第×××號。	○○市國民住宅處股長○○○	審計部○○市審計處第×科○稽察員○○	××年×月×日×下午×時××分	根據本處○○字○○號請派員監標函辦理。

【例十】公務電話紀錄(二)

協調事項	發話受話人通話內容	發話人單位級職姓名	受話人單位級職姓名	通話時間	備註
同意改為比價辦理。	關於○○工程改為比價的公函已經收到，本處可以同意，有正式書面答覆，為了爭取時效，先將這項決定告訴貴處。	審計部○○○審計處第○○科稽察○○○	市工務局○○○工程處○○科長○○	××年×月××日上午×時××分。	依照審計法施行細則第四十一條第二項規定辦理。

【例十一】簽(一)

簽

本年度年會將屆，前經第××次常務理事會議決定：「應擴大舉行」，茲予估計概算需新臺幣××××元（如明細表）是否可行？請決定。

年　月　日
於　（單位）

【例十二】簽(二)

簽

主旨：○○區公所函送「○○○地方基層建設計畫變更設計」，經核內容仍有待商討，擬覆請再加研議，請核示。

年　月　日
於　（單位）

○○○

說明：本年度「○○○地方基層建設預算」早經核定，該所所送變更設計，超過預算甚多，且增加○○○等項工程，事前未經報准，無案可稽，仍以維持原案為妥。

擬辦：擬卽函覆，請再加審愼硏究。

敬陳

（承辦人）○　○　○

局長
副局長

【例十三】委託書

茲委託

全權代表本人辦理　路街　段　巷　弄　號之

（原　段　小段　地號）

工程請領建築（建造、雜項使用、拆除）執照

一切手續事宜特立委託書如上

委託人　（簽章）

住址

中華民國　年　月　日

【例十四】

土地使用權同意書

茲有　　　等　　人，擬在下列土地建築　　層 造建築物 / 雜項工作物　　　棟業經　　　等人完全同意，為申請建造 / 雜項執照特立此同意書為憑。（本同意書應從同意日起　　年內提出申請執照，逾期無效。）

土地標示及使用範圍如下：

區別	段	小段	地號	本號土地面積	同意使用土地面積	備註
				M²	M²	
				M²	M²	
				M²	M²	

附土地登記總簿謄本　　張，地籍圖謄本　　張。

土地所有人姓名	住址	身份證字號
1.　　　　（簽章）	路　段　巷　弄　　號	
2.　　　　（簽章）	路　段　巷　弄　　號	
3.　　　　（簽章）	路　段　巷　弄　　號	

中　華　民　國　　年　　月　　日

附註：㈠土地標示應用大寫

㈡地主如未成年應加法定代理人印章

㈢如土地為同意部分使用者，應於地圖謄本着色表示

【例十五】

本	建築工程開工報告書 年 月 日		收文字號	※	審查員 ※	
執照字號			領照日期	年 月 日		
起造人	姓名		住址	路 段 巷 弄 號		
	身份證或營利事業統一編號					
監造人	姓名		開業證書字號		電話	
	事務所名稱					
	營利事業統一編號		事務所地址	路 段 巷 弄 號		
承造人	姓名		登記證等級字號		電話	
	營造廠名稱		營業地址	路 段 巷 弄 號		
	營利事業統一編號					
	主任技師簽章					
構造概要	造 層 棟 戶		開工日期	年 月 日		
建築地點	地址	路 段 巷 弄 號	工程造價			
	地號	段 小段 地號				

上開工程業於　　年　　月　　日開工。　此致

縣/市政府建設局/工務局

起造人：　　　　（簽章）
監造人：　　　　（簽章）
承造人：　　　　（簽章）

附註：※記號者免由申請人填寫

【例十六】

<table>
<tr><td rowspan="2">本</td><td colspan="3">建築工程勘驗報告書</td><td rowspan="2">收文字號</td><td colspan="2" rowspan="2"></td></tr>
<tr><td colspan="3">年　月　日</td></tr>
<tr><td>執照字號</td><td colspan="6"></td></tr>
<tr><td>起造人</td><td>姓名</td><td colspan="2"></td><td>住址</td><td colspan="2">路　段　巷　弄　號</td></tr>
<tr><td rowspan="2">監造人</td><td>姓名</td><td colspan="2"></td><td>開業證書字號</td><td></td><td>電話</td></tr>
<tr><td>事務所名稱</td><td colspan="2"></td><td>事務所地址</td><td colspan="2">路　段　巷　弄　號</td></tr>
<tr><td rowspan="2">承造人</td><td>姓名</td><td colspan="2"></td><td>登記證等級字號</td><td></td><td>電話</td></tr>
<tr><td>營造廠名稱</td><td colspan="2"></td><td>營業地址</td><td colspan="2">路　段　巷　弄　號</td></tr>
<tr><td>構造概要</td><td colspan="6"></td></tr>
<tr><td rowspan="2">建築地點</td><td>地址</td><td colspan="2">路　段　巷　弄　號</td><td rowspan="2">備註</td><td colspan="2" rowspan="2"></td></tr>
<tr><td>地號</td><td colspan="2">段　小段　地號</td></tr>
</table>

上開工程業於　年　月　日開工，確依核准圖樣施工。其必須勘驗部份，請派員蒞臨勘驗。此致

縣／市政府建設／工務局

承造人：　（簽章）

【例十七】

建築工程開工/竣工展期申請書

本　年　月　日	收文字號	審查員	股長	科長

執照字號			發照日期	年　月　日	
			領照日期	年　月　日	
起造人	姓名		住址	路　段　巷　弄　號	
監造人	姓名		開業證書等級字號		電話
	事務所名稱		事務所地址	路　段　巷　弄　號	
承造人	姓名		登記證等級字號		電話
	營造廠名稱		營業地址	路　段　巷　弄　號	
原核准開工及竣工日期	開工日期	年　月　日	申請展延開工或竣工日期	開工日期	年　月　日
	竣工日期	年　月　日		竣工日期	年　月　日
建築地點	地址	路　段　巷　弄　號	申請展延理由		
	地號	段　小段　地號	展期次數		

上開工程玆檢附原領執照及工程勘驗表副表，申請核准展期。

此致

縣/市政府建設/工務局

申請人：　　　　（簽章）

附註：依法申請開工展期由起造人申請。

【例十八】

變更起造人申請書	※收文字號	審查員	股長	科長	總工程司	處長
年　月　日		※	※	※	※	※

本

下開工程玆為變更起造人，特檢送有關證件申請核備　此致

有關證件	土地謄本　件	地圖謄本　件	土地使用權同意書　件	原起造人同意書　件		
原起造人	姓名		年齡	年　月　日生	電話	
	住址	路　段　巷　弄　號	通訊處		身份證統一編號	
變更後起造人	姓名		年齡	年　月　日生	電話	
	住址	路　段　巷　弄　號	通訊處		身份證統一編號	
設計人	姓名		開業證書等級字號		電話	
	事務所名稱		事務所地址	路　段　巷　弄　號		
監造人	姓名		開業證書字號		電話	
	事務所名稱		事務所地址	路　段　巷　弄　號		
承造人	姓名		登記證等級字號		電話	
	營造廠名稱		營業地址	路　段　巷　弄　號		
建築地點	所屬管區	分局　派出所	原領執照字號			
	地址	路　段　巷　弄　號				
	地號	段　小段　地號	工程進度			
說明						

附註：①本申請書由起造人提出。②※記號者免由申請人填寫。

【例十九】

變更承造人申請書		※收文 字 號	審查員	覆核	組長	課處長	技正
年 月 日		本	※	※	※	※	※

茲為下開工程變更承造人並經原承造人同意放棄由新承造人承造特申請核備 此致 縣市政府建設工務局

起造人	姓名	（簽章）	年齡		電話	
	身份證或營利事業統一編號		通訊處			
	住址					
計人	姓名	（簽章）	開業證書等級字號		電話	
	事務所名稱		事務所地址			
	營利事業統一編號					
監造人	姓名	（簽章）	開業證書等級字號		電話	
	事務所名稱		事務所地址			
	營利事業統一編號					
原承造人	姓名	（簽章）	登記證等級字號			營造廠印鑑
	營造廠名稱		電話			
	營利事業統一編號		已承造部份			
	營業地址					
變更後承造人	姓名	（簽章）	登記證等級字號			營造廠印鑑
	營造廠名稱		電話			
	營利事業統一編號		未承造部份			
	營業地址					
建築地點	所屬管區		原領執照			
	地址		字號			
	地號		工程進度			
說明						

附註：㈠本申請書由起造人提出。 ㈡※記號者免由申請人填寫。

【例二十】

建造執照變更起造人／承造人／監造人審查表

收文日期		收文字號		
起造人		建築地點	地址	路　段　巷　弄　號
			地號	段　小段　地號
變更要項		原執照字號		

審查項目	審查結果
1. 土地登記總簿謄本是否齊全	
2. 地籍圖謄本是否齊全	
3. 土地使用權利證明書是否齊全及使用面積是否與原申請書表填寫相符	
4. 工程進度是否填寫詳實	
5. 變更後建築師委託書是否檢齊	
6. 變更承造人是否經原承造人同意放棄由新承造人承造	
7. 變更監造人是否經原監造人同意放棄由新監造人監造	
綜合審查	

附註：1. 如變更起造人時6.7.項免予審查。
2. 如變更起造人時1.2.3.5.7.項免予審查。
3. 如變更起造人時1.2.3.6.項免予審查。

【例二十二】

建造/雜項執照（變更設計）審查表

收文日期	年　月　日	收文字號	字　號	
起造人		建築地點	地址	路　段　巷　弄　號
			地號	
使用分區	地區	建築用途		申請次數

類別	審查項目	審查結果
一、土地及房屋權利證明文件	1 土地登記總簿謄本是否齊全	
	2 地籍圖謄本是否齊全	
	3 增建者有無附原有合法房屋證件	
	4 使用基地如屬田畑者有無三七五減租租約解除證明書	
	5 土地使用權利同意書是否齊全	
	6 使用共同壁協定書是否齊全	
	7 農業區內申請建築時申請人是否具有自耕農或佃農身份	
	8 農業區內申請建築時申請人在該農業區是否有耕地或農場	
	9 都市計劃外申請建築時其申請人身份土地編定用途及地目是否符合規定	
二、都	1 有無申請建築線指定（示）	
	2 設計圖建築線與指定（示）建築線是否相符	
	3 基地是否違反規定重複申請建築	

類別	審查項目	審查結果
市計劃	4 留設法定騎樓或退縮建築是否符合規定	
	5 建物用途是否符合分區使用之規定	
	6 建蔽率（容積率）是否符合規定	
	7 建物高度是否符合規定	
	8 是否符合美觀地區設計規定	
	9 基地是否符合畸零基地使用規劃之規定	
	10 基地是否在禁限建範圍	
三、現地勘查	1 建築基地位置與現況是否相符	
	2 原有房屋平面圖與現況是否相符	
	3 現有巷路溝渠是否相符	
	4 是否先行動工	

類別	審查事項		
四、建築審查	1建築師資格是否符合規定		
	2設計圖樣是否齊全		
	3申請建造類別是否相符		
	4面積計算是否相符		
	5屋頂突出物是否符合規定		
	6工程概算是否相符		
	7構造種類是否相符		
	8申請使用道路是否符合規定		
	9有無標示地界線		
	10承重墻之厚度是否符合規定		
	11門窗陽臺與鄰地距離是否符合規定		
	12採光與通風是否符合規定		
	13樓梯走廊是否符合規定		
	14防火避難是否符合規定		
	15防空避難是否符合規定		
	16昇降設備是否符合規定		
	17排給水設備是否符合規定		
	18衞生設備是否符合規定		
	19汚物處理設備是否符合規定		
	20避雷設備是否符合規定		
	21停車空間是否符合規定		
	22消防設備是否符合規定		
五、結構審查	1基礎耐力是否符合規定		
	2六樓以上房屋有無檢附地質鑽探報告書		
	3構架建築物有無檢附結計構算書		
	4計算所得各部斷面是否與圖樣相符		
	5增建時有無檢附建築師出具之安全證明書		
	6挖土深度一公尺半以上者具防護措施之設計是否安全		
六、變更設計加審	1執照是否逾期		
	2完成部份是否申報查驗		
	3申請更改部份有無表示於申請書及圖面上		
	4改換承造廠商或建築師是否依法報備		
	5是否先行動工		
	6營造廠資格是否符合規定		
七、綜合審查			

【例二十三】　申　請　書　　　年　月　日

一、起造人　　等　　名在本市　　路　　段　　巷　　弄　　號附近建造　　樓　　座　　戶房屋，領有

建　　字第　　號建造執照，臨接計劃道路寬度爲　　公尺。

二、本建物業已完工，有關損害公共設施，亦已依照69年4月23日府工建字第一五五〇五號函規定自行修復，請定期會勘。

此致

〇〇市工務局建築管理處

起造人：　　印

電話：

住址：

承造人：

電話：

住址：

監造人：

電話：

住址：

【例二十四】

區別	第	分局

○○市附建防空避難設備查驗申報表

年　月　日

業主姓名		建築地址	路街　巷弄號		
營造類別層數座	建　層　座	數用途		基層面積	m²
地下室面積	m²				
指派查驗人員		執照號碼	營　字第　號	承包廠商	
查驗人員意見	查驗人員　蓋章	查驗人員意見	查驗人員　蓋章		
批示					

申請人　蓋章

一式三聯分由　民防指揮部　工務局管理員　業主保存

【例二十六】

使用執照審查表

收文日期		收文字號	字　號	
起造人		建築地點	地址	
			地號	
原建造/雜項執照字號				

	審查項目	審查結果
1	申請書是否填寫齊全	
2	有無檢附原執照查驗單副本及相片	
3	有無按規定申報工程開工	
4	工程每階段是否勘驗合格	
5	竣工建築圖樣與核准圖樣是否相符	
6	竣工圖是否齊全	
7	建造執照或雜項執照是否逾期	
8	門牌是否編妥	
9	工寮是否拆除完畢	
10	基地環境是否整理完畢	
11	有無損壞公共設施	
12	損壞鄰房有案者已否解決	
13	防空避難設備是否合格	
14	供公衆使用之建築物是否會同有關機關檢查合格？	
綜合審查		

【例二十七】 市政府　　處

建築工程監工日報表

工程名稱		塡表日期　年　月　日	③氣候 上午 下午
合約編號		實際開工日期　年　月　日	合約工期 工作天 日曆天　天
承包廠商		④工期計算　工作天　天	累計　天

①本日主要工作概況

⑤本處供給材料進場及使用情形

名稱	本日 進場	本日 使用	累計 進場	累計 使用	累計 結存	單位
水泥						
鋼筋						

⑥承包商運入主要材料及使用情形

名稱	本日 進場	本日 使用	累計 進場	累計 使用	累計 結存	單位

②主要工程進度

工程項目	單位	本日完成數量	累計完成數量

⑦工地試樣製作及試驗記錄

混凝土圓柱試樣

實際混凝土塌度

鋼筋取樣

⑧監工人員對承包商指示事項及（或）以往指示之檢討事項：

承包商會章

⑨其他：

工務所主任　　　　監工人員

註：①本日主要工作概況：出工工人在何處？做何項工作？應儘量詳細說明，必要時加附圖說明。
②施工所與承包商會章共同確認事項，係指表內①②③④⑤⑥⑦⑧等八項。惟其中第⑥項僅供進場材料計價之參考（依合約有規定者）

【例二十八】　○○市政府○○處

水電工程監工日報表

工程名稱		填表日期	年　月　日	氣　　候	
合約編號		開工日期	年　月　日	完成百分率	%
承包廠商		規定完工期限	應於建築工程完成後一星期內報驗		

①本日主要施工概況

②取樣品紀錄

③完成主要工程數量統計

項　　目	單位	本日完成	累計完成

④本處供給主要材料使用情形

名　稱	單位	本日		累計		
		進場	使用	進場	使用	結存

⑤承包商運入主要材料數量（參考）

名　稱	單位	本日		累計		
		進場	使用	進場	使用	結存

⑥出工人數統計

工　別	本　日	累　計	備　註
小　工			
水管工			
電　工			
職　工			

⑦監工人員對承包商指示事項及（或）以往指示之檢討事項：	承包商會章
⑧其　　他	

工務所主任　　　　　　監工人員

註：①本日主要工作概況：出工工人在何處？做何項工作？應儘量詳細說明。
②完成百分率每月中旬，月底估算乙次。
③承包商運入主要材料如涉及進場計價者，須核實數量。

【例二十九】

鋼筋查驗報告表

工程名稱		承包商		查驗時間	年　月　日
標棟樓別	標　棟　樓	工務所		查驗結果	

項目	柱				樑						版						墻		樓梯			電梯間		陽台		其他	
	1	2	3	4	1	2	3	4	5	6	1	2	3	4	5	6	1	2	1	2	3	1	2	1	2	1	2
	主筋	箍筋	柱筋長度	屋頂層柱筋	端部上層筋	中央上層筋	端部下層筋	中央下層筋	箍筋	樑底部	主筋	副筋	角隅鋼筋	開口處鋼筋	電管出線盒處	預留筋	主副筋	墻筋長度	主副筋	預留筋	轉角加強筋	主副筋	預留筋	主副筋	預留筋	模板	支撐
符合																											
不符合																											
間距不符																											
排列不整																											
未綁紮固定																											
彎的長度不足																											
鋼筋量不足																											
保護層塊未墊																											
雜物未清																											
破洞未補																											
未做																											
長度過短																											
再加筋補強																											
勿用扁鐵筋																											

第○科查驗人員：　　　　會驗人員：

【例三十一】

〇〇市政府〇〇〇〇處
發包工程竣工計價表

工程名稱		工程編號	
工程地點		會計科目	
施工單位		合約編號	

中華民國　　年　　月　　日開工　中華民國　　年　　月　　日竣工

中華民國　　年　　月　　日奉　　字第　　號准予　驗收／初驗

預算價額				
承包價額				
變更設計增減價額	項目	說明	金額	
	應增			
	應減			
	淨計增／減			
應加及應扣款				
	應增／減			
結算價款				
以前實發				
本次應發				
本次應加／扣				
本次實發				

(一)本次實發計算式如下：

(二)其他：

本單所計價款已核對無訛謹此簽認

承包人

中華民國　　年　　月　　日

處長	副處長	主任秘書
總工程司	副總工程司	主計室主任
第　科科長	第　科科長	股長
估驗計算者	工務所主任	審核

【例三十二】 ○○市政府○○○○處營繕工程結算驗收證明書

填發日期：中華民國　　年　　月　　日　　字第　　號

主辦機關	○○市政府○○○○處		承包廠商		扣除天數				
工程名稱			預定完工期限		准延天數及核准文號				
案號及合約號			開工日期		逾期天數及罰款金額				
工程地點			完工日期		驗收日期				
預算或合約金額									
增減額　次別	第一次		第二次		第三次		第四次		合計
類別	金額	審計機關核備文號	金額	審計機關核備文號	金額	審計機關核備文號	金額	審計機關核備文號	
加賬									
減賬									
驗收扣款									
驗收結算總額	（金額中文大寫）								
備註									

上列各項工程經切實監督完成

處長　副處長　主任秘書　總工程司　主計室　科長　審核　工務所

有關單位驗收意見	驗收人簽章	監驗人簽章	上級機關監驗人	審計機關監驗人	復自辦文號

說明

1. 本驗收結算證明書含有結算內容，不須另填結算表，以資簡化。
2. 本驗收結算證明書計分：(1)「存根聯」由主辦機關存查，(2)「憑證聯」送主計單位作憑證之用，(3)「報核聯」送審計機關查核，(4)「備查聯」呈報上級機關備查，(5)「通知聯」交承攬廠商收執，主辦機關如另有需要得斟酌增加聯數。
3. 「案號及合約號欄」，應將工程案號及合約號一併填入，如未編案號者應將合約總價填入。
4. 「預算及合約金額欄」，如係自辦工程則將預算金額填入，如係發包工程則將合約總額填入。
5. 「逾期罰款」應以預算外或營業外收入處理，不必扣抵結算總價。
6. 「驗收結算總價」爲「預算及合約金額」加「加賬」減「減賬」減「驗收扣款」至主辦機關供給材料及管理費或作業費等合約以外之各項支出均不必合併結算。
7. 本結算驗收證明書應由主辦機關加蓋印信並不可塗改以昭鄭重。
8. 依實做數量結算或自行購料僱工辦理者應另附「結算明細表」，表格另定。

【例三十三】

〇〇市政府〇〇〇〇處營繕工程結算表

主辦機關		工程概要	規定期限	
工程名稱			開工日期	年　月　日
工程地點			完工日期	年　月　日
承包廠商			扣除日期	
廠商地址			准延日期	
承包時所訂文件			逾期日期	

原價			加帳			減帳			扣罰		
說明	金額	核准文號	說明	金額	核准文號	說明	金額	核准文號	說明	金額	核准文號
合計			合計			合計			合計		
淨計	億　千　百　拾　萬　千　百　拾　元　角　整										
備註											

處長　　副處長　　主任秘書 總工程司　　副總工程司　　科長　　股長　　覆核　　工務所

【例三十四】

○○市政府○○○○處營繕工程結算明細表

填表日期：中華民國　　年　　月　　日

第　　頁共　　頁

工程名稱					工程編號				合約編號		
項次	工程項目	說明	單位	單價	預算或合約估列		結算結果		增減金額		備註
					數量	金額	數量	金額	增加金額	減少金額	
總計或接頁次											

附本表
依實做數量結算或僱工購料自辦工程驗收結算證明書應

總工程司　　科長　　股長　　覆核　　編製

【例三十五】○○市政府○○○○處

購置定製財物一次交貨結算驗收證明書

中華民國　　年　　月　　日　　字第　　號第　　頁共　　頁

主辦訂約機關		案號及合約號		約定交貨日期			
主辦驗收機關		驗收地點		實際交貨日期			
承攬廠商		驗收日期	年月日	逾期實罰天數 核准延免數天		金額 文號	

財物合約項次	名稱	主要規範	單位	數量	單價	總價	扣款金額	扣款原因	備註
	合計總價及扣款金額								

總價		扣款金額		結算淨額		逾期罰款		實付金額	

驗收結果

合於下列第　　　項之（　）

1. 經依約會同抽驗目視規範與包裝等尚屬符合⑴合約未規定另行檢驗以當場驗收爲準⑵合約規定另行抽樣　份檢驗符合（附檢驗報告）數量由收料單位負責點收及承商提出保證後准予驗收
2. 經依約會同抽驗目視規範與包裝等其中第　　項驗收不合（詳附驗收紀錄檢驗報告）但不影響使用除扣款驗收外其餘尚屬符合⑴合約未規定另行檢驗以當場驗收爲準⑵合約規定另行抽樣　份檢驗符合數量由收料單位點收及承商提出保證後准予驗收

主辦驗收機關長官　　驗收單位主管　　驗收人員　　結算人員　　上級監驗人員　　審計機關監驗人員復主辦文號

說明

一、一次驗收完竣之財物填用本證明書，因已包括結算內容，可不另填結算表。

二、本證明書不敷應用時，可在「合計總價及扣款金額」欄填「接次頁」。驗收結果完全符合者適用驗收結果欄之第1項，扣款驗收者，適用「驗收結果」欄之第2項，其不須檢驗者，適用各項中之⑴，須檢驗者，適用各項中之⑵，合於⑴者可將⑵劃線註銷。

三、各機關所用驗收單或其他驗收書表與本證明書內容相仿者亦可照用。

四、本證明書因與結算有關，應由購料單位填寫，逾期罰款應以預算外收入科目或營業外收入科目處理。

五、本證明書一式四聯⑴存根（存查）⑵結算（送購料單位）⑶憑證（送會計單位）⑷報核（送審計機關）各機關如有需要可自行增加。

【例三十六】〇〇市政府〇〇〇〇處購置定製財物分批交貨驗收證明書

中　華　民　國　年　月　日　字第　號第　頁共　頁

主辦訂約機關		案號及合約號		約定交貨日期	年　月　日
主辦驗收機關		驗收地點		實際交貨日期	年　月　日
承攬廠商		驗收日期	年月日	逾期實罰天數 核准延免天數	金額 文號

財物 合約項次	批次	名稱	主要規範	單位	數量	單價	總價	扣款金額	扣款原因	備註
合計總價及扣款金額										

驗收結果

合於下列第　項之（　）

1.經依約定會同抽驗目視規範與包裝等尙屬符合

(1)合約未規定另行檢驗以當場驗收爲準(2)合約規定另行抽樣　份檢驗符合數量由收料單位負責點收及承商提出保證後准予驗收。

2.經依約會同抽驗目視規範與包裝等其中第　項驗收不合（詳附驗收記錄　檢驗報告）但不影響使用除扣款驗收外其餘尙屬符合

(1)合約未規定另行檢驗以當場驗收爲準(2)合約規定另行抽樣　份檢驗符合數量由收料單位負責點收及承商提出保證後准予驗收。

3.結算表俟末批驗收時一同填列結案

機關驗收主辦長官　驗收單位主管　驗收人員　結算人員　上級監驗人員　審計機關監驗人員復自辦文號

說明

一、分批或不同地點驗收之財物填用本證明書，俟末批驗收時一併結算。

二、本證明書不敷應用時，可在「合計總價及扣款金額」欄填「接次頁」，驗收結果完全符合者適用驗收結果欄之第1頁，扣款驗收者適用「驗收結果」欄之第2頁，其不須檢驗者適用各項中之(1)須檢驗適用各項中之(2)，合於(1)者可將(2)劃線註銷，合於(2)者亦可將(1)劃線註銷。

三、各機關所用驗收單或其他書表凡與本證明書內容相仿者亦可照用。

四、本證明書由主辦驗收單位填報，至結算表俟末批驗收後由購料單位填報。

五、本證書一式四聯(1)存根（存查）(2)結算（送購料單位）(3)憑證（送會計單位）(4)報核（送審計機關）除以上四聯外各機關如需要可自行增加。

三民叢書(二)

書名	著作人
中國外交史	劉彥著
人事行政學	張金鑑著
企業管理學	解宏賓著
現行考銓法規彙編	陳鑑波著
清末留學教育	瞿立鶴著
敎育即奉獻	劉真著
行政法一百題	范壽臧著
執行人員的管理技術	王龍輿譯
兵役理論與實務	顧傳型著
現行考銓制度	陳鑑波著
人口論	馬爾薩斯著
會計學四百題	李兆萱著
會計學四百題選答	陳建昭編
會計學概要習題	李兆萱著
成本會計習題	盛禮約著
中級會計學題解	洪國賜著
成本會計題解	洪國賜著
成本會計一百題	童綷著
近代經濟學說	溫格爾著
現代經濟學	湯俊湘譯
經濟學二百題	洪吉雄著
經濟思想史	史考特著
運銷合作	湯俊湘著
會計制度設計之方法	趙仁達著
銀行會計實務	趙仁達著
銀行會計	文大熙著
公司理財	文大熙著
財務報表分析題解	盧聯生・洪國賜著
商業銀行之經營及實務	文大熙著
信用狀統一慣例	台北市銀行公會評註
商業簿記	盛禮約著
商業銀行之經營及實務	文大熙著
銀行健全融資的基本原則	黃森榮譯
貨幣銀行學二百題	賀廣玉著
統計製圖學	宋汝濬著
審計學	立信叢書
統計學一百題	柯阿銀譯

敎學應考自修良書

三民叢書(一)

書名	著作人
三民主義	孫文著
三民主義三百題	周世輔編著
三民主義要論	周世輔著
大專聯考三民主義複習指要	涂子麟著
建國方略建國大綱	孫文著
民權初步	孫文著
國父思想三百題	周世輔編著
國父遺敎表解	尹讓轍著
最新公文程式講話	陳鵠著
應用文	陳鵠著
最新應用文	方子丹著
工程應用文	張永康編著
文檔管理	張翊著
中國通史	李方晨著
中國近代史	李方晨著
世界近代史	李方晨著
西洋哲學史	李石岑著
中國文學史研究	梁容若著
理則學	陳祖耀著
聖多瑪斯形上學	李貴良譯
怎樣研究心理學	王書林著
民法概要	張鏡影著
民法總則大意	何孝元著
民法債編各論	薛祀光著
民法繼承論	羅鼎著
民法總整理	曾榮振著
郵政法原理	劉承漢著
民法表解	林榮耀著
民事訴訟法表解	姚治清著
刑事訴訟法表解	姚治清著
行政法概要	左潞生著
刑法總整理	曾榮振著
刑法之理論與實際	陶龍生著
刑法分則釋義 3/1	俞承修著
法律實務問題彙編	周叔厚・段紹禋編
誠實信用原則與衡平法	何孝元著
工業所有權之研究	何孝元著